"항상 밖에 나가게 해달라고 부탁하는데, 아빠가 안 들어준다니까요..."

신성무녀 16세
안젤리카

"용사님을 죽이면, 저도 그 뒤를 따라 죽습니다. 당신은 혼자가 아니랍니다?"

CONTENTS

Takahashi Hiromu
타카하시
히로무
illustration
아유마 사유

2

이세계에서 돌아온
아저씨가
THE SKILL OF PATERNITY
부성스킬로
파더콤 아가씨들을
헤롱헤롱 ♥

일러스트/**아유마 사유**

"그렇군요. 제가 아니라 엘자 공을 선택한다는 건가요. 그 노예 여자를. ……당신은 틀림없이 그 선택을 후회할 것입니다. 왜냐하면, 이 나라에 전해지는 검은——."

거기까지 말하고, 눈앞에 있는 여자가 울음을 터트렸다.

이건 단순히, 자신을 선택하지 않은 남자에게 던지는 저주의 말일까. 아니면 뭔가 근거가 있는 발언일까.

그냥, 어느 쪽이건 상관없다.

계속 배신만 당해온 용사 생활 속에서, 엘자만이 내 편이었으니까. 그 녀석만은, 있는 그대로 날 봐줬으니까.

그래서, 망설이지 않고 그 말을 할 수 있었다.

"그래. 난 엘자가 좋아. ……넌 너무 늦었어. 이제 와서 좋아한다고 말해봤자, 너무 늦었다고."

그날, 나는 한 여자를 찼다.

이쪽 세계에 와서 처음으로 좋아했던 여자를.

첫 파티 멤버를.

그 녀석이 좋아했던 건 강한 용사인 나고. 내가 좋아했던 건 상냥한 누나로서의 그 녀석이고. 서로의 머릿속에 있었던 이상적인 이성의 모습에 반해 있었을 뿐이다.

이런 건 사랑이 아니라 일종의 자기애(自己愛)겠지.

우리가 맺어지는 것은, 절대로 있을 수 없는 일이었다.

연애 금지로 알려진 여성 아이돌이 생방송 중에 기묘한 사실을 밝힌 것은 사흘 전의 일이다.

"경험한 사람이 네 자릿수는 되죠. 천 명이 넘었을 때 세는 걸 포기했어요. 남자랑 자는 걸 아주 좋아해요."

웃으면서 그런 말을 했고, 그날 안에 활동 정지 처분을 받았다.

당연한 얘기지만 팬들은 엄청나게 화가 났다. 살해 협박, CD 부수기, 익명 게시판에 명언을 적어놓고 복사→붙여넣기를 유도하기, 등등 엄청난 지옥이 펼쳐졌다나 뭐라나.

『그런다고 그 사람 가창력이 떨어지는 것도 아닌데, 너무 난리 치는 건 아닌가.』

그렇게 옹호하는 사람도 있지만, 그런 문제가 아니겠지. 청순파 아이돌이라는 것은 노래나 춤이 아니라 처녀성을 파는 존재니까. 아무리 노래를 잘한다고 해도 고객들이 바라는 이미지에서 벗어나 버리면 그 순간에 끝장나는 존재잖아.

그렇게 생각해보면, 아이돌이라는 것은 사실 일종의 배우일지도 모른다. 팬들의 마음속에만 존재하는 완벽한 여자아이를 연기하는 배우. 그런 사람이 갑자기 연기를 그만두면 팬들이 고개를 돌려버리는 것도 당연한 일이다. 왜 내가 좋아하는 여자가 아니게 된 거야, 라는 원한을 한 몸에 받게 되는 것이다.

무섭게도 비슷한 소동은 그 뒤로도 계속 이어졌다.

청순한 이미지의 젊은 여배우가 길바닥에서 스트립쇼를 저지르고, 채식주의자라고 공언하던 배우가 SNS에 「사람 고기, 맛있을 것 같지 않아?」라는 영문 모를 글을 올리고. 내가 관측할 수 있는 범위 안에서만 해도 온갖 소식들이 들려오고 있다.

이 나라는 순조롭게 미쳐가고 있다. 그것도 연예계를 중심으로.

아마 오늘도 또 누군가가 이상해질 게 틀림없다.

나는 최신 정보를 얻기 위해서, TV 아침 뉴스를 틀어봤다.

『그러니까 말이죠. 이혼이라는 건 전부 여자 쪽 책임입니다. 남자가 바람을 피게 만드는 쪽이 나쁜 건데, 왜 자기가 되레 화를 내는 거냐고.』

『소노다 씨, 저기…… 그걸 주부를 대표하는 의견이라고 주장해도 되는 걸까요?』

『당연히 되지! 그딴 것보다 고기가 먹고 싶어. 고기. 그거 더 없어? 아까 가지고 왔잖아.』

『드, 드세요…….』

『어머나…… 고기. ……많은 고기! 고기, 너무 맛있어어어어!』

갑자기 이딴 게 나왔다. 평소에는 주부의 입장에서 신랄한 코멘트를 날려대던 게스트가, 야만족 같은 발언을 토해내다가 스튜디오에서 퇴장 당했다.

이런 걸 방송해도 되는 건가, 라고 당혹스러워 하며 화면을 봤다.

──연예인 기행 사건.

매스컴에서는 매일같이 이런 사건들을 보도하는 데 무아지경이라고 할 수 있는 상황이다.

내 UFO 아저씨 소동 같은 건, 더 이상 신경 쓸 일도 아니라는 느낌이다. ……세상에서 잊히지만 않으면 다행이지만.

아무래도 지금 나는 마술사와 연예인의 중간 같은 입장이니까, 사람들의 주목을 받는 것은 사활이 걸린 문제다. 앞으로 열심히 출연료를 긁어모아야 하는 타이밍인데, 왜 대체 이런 사건들이 일어나는 거냐고 따지고 싶다. 이러면 나에 대한 관심이 희박해지잖아. 일이 줄어들지도 모른다고.

"이거, 빨리 해결되면 좋겠네……."

"그러게요~."

내가 조마조마하고 있는 옆에서, 안젤리카는 전병을 오독오독 씹어 먹고 있다. 침대 위에 엎드려서 패션 잡지를 읽으면서 전병을 먹는, 아주 편안한 모드다.

오늘 안젤리카는 위쪽이 검은 캐미솔이고 아래쪽은 하얀색 숏 팬츠. 보기 좋은 모양의 엉덩이를 보란 듯이 내 쪽으로 돌리고 엎드려 있는데, 이거 유혹하는 건가? 숏 팬츠 옆쪽으로 속옷에 엉덩이 살이 튀어나와 있는데, 내가 어떻게 해주길 바라는 거야? 어이쿠, 안제, 팬티가 삐쳐 나왔으니까 아빠가 바로잡아줄게, 라고 해달라는 건가? 그런 건 아빠가 아니라 용의자라고 하거든?

"……큭……."

열여섯 살짜리 소녀를 보고 고민하다니 너 로리콘 아니냐, 라는 말을 들을 것도 같지만, 안젤리카는 이 세상 존재라고 생각할 수 없는 차원의 미소녀다. 주로 내 정신이 미쳐버리려고 하는 것도 무리가 아니다.

살랑살랑한 금발과 커다랗고 파란 눈, 날씬하고 긴 팔다리. 마무리로 키는 150센티미터 정도밖에 안 되는 주제에 풍만한 흉부까지 갖추고 있다. 뭔가 헐리우드 영화의 한 장면 같다. 서양 성인물에 나오는 장면 같다는 비유를 자제한 것만으로도, 나한테 예전에 정의의 용사 짓을 했던 흔적이 남아 있는 것 같다고 생각했다.

"아빠, 엉덩이 쪽에 뜨거운 시선이 느껴지는데, 정 핥고 싶으면 그래도 되거든요?"

"만지고 싶다는 생각은 했지만 핥고 싶다는 정도까지 가지는 않았거든?!"

"역시 만지고 싶다는 소리네요."

"윽."

"법적인 문제라면 신경 쓰지 않아도 되거든요? 결혼을 전제로 한 진지한 교제 관계라고 증언할 테니까요."

"넌 이쪽 문화를 정말 많이 알게 됐구나."

안제가 이쪽 세상에 온지도 벌써 2주가 다 됐다. 현대 사회의 지식을 완전히 몸을 익히고, 최근에는 나 대신 택배도 받을 수 있게 됐다. 요즘 지불도 잘하고. 내가 매일같이 이쪽 세상의 사회 제도에 대해 가르쳐주고 있기는 하지만, 그것보다 역시 젊기 때문이겠지. 적응력이 높은 나이니까.

그 젊은 뇌에 한 가지 상담을 해볼까. 다른 이야기로 넘어가고 싶기도 하니까. 사실은 이게 진짜 목적이지만.

"엉덩이는 됐고. 애당초 난 가슴이 더 좋단 말이야. 안제는 어떻게 생각해? 이 사건."

"이 사건이라면, 서른두 살인 아빠가 내 힙을 보고 성적 매력을 느낀 사건 말인가요?"

"그게 아니라. 아니, 그쪽도 사건으로 취급하지 말고. 아, 아아직 경찰에 들키지 않았으니까 범죄는 아니거든. ……아무튼 그거 말이야 그거. 지금 TV에 나오던, 갑자기 유명인들의 머리가 이상해지는 그거 얘기라고."

안젤리카는 집게손가락을 입술에 대고는 "음~" 하고 생각에 잠겼다.

"아버지가 돌아가셔서 그런 게 아닐까요? 그거라면 미쳐버릴 만도 하니까. 저 같으면 석 달은 정신이 나가버릴걸요."

"뭐든지 파더콤 기준으로 생각하지 말자."

"그럼 또 레이스 사건이려나요?"

"글쎄."

나도 그건 생각해봤다. 하지만 이번 사건은 뭐라고 할까…… 너무 조잡한 것 같은데 말이야?

적어도 레이스는 정체를 숨기려는 생각이 있었지만, 이건 한눈에 봐도 사회성 따윈 없고, 들키면 또 어때, 라고 정색하는 것 같은 느낌도 든다. 이렇게까지 당당하게 굴면 오히려 의도를 알 수가 없다.

"뭐, 어쨌거나 이상해진 사람들과 접촉해서 스테이터스를 감정해봐야겠네."

"······."

"안제?"

안젤리카는 전병을 삼키더니 눈살을 찌푸렸다.

"도발하는 건지도 몰라요. 이거."

"······그렇구나. 그럴 수도 있겠네."

"아빠를 끌어내는 게 목적이고, 수상한 사람들을 감정하러 갔다가 포위당한다······ 든지."

"그렇게까지 알기 쉽게 수상하면, 뭔가가 뒤에 있을 것 같은데."

안젤리카가 뒤쪽에서 날 끌어안았나 싶더니, 내 어깨에 머리를 얹었다. 응석을 부리는 것도 같고 걱정하는 것 같기도 했다.

"그 사람들을 조사할 거라면, 저도 데려가 주세요."

"뭐라고?"

"감지 스킬을 쓸 때라는 뜻이에요. 떨어진 위치에서 인간인지 아닌지 체크하는 건, 제가 더 잘할 테니까요."

"안 돼, 너무 위험해."

"저도 똑같은 생각이거든요? 아빠가 제가 모르는 데서 힘든 일을 당할지도 모른다고 생각하면······."

바로 눈앞에서 울음을 터트릴 것 같은 표정을 지으면 나도 곤란하다.

"……그렇겠지."

나는 안젤리카의 머리카락을 살짝 쓰다듬어주면서 생각했다.

최강의 경우를 상상하면서 집에 있는 건, 분명히 괴로운 일이다. 엘자도 내가 모험하러 나가 있는 동안에는 살아도 사는 게 아닌 것 같다는 말들을 자주 했었지——

"알았어. 이번 조사에는 안제도 같이 가자. 둘이서 나쁜 놈들을 날려버리는 거야."

"아빠!"

그렇게 나와야지, 라는 것처럼 안제가 웃었다. 다행이네, 내가 잘못 선택한 건 아닌 것 같다. 쪽쪽, 하고 볼에 뽀뽀까지 하고 있는 걸 보면.

"저기…… 아빠~."

"왜?"

"아빠랑 마음이 통했더니 말이지. 그러니까……."

"왜 그러는데?"

"……아빠랑 그거 하고 싶어졌어. 싸우기 전에 힘이 나게, 한판 해버릴래요?"

"안 돼."

무슨 영양 드링크 마시자는 얘기 같은 분위기로 그런 소리를 하는 거야, 라면서 거절했다. 호감도가 끝까지 올라가고 상한선을 돌파한 뒤로 계속 이런 분위기다. 조금만 기분이 좋아지면 아주 간단하게 내 몸을 요구한다. 배가 고프네…… 왠지 그거 하고 싶지 않아요? 같이 부자연스럽게, 억지로 욕망을 들이대기 때문에 난처하다.

"으~ 왜 안 되는데요~?"

안젤리카는 망설이지도 않고 내 등에 가슴을 들이대고, 목을 끌어안았다. 좀 망설여라.

"이렇게 들이대는데…… 아. 아빠, 혹시 남성 기능이 쇠퇴하기 시작됐다든지……."

"그럴 리가 있냐!"

나는 아주 건강하다고. 아직 그럴 나이도 아니고. 내 몸에 꼭 밀착해 있는 안젤리카의 감촉 때문에 가슴이 엄청나게 술렁이지만, 용사의 강철 같은 멘탈로 참고 있는 것이다.

……이대로 가면 내 몸이 못 배긴다. 안젤리카는 싫어하겠지만, 빨리 침실을 따로 써야지. 침대를 두 개나 놓을 수 있는 큰 집으로 이사를 가야겠다.

그러기 위해서라도 일을 잔뜩 잡아서 돈을 벌어야 하는데, 대중들의 관심은 내가 아니라 연예인들의 기행 사건 쪽으로 옮겨가고 있다.

정말 여러 가지 의미로 사건을 빨리 해결해야 할 것 같다.

"아빠앙."

"왜 또, 이상한 짓은 안 할 거다."

"내키지 않으면 그런 건 안 해도 돼요. 그 대신에, 다른 얘기 좀 들어줄래요?"

"……옷이라도 사달라고?"

어제도 사줬는데. 난 정말 응석을 잘 받아주는 아빠라니까.

"영화가 보고 싶어요."

"또? ……뭐, 그건 좋지만."

어쩔 수 없는 녀석이네, 라고 생각하면서 DVD 플레이어 스위치를 켰다.

안젤리카는 생긴 게 그렇게 생겨서 그런지 센스도 서양사람 같다. 그래서 일본의 TV 프로그램에는 그다지 관심을 보이지 않았다. 내가 나오는 프로그램만 보고, 다른 것들은 「뭐야 이게?」라는 표정으로 넘어가 버린다.

그러다 보니 내가 일하는 동안에 심심할 것 같아서, 최근에는 렌탈 숍에 가서 외국 영화들을 잔뜩 빌려오고 있다. 서양 사람한테는 서양 사람들의 오락이 제일 좋을 테니까.

안젤리카가 좋아하는 건 소설을 원작으로 만든 유명한 판타지 영화다. 엘프랑 호빗이 나오고, 반지를 버리러 가는 그거. 「보고 있으면 고향에 온 것 같은 기분이 들어요」라던가. 뭐, 그런 세계관에서 태어났으니까.

"역시 그거야? 오늘도 판타지 영화 볼 거지?"

나는 안젤리카에게 물으면서, 렌탈 숍의 봉투를 뒤적거렸다. 내가 보려고 고른 건 액션 영화 하나뿐이고, 나머지 네 개는 전부 안젤리카 취향이다. 마음에 들면 좋겠는데 말이야. 그렇게 부모의 마음이 가득한 심정으로 호빗족의 모험을 그린 작품을 집었더니, 안젤리카가 전혀 다른 작품을 보겠다고 했다.

"그게 좋아요."

"뭐? 아니, 이건 안제 취향이 아닌데."

"그치만 그 사람, 몸이 좋잖아요."

"……."

"볼래요."

안젤리카가 말하는 「그거」란, 내가 보려고 빌려온 액션 영화다. 케이스에는 근육이 울끈불끈한 주연 배우의 사진이 있다. 얇은 셔츠 밖으로 나와 있는 위팔은 탄탄한 근육에 덮여 있다. 부풀어 오른 알통에는 혈관까지 튀어나와 있으니까, 몸이 좋다고 할 수도 있겠지.

……이런 것까지 서양사람 센스구나, 안젤리카 이 녀석.

일본 여자애들이라면 좀 더 날씬한 꽃미남 스타일을 좋아할 텐데. 안젤리카는 근육이 울끈불끈한 쪽을 좋아하는 건가. 그렇구나. 뭐, 이세계 여자애들은 대부분 그렇지만.

"이건 바람피우는 거 아니에요, 아빠도 몸이 좋잖아요. 아빠 몸이 제일 좋거든요. 하지만 뭐랄까, 그러니까…… 왠지 궁금하잖아요. 공부라고요, 공부. 평범한 호기심."

좋은 몸이란 말이지. 뭐 나도 그쪽 세상에서 17년이나 용사 노릇을 한 덕분에 열심히 단련하기는 했지만 말이야. 이래 봬도 목 아래는 아주 탄탄한 근육질이다. 내 몸에서 칭찬할 부분이라고는 그것뿐이지만.

"아빠 몸이 제일 좋다는 말, 딴 데 가서는 하지 마라."

틀림없이 오해를 살 테니까. 주의를 환기시키면서, 나는 안젤리카의 부탁에 응했다. 근육이 울끈불끈한 배우가 주인공인 액션 영화를 플레이어에 넣고, 재생 버튼을 눌렀다.

영화 배급사 로고가 표시된 뒤에 쿵, 하고 제목이 나왔다.

그 이름도 『람보 퍼스트 블러드』. 1982년에 개봉된 액션 영화다. 베트남 전쟁에서 귀환한 병사의 비애를 그린, 영화 역사에 남을 명작이다. 전장에서는 영웅이었지만 고향에 돌아왔더니 더러운 것이라도 되는 양 취급한다. 일자리도 찾지 못하고, 평화로운 세상에 적응하지도 못하고. 고문을 받던 때와 전투에서 있었던 일 같은 것들이 자꾸 떠올라서 괴로워하고, 약간의 악의에도 있는 힘껏 반격해버린다. 전쟁용으로 바뀌어버린 몸과 마음이 원치 않는 싸움을 불러온다. 단순한 오락 영화가 아니라, 병사의 마음의 상처(PTSD)를 그린 명작이라고 할 수 있다.

내가 이 영화를 빌린 건, 그냥 즐기기 위해서가 아니다.

주인공이 나와 닮았기 때문이다.

정말 남의 일 같지가 않아서, 나도 모르게 빌려버렸다.

화면 안에서는 주인공이 보안관을 죽이고 있다. 대화로 해결할 수 있는 문제가, 과잉방어를 한 탓에 살인사건으로 발전해버린 것이다.

"잔혹한 느낌의 영화인가요?"

"그래."

"이런 건 그다지 좋아하지 않지만, 이 주인공은 좀 불쌍하네요."

"그러게."

"나라에서 실컷 부려먹고 버린 군인인가요~."

"응."

"……아빠? 왠지 반응이 둔하네요?"

"응."

그렇겠지. 누가 시비를 걸면 바로 발끈해서 손이 나가게 되겠지. 일자리는 찾을 수도 없겠지. 아무리 신체 능력이 좋다고 해도, 무리다. 스스로 자기 인생을 망쳐버린다. 일부러 자기 자신을 막 대하는 것 같은 길만 선택하고, 정신을 차려보면 몰락해 있다. 그것이 적절한 케어를 받지 못한 귀환병의 말로다.

……혹시 나도 그런 건가? 외상 후 스트레스 장애인가 하는 그거? 라는 생각도 들었다.

영화에서 눈을 뗄 수가 없다. 벼랑에서 굴러떨어지는 것처럼 빠르게 고립되어가는 주인공의 처지가, 막 이쪽으로 돌아왔을 때의 내 모습 같다. 정신을 차려보니 정신없이 보고 있었다. 90분짜리 스토리가 겨우 10분 정도로 느껴질 만큼.

순식간에 지나갔다.

"흐아……. 이거 설마 실화는 아니겠죠? ……어, 아빠? 울고 있어요?!"

그 말을 듣고 헉, 했다. 볼에 손을 대보니 완전히 젖어 있었다.

"혹시, 제가 다른 남자를 빤히 쳐다봐서 그런 건가요?!"

"그런 게 아냐."

이런, 주인공한테 너무 공감해서 나도 모르게 눈물까지 흘렸다. 종군 경험자한테는 흔히 있는 일인지도 모른다. 진흙탕처럼 돼버린 전쟁에서 죽고 죽이는 짓을 해본 사람이라면 이해하겠지? 지금 이 나라에 그런 사람은 다 죽어가는 할아버지들밖에 없지만.

"……안 좋은 기억이라도 떠올랐어요?"

그렇지 뭐, 라고. 눈가를 닦으면서 대답했다.

나, 멘탈 카운슬링이라도 받아야 하려나.

그나저나 이게 대체 무슨 짓이야. 서른이 넘은 남자가 십대 딸 앞에서 울다니, 진짜 꼴사납게.

티슈 상자 쪽으로 손을 뻗었을 때, 안젤리카가 침대에서 내려왔다. 뭘 하는 건가 싶었더니, 내 앞으로 오더니──

"안제……?"

힘껏, 끌어안았다.

뭉클, 하고 부드러운 덩어리가 얼굴에 닿았다. 내 얼굴을, 자기 가슴으로 누르고 있는 것이다. 오른손으로는 내 머리를 쓰다듬으면서.

"너, 뭐 하는 거야."

이건 마치 엄마가 아이를 달래는 것 같잖아. 나는 다 큰 어른이고 이 녀석은 아직 어린애인데.

하지만 안제는 손을 멈추지 않았다.

"아빠한테는 제가 있으니까, 괜찮아요."

"그만해. 네가 내 엄마도 아니고."

"전 아빠 딸이고, 부인이고, 엄마예요. 누나면서 여동생이기도 하고요."

"……뭐라고?"

"여자 가족이 하는 역할, 제가 전부 다 할게요. 그러니까 괜찮아요. 저랑 아빠 둘이 있으면, 이젠 괜찮아요."

뭐가 괜찮다는 건지 잘 모르겠다. 애당초 그게 더 괜찮지 않은 것 같다는 생각도 들고.

그런데.

어째선지 마음이 편해졌다.

이상하다. 뭔가가 이상하다. 나는 안젤리카와 함께 잠자리에 든 뒤로 계속 생각하고 있었다.

잠이 오질 않는다. 스마트폰 화면을 봤더니 밤 12시가 거의 다 됐다.

조금 전부터 내 머릿속을 지배하고 있는 것은 어떤 의문이었다. 지금 이 나라를 뒤흔들고 있는 유명인들의 기행 사건. 물론 이것도 중요하지만, 솔직히 그딴 건 알 바 아니다.

전혀 상관없는 일이다.

지금은 그것보다 안젤리카가 문제다. 누구든 그렇게 생각할 것이다.

──안젤리카의 그 포용력은 대체 뭐지?

내가 영화 주인공에게 공감해서 눈물을 흘렸더니, 그 녀석이 살며시 안아줬다. 어째선지 나이 어린 엄마에게 응석을 부리는 것 같으면서, 기묘하게 편해지는 효과가 있었다. 로리 마마라니. 그런 사악한 단어에 정신이 나가버리는 서른두 살짜리로 자란 기억은 없다.

이대로 가면 위험하다. 왜냐하면 나는 굳이 따지자면 누님파다. 신도시 미시. 유부녀. 과부. 여성 외판원. 여성 회사원. 그런 단어를 보고 가슴이 두근거리는 건전한 30대 남성이다. 아, 「젊게 꾸민 아줌마」도 좋아한다.

……조금 탈선했네.

아무튼 내가 그런 취향이다 보니, 안젤리카가 엄마처럼 밀어붙이면 함락당할 우려가 있다.

손을 댈 수밖에 없다는 얘기다.

그건, 좋지 않다. 사람으로서 용서할 수 없다.

나는 침대에 누워 있던 몸을 일으키고는 옆에서 자고 있는 안젤리카를 봤다. 아무리 봐도 어린애고, 모성이라고는 있을 리가 없을 것처럼 보인다. 게다가 이 녀석의 스테이터스 감정 결과에 의하면 「파더콤」이라는 스킬까지 가지고 있는 데다, 평소 성격도 응석꾸러기다. 자기만 봐주기를 바라는 데다 기분파인, 전형적인 10대 여자애다.

그런 안젤리카가 어째서, 연상의 여성 같은 아우라를 발산한 거지……?

어째서……?

나는 떨리는 입술로 "스테이터스 오픈"이라고 중얼거렸다.

레이스와 싸웠던 때보다 훨씬 진지하게 전황을 분석하려고 했다.

【이 름】	안젤리카
【레 벨】	40
【클래스】	신성 무녀
【H P】	900
【M P】	1100
【공 격】	300
【방 어】	600
【민 첩】	450
【마 공】	800
【마 방】	820
【스 킬】	언어 이해, 감지, 법술, 파더 콤플렉스(육育)
【비 고】	호기심도 성욕도 강하지만 남성 경험은 없다.

나카모토 케이스케의 몸을 노리고 있다.

예전보다 강해졌잖아. 레이스를 쓰러트렸을 때, 내 파티 멤버로 인정된 탓이겠지. 경험치 30,000이 안젤리카한테 들어갔을 것으로 추정된다. 하지만 기본 스테이터스가 올라갔다고 해서, 포용력까지 강해지는 걸까?

아니. 절대로 아니다.

그랬다면 마왕은 엄청난 인격자였을 테니까.

그렇다면—— 스킬 때문인가.

나는 「왠지 무섭다」는 밑도 끝도 없는 이유로 안젤리카의 스킬

을 자세히 살펴보려고 하지 않았었는데, 지금은 그걸 따질 때가
아니다.

　소용히 스테이터스 창을 터치해서 스킬 항목을 확대했다. 그리
고 한 번 더 길게 누르면, 스킬의 상세한 효과를 표시할 수 있다.

【파더 콤플렉스(育育)】
『파티 안에 연장자 남성이 있으면 모든 스테이터스 상성. 또한
부성이 느껴지는 남성에게 호의를 품기 쉬워진다. 부친 같은 존
재에게 응석을 부리고, 자신을 키워주는 것에 대해 강한 관심을
갖는다. 반대로 부친 같은 존재의 응석을 받아주고 키우는 것에
도 강한 관심을 갖는다. 상호 육성형 파더 콤플렉스. 진정한 특
성은 연하 여성의 모성』

　깊고, 그리고 긴 한숨을 내쉬었다.
　──이건 반칙이잖아.
　이런 건 범죄라고. 아무리 봐도 노멀한 성적 취향이 아니란 말
이야. 상호 육성형이 대체 뭐냐고. 안젤리카 마마? 그만둬! 그
건 나한테 무지무지 잘 먹힌단 말이야!
　돈이다.
　어쨌거나 돈이 필요하다. 강하고 돈 많고 믿음직한, 빈틈이라
고는 찾아볼 수 없는 아빠가 되는 수밖에 없다. 더 이상 안젤리

카한테 약점을 보여줄 수는 없다.

나는 강철 같은 남자가 되겠다. 그러면 안젤리카는 평범한 응석꾸러기가 돼버릴 테고, 내 취향에서 벗어나게 된다. 내가 길을 잘못 들지 않을 수 있게 된다.

이젠 일을 가릴 때가 아니다. 뭐든지 해야겠다고 생각했다.

그래.

나는 어떤 예능 프로그램 디렉터로부터, 벗는 일을 해볼 생각이 없냐는 제안을 받았다. 이상한 의미가 아니다. 젊은 개그맨들과 함께 체력 측정을 하는 기획에 참가할 생각이 있느냐는 뜻이다. 상반신을 벗고, 장애물 경주 같은 걸 하면 된다는 것 같다. 나카모토 씨는 주부층한테 인기가 좋으니까 수요가 있어요, 라고 했었지.

내가 왜 주부들한테? UFO 아저씨라면 애들한테 특화된 건데? 라고 이상하게 생각했지만, 안젤리카한테 「몸이 좋다」는 말을 듣고 겨우 자각했다.

그렇…… 구나. 나는 옷을 입어도 알 수 있을 정도로 근육질이니까, 사모님들이 벗은 몸을 보고 싶다고 생각하겠지. 젊은 여자들은 근육을 그다지 좋아하지 않지만, 아줌마가 되면 좋아하게 된다는 것 같으니까.

상관없다. 그렇게 해서 돈을 많이 받을 수 있다면 어쩔 수 없지.

그렇게 해서.

괴사건 쪽은 신경 쓰고 벗는 일에 대해 생각하는 사이에, 나는 꿈속으로 빠져들고 말았다.

"안녕히 주무셨어요~ 아빠!"

아침이 됐다.

안젤리카는 아주 기분이 좋다. 중세 같은 이세계 출신이다 보니 아침형 인간이다. 힘이 넘친다.

이거, 괜찮지 않을까?

아침 식사 자리에서 은근슬쩍 그 얘기를 던졌다.

"나 말이야, 벗는 일을 해보려고 하거든."

너한테 더 맛있는 걸 먹여주고 싶고, 빨리 넓은 집으로 이사도 가고 싶잖아? 하지만 지금 벌이로는 불안하니까, 일을 늘릴 수 있는 계기가 된다면 TV에서 벗은 몸을 보여주는 정도는 별것도 아니다. 안젤리카도 괜찮지? 그런 남자의 포용력이 넘치는 말을 했더니,

"싫어. 절대로 안 돼요."

안젤리카가 토스트를 와직, 하고 쥐어서 뭉개버렸다. 초록색 눈에서 분노로 가득 찬 빛을 내뿜고 있다.

"아니, 저기…… 난, 남자거든? 아저씨거든? 사람들한테 벗은 몸을 보여줘도 괜찮잖아?"

"……하지만 TV는 수백, 수천만이나 되는 사람들이 보는 거잖아요? 아빠가 그렇게 말했잖아요."

"요즘에는 어느 방송국이고 시청률이 천천히 떨어진다는 것 같으니까, 수천만은 안 본다고."

안젤리카는 입술을 깨물고, 당장이라도 울음을 터트릴 것 같은 표정이 됐다.

【파티 멤버, 신성 무녀 안젤리카의 독점욕이 200 상승했습니다】

"싫어…… 아빠 벗은 몸을 사람들한테 보여준다니, 절대로 안 돼요…… 게다가 이유가, 나 때문이라니……."

사실은 내 마음의 평온을 위해서다, 라는 말을 안 할 정도의 지혜는 나한테도 있다.

"고집부리지 말고. 아빠는 한 가정을 책임지는 사람이야. 무슨 짓을 해서라도 가족들을 먹여 살려야 한다고."

"……싫어요. 그런 건 못 참아요."

【파티 멤버, 신성 무녀 안젤리카의 독점욕이 300 상승했습니다】
【파티 멤버, 신성 무녀 안젤리카의 독점욕이 400 상승했습니다】
【파티 멤버, 신성 무녀 안젤리카의 독점욕이 500 상승했습니다】

"뭐가 그렇게 마음에 안 드는데? 신전에서 격리된 채로 자란 너는 잘 모르겠지만, 남자의 벗은 몸에는 별 가치도 없다고. 원래 그런 거야. 난 아무렇지도 않다니까 그러네."

"……제가 신경 쓰여요…… 반대 입장이 돼서 생각해주세요."

"반대?"

그 말을 듣고 상상해봤다.

"아니 딱히. 만약 내 아버지가 가족을 위해서 어디선가 옷 벗는 개그를 한다고 해도, 대단하다고 생각할 거야. 다른 사람들은 놀릴지도 모르지만, 생활비를 벌고 있는 훌륭한 부모님이잖아."

"……하아. 아빠는 아무것도 모르네요. 하나도."

【파티 멤버, 신성 무녀 안젤리카의 독점욕이 600 상승했습니다】
【파티 멤버, 신성 무녀 안젤리카의 독점욕이 700 상승했습니다】
【파티 멤버, 신성 무녀 안젤리카의 독점욕이 800 상승했습니다】

마침내 안젤리카는 콧김까지 거세게 내뿜기 시작했다. 눈가는 촉촉해지고, 눈 주위 피부가 빨개지는 걸 보니까, 정말 나쁜 짓을 하고 있는 것 같은 기분이 들었다.

"울지 마, 제발."

"아빠. 완전히 반대 입장에서 생각해주세요. 완전히."

"완전히?"

"입장부터 성별까지, 전부 반대로요."

무슨 소리야?

"나이가 비슷한 이성 부모가, 벗어서 돈을 벌어볼까 한다고 말했을 때 어떤 기분이 들지 말이에요. 상상해보세요."

"말세네."

"그죠?"

안젤리카는 손가락으로 눈시울을 훔치면서 설명했다.

"잘 들으세요. 아빠는 열여섯 살이 될 때까지 계속 남자밖에 없는 종교 시설에서 자랐어요. 여자를 볼 기회는 그림과 조각뿐인, 지옥 같은 환경이죠. 젊은 몸을 주체할 수가 없어요. 그게 아빠예요. 잠깐 상상해보세요."

"주체하지 못하는 거냐, 너."

아마도 언급하지 않는 쪽이 좋은 부분이겠지, 싶어서 더 이상 파고들지는 않았다.

"그 여자에 굶주린 소년한테, 어느 날 높은 사람이 『여자 용사랑 동거해도 된다』고 허락했어요."

"아주 신이 나겠네."

솔직히 여자에 너무 굶주린 탓에 무조건 좋아하게 될 것 같은데.

"그죠, 그죠? ……그래서, 막상 여자 용사를 만나봤더니 서른두 살인, 약간 여윈 사람이었어요. 아줌마 같기도 하고 누나 같기도 한 사람이죠. 평범한 얼굴이지만 목 아래의 부분은 야해요. 그리고 과부고."

"소, 속성이 장난이 아닌데. 평범한 얼굴인데 벗으면 대단하다니. 게다가 과부. 아마 이름은 사나에나 쿄코겠지. 약간 옛날 느낌으로."

"그래서 말이죠, 그 사람이 이렇게 말하는 거예요. 날 엄마라고 생각하라고. 새엄마예요, 새엄마. 열여섯 살 차이밖에 안 나는 새엄마."

그것참 발칙한…… 틀림없이 불건전한 이야기의 프롤로그다. 『새엄마의 꿀단지~ 사나에 32세~』 같은 느낌으로.

"그 새엄마랑 부모 자식인지 연인인지 모를 관계가 됐어요."

"사나에 씨…… 최고다……."

"어느 날 아침에, 새엄마가 이런 말을 해요. 『미안해. 엄마 벌이가 적어서, 앞으로 옷 벗는 일을 해서 돈을 벌 거야』라고."

"안 돼, 말려!"

"봐요! 보라고요! 이제 알았죠?! 지금 제 기분이 딱 그거예요!"

이런, 정말 위험했다. 하마터면 사나에 씨를 더럽혀버릴 뻔했어.

"고마워 안제. 나도 이해했어."

"그럼 됐어요."

기분이 풀어져서 토스트를 먹는 안젤리카를 보고 있는 사이에, 내 마음속에서 어떤 생각이 샘솟았다.

아냐.

사나에라는 여자는 없다. 대체 누군데. 난 나라고. 이야기 속에서 그러거나 말거나, 난 아저씨라고.

"미안해 안제. 나 역시 벗을래."

"아———!"

안젤리카의 절규를 들으며, 내 달걀부침에 간장을 뿌렸다.

"……오늘은 일찍 들어올 테니까. 선물도 사 올게. 이걸로 용서해줄래?"

【파티 멤버, 신성 무녀 안젤리카의 독점욕이 900 상승했습니다】
【파티 멤버, 신성 무녀 안젤리카의 독점욕이 1000 상승했습니다】
【파티 멤버, 신성 무녀 안젤리카의 독점욕이 1100 상승했습니다】

오늘 녹화는 그렇게 오래 걸리지 않는다고 했으니까. 서둘러서 집에 오면 저녁도 같이 먹을 수 있겠지.

"알았지? 다섯 시까지는 올게. 둘이 같이 저녁 먹자. 생각 있으면 어디 밖에 나가서 먹을까?"

"……으…….'

"제발. 나, 돈이 필요해. 널 위해서 쓸 돈이 필요하단 말이야."

안젤리카는 눈에 눈물을 담고, 얼굴이 새빨개져서 말했다. 수치가 아니라 화가 나서 빨개졌겠지.

"다섯 시예요? 약속했어요. 저도 어린애가 아니니까, 어디 맛있는 가게에 데려가 주면 용서할게요."

"그래, 고맙다."

역시 이 녀석은 어린애처럼 떼쓰는 쪽이 잘 어울린다. 그러는 쪽이 이성으로서 의식하지 않을 수 있고, 마음이 편하다.

"그래서 말인데, 내일은 일이 없으니까 둘이서 그 사건을 조사하러 가볼래? 중간에 모험을 좀 하겠지만, 이틀 연속으로 데이트야. 이러면 만족하겠지?"

"해요, 해요! 한다고요!"

안젤리카가 탁자에 두 손을 짚고 몸을 앞으로 내밀었다. 본인은 모르고 있겠지만, 대놓고 가슴골 계곡을 보여주는 것 같은 포즈가 돼버렸다.

아침부터 이상한 기분 들게 만들지 말라고. 사나에 씨가 나쁜 마마가 돼버릴 것 같으니까.

9시 반에 집에서 나와, 30분 정도 걸어서 가장 가까운 역에 도착했다.

전철이 오려면 아직 5분 정도 남았다. 꽤 많이 남았네.

어쩔 수 없이 스마트폰을 꺼내서 뉴스 사이트를 보며 시간을 보내기로 했다.

왜 대중교통을 이용하는 거야 그냥 날아가면 되잖아, 라고 생각할 수도 있지만, 여기에는 다 이유가 있다.

은폐 마법으로 모습을 감춰도 카메라에는 찍힌다는 사실이 판명된 이상, 건물 위를 날아서 이동하는 무모한 짓은 불가능해졌다. 최소한 밝을 때는 안 되겠지. 큰 난리가 날 테니까.

……큰 난리.

오히려 그쪽이 더 좋으려나, 라는 생각도 해봤다.

사람들 앞에서 대놓고 날아다니면 나카모토가 또 새로운 마술을 개발했다고 하면서 주목을 받게 될지도 모른다. 이상한 포즈라도 보여주면 더 좋아하려나?

재미있고 요란한 연예인, 이라는 캐릭터를 연출하는 건 아주 중요한 일이다. 사실 나는 굳이 따지자면 말이 없고 어둠침침한 부류에 들어가지만, 시청자들이 원하는 것은 신나게 마술을 보여주는 매지션 나카모토니까.

뭐라고 할까, 스스로 다른 인격을 만들어서 그쪽을 프로듀스

하고 있다는 기분이 든다. ……용사 노릇을 하던 때도 이런 느낌이었지. 그때는 용감하고 정의감이 강한 이상적인 용사님 연기를 했지만. 그래서 「용사님 응원합니다」라는 말을 들어도 그다지 기쁘지 않았다. 그거, 진짜 내가 아니니까. 사람들을 안심하게 만들기 위해서 준비한 껍데기 같은 거니까. 껍데기를 칭찬해 봤자 마음을 울리는 일은 없으니까.

그런데 이쪽으로 돌아와서도 또 똑같은 노릇을 하고 있다. 난 대체 뭘 하는 걸까.

머릿속으로 투덜거리면서 뉴스 사이트를 봤다. 아무래도 인터넷의 주목도는 활동을 정지한 아이돌 쪽으로 집중된 것 같다. 두 번째는 젊은 여배우의 스트립. 나에 관한 기사는 8위에 올라가 있었다. 생방송 중에 엉덩이로 금속 배트를 부러트리는 재주를 보여준 덕분에 겨우 이 순위에 들어갔다.

대중이라는 것들은 아무튼 쉽게 질린다. 이제는 높이 뛰거나 튼튼한 것을 파괴하는 정도 가지고는 놀라지도 않는다. 더, 훨씬 더, 요구가 점점 커져만 간다.

다음에는 엉덩이라도 자동차라도 파괴할까?

아니면 엉덩이로 사람을 들어 올릴까?

잠깐, 너무 엉덩이에 집착하는 게 아닌가?

그것보다 기행 사건을 해결하는 게 더 좋지 않은가?

내가 새로운 방송 소재를 열심히 소개하고 있는데, 화면 위쪽에 「새로운 메시지가 있습니다」라는 팝업이 떴다.

이런 시간에 누구야. 내 주소를 등록하고, 오전 중에 볼일도 없이 연락할 아는 사람.

한 사람밖에 없다.

나는 머릿속으로 어떤 여고생의 얼굴을 떠올리면서 SNS 앱을 켰다.

『살려줘..』

예상대로 보낸 사람은 리오였다. 사이토 리오. 조폭이 따라다니는 걸 구해줬더니 날 완전히 이성으로 의식하게 돼버린 엘자랑 닮은 소녀. 이 녀석도 엉덩이가 참 좋지, 라고 여전히 엉덩이 생각을 하면서 답장을 입력했다.

『무슨 일 있어?』

『위험해. 영문을 모르겠어. 진짜 위험해. 살려줘. 엄청 위험해.』

『진정하고 설명해봐. 네 어휘가 제일 위험하다고.』

『날 덮치려고 해..』

이 녀석은 왜 이렇게 이런 일에 말려들기 쉬운 체질이냐고.

『바로 갈게. 어디 있는데?』

『우리가 처음 만났던 오락실. 제발 빨리 와줘.』

연예인으로서의 사고방식은 순간적으로 지워버리고, 바로 모험자의 사고방식으로 전환했다.

나는 은폐 마법을 사용하고는 서둘러 달려갔다. 밝은 대낮에는 이런 짓을 하면 안 되겠다고 생각하자마자 이게 무슨 꼴이냐고. 아무튼 이 모습이 카메라에 찍히지 않기를 빌자.

최강의 용사가 사람들 시선을 두려워하면서 움직이다니. 현대 사회란 참 힘든 곳이다. 이런 때만은 룰이라는 게 없던 이세계가 그리워진다. 뭐, 아침부터 여고생이 도와달라고 하는 시점에서 이쪽 세상도 꽤나 혼돈에 빠져 있지만.

"그 녀석, 이번엔 또 누구랑 엮인 거야."

불량배 그룹에서 발을 빼려고 했더니 때리려고 하는 정도면 차라리 다행이고, 이세계에서 온 자객에게 찍혔을 가능성도 있다.

안 좋은 예감이 든다. 엄청나게.

물리 법칙을 초월한 속도로, 서둘러 달려갔다.

내 전력 질주 속도는 음속을 간단히 초월한다. 순식간에 목적지인 오락실이 눈에 들어왔다.

자동문 앞에서 발을 멈추고 일단 숨을 골랐다. 지쳐서 그런 게 아니다. 마음을 진정시키기 위한 행동이다.

이런 때는 사소한 동요 때문에 큰일이 날 수도 있다는 걸 지금까지의 경험을 통해서 알고 있다.

"좋았어."

머릿속이 진정됐고, 조용히 가게 안으로 들어갔다.

리오…… 리오는 어디 있지.

스마트폰으로 연락을 해봤지만 답장이 없다. 읽었다는 표시도 없다.

설마 메시지도 못 보내는 상황인가? 라는 안 좋은 상상을 하고 있는데, 가게 안에 고함소리가 울려 퍼졌다.

"따라오라고 했잖아!"

소년 목소리다.

바로 그쪽으로 갔더니 남자 화장실 안에 고등학생 집단이 모여 있는 게 보였다.

숫자는 대여섯 명 정도, 전부 교복 차림. 당연한 얘기지만 전부 남자…… 인줄 알았더니, 딱 한 사람 여자가 섞여 있다. 소년들에게 둘러싸인 교복 입은 소녀. 길게 늘어트린 머리카락에 날씬한 몸. 리오다.

"너희들 따위한텐 관심 없다고, 몇 번이나 말했잖아!"

리오는 처음 만났던 때처럼 날카로운 목소리로 소리를 지르고 있었다. 상당히 화가 난 것 같다. 이 녀석들한테 잡혀서, 억지로 여기까지 끌려온 건가?

……그런 생각 하고 있을 때가 아니지.

그것 말고는 이 상황을 설명할 방법이 없잖아.

나는 화장실 안으로 들어가서는 바로 은폐를 해제했다.

"으억? 뭐야 이 아저씨, 어디서 나온 거야?!"

뒤로 자빠지려고 하는 꼬맹이들에게, 살벌한 목소리로 말을 걸었다.

"니들, 뭐 하는 거야."

남학생들이 일제히 나를 봤다.

리오는 안심한 것 같은 표정을 짓고는 "나카모토 아저씨!"라고 불렀다.

동시에 소년들이 술렁이기 시작했다.

"나카모토? 우와. 매지선 나카모토잖아."

"우와~ 진짜네. 그 UFO 아저씨."

"뭐야, 리오랑 아는 사이였어?"

소년들의 관심이 나한테 쏠렸고, 리오를 둘러싸고 있던 포위 망이 무너져갔다.

그랬더니 지금이 기회라는 것처럼, 리오가 그 틈새를 통해서 뛰쳐나왔다. 재빨리 내 뒤로 숨더니 "미안, 괜히 이름을 불렀네" 라고, 작은 소리로 사과했다.

"둘이 무슨 관계야?"

"아저씨랑 여고생이 사이좋게 지내면, 그거밖에 없잖아?"

"원조교제구나."

"말도 안 돼! 이거 한 방에 퇴학인데."

소년들이 천박한 미소를 지으며 스마트폰을 꺼내 들었다. 찰 칵찰칵 촬영하는 소리를 내면서 나와 리오의 사진을 찍었다.

"아~ 숨지 마~ 리오."

"괜찮아, 내가 다 찍었으니까."

"오, 그거 죽인다."

이 자식들이 뭘 하려는 건지는 대충 알 것 같다. 나는 리오에 게 "넌 아무 잘못 없어"라고 속삭이고는 소년들 쪽으로 다가갔 다.

나와 대치하려는 것처럼, 리더로 보이는 소년도 앞으로 나왔 다. 키가 큰데다 머리카락은 장발, 나보다 머리 하나 정도 큰 꼬 맹이다. 180센티미터 정도는 되겠지. 얼굴은 곱상한 게, 배우라 기보다는 아이돌 같은 스타일이다. 약간 풀어 입은 교복이 짜증 날 정도로 잘 어울린다.

"그런 사진으로 협박이라도 하려고? 그 정도로 체포당할 만큼

부조리한 나라는 아닐 텐데."

"그럼 이거 바로 인터넷에 올려도 돼? 리오랑 딱 붙어 있는 모습이 찍혔는데."

"······그건."

"역시 안 되잖아. 까불지 말라고."

키가 큰 소년이 가학적인 미소를 지었다.

뒤에서 리오가 속삭였다.

"저 녀석······ 어제 나한테 고백했는데······ 거절했더니 계속 따라다니면서······."

목소리가 떨리고 있었다. 미안해 나 때문에, 라고도 말했다.

"우리가 말이야, 딱히 아저씨를 협박하려는 건 아니니까~ 조용히 꺼져줄래? 그러면 아무 일도 없을 테니까."

"뭘 하려는 건데?"

"글쎄~ 그건 리오한테 달린 게 아닐까~. 저 녀석 테크닉이랑 의욕에 따라서 내용이 달라지겠지?"

낄낄낄, 일제히 웃었다.

키가 큰 소년이 동료들에게 눈짓을 하며, 재미있어 죽을 지경이라는 것처럼 웃고 있다.

"우리가 좀 많이 굶주렸거든. 어차피 원조교제 하는 애라면 한 판 시켜줘도 되잖아? 아저씨도 리오랑 놀았으니까 우리랑 똑같은 거고. 너무 깐깐한 소리 하지 말라고."

끝까지 들을 필요는 없다. 더 이상 들으면 귀가 썩는다.

【용사 케이스케는 MP를 295 소비. 신성검 스킬을 발동. 공격력 350% 상승.】

【영체, 악마, 언데드에 대해 특효 상태가 됩니다.】

오른손에 빛의 칼날을 발생시키고, 꼬맹이들 사이로 지나갔다.

순식간에 모든 것이 끝났다.

소년이 의기양양하게 들고 있던 스마트폰이 잘게 잘리고, 단면에서 하얀 연기가 피어올랐다. 다른 놈들이 들고 있던 것도 똑같이 다져줬다.

"분명히 말하는데, 마음만 먹으면 너희들 몸도 잘라버릴 수 있다. 알았으면 빨리 집에나 가."

남자 고등학생 집단은 재미있을 정도로 똑같은 표정이었다. 입이 떡 벌어져서 깜작 놀란 표정이다.

하지만 다음 순간, 나도 똑같은 표정이 되고 말았다.

"뭐야 그거? 광검 같았는데. 너 설마, 신성검 쓰는 거냐."

그 소년이 너무나 정확하게 추리했기 때문이다. 아무리 그래도 일개 고등학생 치고는 사정을 너무 잘 알고 있다.

나는 칼을 겨눈 채, 발을 미끄러트려서 후퇴했다.

"너, 정체가 뭐냐?"

"그쪽이야말로 뭔데. 그냥 사기꾼 마술사 아니었어."

서둘러서 소년의 스테이터스를 감정했다.

【이　　름】	아길
【레　　벨】	65
【클래스】	소환 모험자, 남자 고등학생
【H　　P】	2200
【M　　P】	1200
【공　　격】	1500
【방　　어】	1300
【민　　첩】	1700
【마　　공】	1000
【마　　방】	1000
【스　　킬】	언어 이해, 밤눈, 흙 마법
【비　　고】	홉 고블린 전사. 일본 남자 고등학생 후지모토

코스케의 신분과 모습을 가로챘다.

"……어?"

생각도 못한 결과를 보고 내 눈을 의심했다.

뭐라고?

이 녀석이 고블린?

"그래, 그렇구나. 아저씨 용사였구나. 그냥 인간이 아니라면…… 죽여도 되겠지?"

소년…… 아니, 아길이라는 고블린은 가학적으로 웃으면서 동료들에게 지시를 내렸다.

"사람을 치워야겠어. 입구에 사일런트하고 인식 저해계 결계를 쳐."

"후각 저해도 필요해?"

"음~ 해둘까. 배를 갈라버릴 수도 있으니까."

현대 고등학생의 입에서 튀어나오는 판타지 같은 단어들. 그 위화감 때문에 머릿속이 혼란스러워졌다.

인식 저해는 중급 이상 몬스터가 사용하는 보조 마법이다. 아마도 지금 이 화장실도, 밖에서 보면 그냥 벽처럼 보일 것이다.

사일런트는 소리가 새나가지 않게 하고, 후각 저해도 이름 그대로의 성능.

이것들은 전부 모험자가 증원을 부르지 못하게 방해하고 던전 안에서 고립시키기 위한 주문이다. 지하에 소굴을 만드는 타입의 마물들이 자주 사용하는 경향이 있다. 그렇다, 주로 고블린 같은 놈들이.

"어쩔래? 여기, 지금부터 세 시간은 격리 공간이거든?"

아길이 유쾌하다는 듯이 입술을 일그러트렸다.

"그래서 어쨌다고?"

"뭘 모르네. 아저씨는 이제, 울어도 소리쳐도 소용없다는 뜻이야. 뼈가 부러지건 배때지를 갈라서 내장을 잡아 뽑건, 아무도 모른다고. 도와주지 않아. 네 비명 소리는 들리지 않는다고…… 키히, 키히히, 게하하하하하하!"

아길이 고함소리를 지르며 덮쳐왔다. 큰소리친 데 비해서 몸놀림은 그렇게 대단하지도 않았다.

반걸음 옆으로 피해서 간단히 피했다. 놈의 오른팔은 우스울 정도로 허공을 갈랐다. 간단히 붙잡아서, 비틀어버렸다.

나는 아길의 관절을 반대 방향으로 꺾고 팔꿈치 뼈를 부쉈다.

"가갸아!"

아픔 때문에 괴로워하는 아길의 얼굴을, 「디스펠」이라고 중얼 거리면서 건드렸다.

그랬더니 잘 생긴 소년의 얼굴이 사라지고 추악한 고블린이 정체를 드러냈다. 녹색 피부에 뾰족한 귀와 코. 주름투성이 난쟁이 같은 외모로, 키가 나보다 작아졌다.

"혹시 너희들, 전부 이런 놈들이냐?"

나는 교복 집단에게 일제히 디스펠을 날렸다.

예감이 적중.

모조리 더러운 수컷 고블린이다.

"……어…… 괴물……?"

리오는 소리 없는 비명을 흘리고, 천천히 주저앉았다. 바닥에 완전히 주저앉아서 몸을 부들부들 떨었다. 이 소녀가 궁지에 몰리면 의외로 소심해진다는 걸 깜박하고 있었다. 무서워서 걷지도 못할 수도 있다. ……하지만, 아직 눈꺼풀은 움직이겠지.

"리오, 잠시 눈 감고 있어."

나는 지금부터 고블린을 죽인다.

즉, 지금부터 너무나 잔학한 광경이 펼쳐진다는 뜻이다. 절대로, 전투 훈련도 받지 않은 소녀에게 보여줄 장면이 아니다.

나는 리오가 눈을 감은 걸 확인하고는 이세계 시절의 야만성을 해방했다. 최강의 소환 용사라고 불렸던 그 시절에 가깝게, 나 자신을 바꿨다.

"널 붙잡은 채로는 움직이기 힘들군."

일단 방해되지 않도록 아길을 격리시키기로 했다.

광검으로 사지를 절단하고 전부 화장실 칸 안에 던져 넣었다. 물론 아길의 몸통도.

보통 고블린은 회복계 마법을 쓰지 못한다. 이러면 당분간 방해는 안 되겠지.

남은 다섯 마리 쪽을 봤더니, 동포가 당하는 모습을 보고 완전히 화가 난 것 같았다.

"웃기지 말라고! 지구에 너 같은 놈이 있다는 얘기는 못 들었어!"

그중에서도 제일 화를 낸 고블린이 내 배를 때렸다.

예전보다 훨씬 단단해진 내 복근을, 맨손으로 때린 것이다. 이건 사과로 콘크리트를 세게 두들기는 것이나 마찬가지. 단순한 자폭행위라는 뜻이다.

"아야야!"

주먹을 붙잡고 괴로워하는 고블린을 단칼에 베어버렸다.

리오를 인질로 잡기라도 하면 귀찮아진다. 빨리 끝내버리자.

나는 바로 앞으로 달려나갔고, 물 흐르는 것처럼 잔당 사냥 작업을 시작했다.

좁은 공간에서 고블린을 해치우는 건 익숙한 일이다. 예전에는 일과나 마찬가지였으니까.

"트, 틀렸다 이 자식…… 너무 세! 우리가 감당할 놈이……."

한 마리가 도망치려고 해서, 마법 화살로 아킬레스건을 쏴버렸다. 넘어진 놈에 올라타서 척추를 절단.

움직이지 못하게 돼버린 시체를, 다른 고블린에게 던졌다. 발밑에 적이 있으면 걸려서 넘어질 수 있으니까, 바로 투척하는게 제일이다.

"그갸!"

제대로 얻어맞은 고블린이 뒤로 자빠져버렸다.

뒤엉킨 적 집단을 향해 단번에 칼을 꽂아 넣었다. 숨이 끊어진 고블린 놈들을 하나씩 마법으로 태워버렸다.

불이 날 걱정은 안 해도 된다. 실체가 없는 마력 불꽃은 목표 이외에 다른 것은 태우지 않으니까.

귀찮은 작업이지만 증거를 남길 수는 없다. 시간을 들여서 꼼꼼하게 처리했다.

"자."

다섯 마리를 없앤 다음, 마무리로 아길을 던져 넣은 화장실 칸으로 갔다. 팔다리를 잃은 비참한 몰골의 고블린 쪽으로.

"왜 너만 살려뒀는지 아냐?"

"……심문?"

"잘 아니 다행이군."

나는 오른손으로 아길의 머리를 쥐고, 들어 올렸다.

"왜 고블린이 여기 있지? 요즘 항간을 시끄럽게 만드는, 유명인들의 기행 사건도 네놈들 짓인가? 대체 얼마나 많은 놈들이 인간 행세를 하고 있지?"

"그건 무리야. 모르는 건 모르는 거니까."

"고용주를 감싸겠다는 건가. 하등종족치고는 훌륭한 충성심이군."

"아니거든."

고블린의 입에 어울리지 않는, 이 나라 젊은이의 말로 아길이 말했다.

"우리, 기억에 제한이 걸렸거든. 나도 내가 왜 여기 있는지 몰라. 누군가 엄청나게 강하고 높은 놈이 보냈다는 것도, 중요한 기억을 지운 것까지는 기억해. 하지만 그게 다거든. 안 됐네, 용사님."

아길의 배를 걷어찼다.

"기야아!"

고블린의 정신력 따위는 별것도 아니다. 괴롭히면 바로 사실을 털어놓는다.

"몰라! 진짜 모른다고! 그냥 죽여! 아무것도 모르니까!"

"말을 잘하면 팔다리를 재생시켜 줄 수도 있는데"

"모른다니까아아아아아아! 나도 말하고 싶어! 근데 모르는 걸 어쩌라고! 제기랄! 나도 답답해 죽겠단 말이야아!! 할 수 있으면 말하고 싶어! 살고 싶다고!"

"진짜 후지모토 코스케는 어떻게 됐지? 그것도 모르나?"

"내가 알 리가 없잖아! 정신을 차려보니 인간 모습으로 변신

할 수 있게 됐을 뿐이야!"

아길을 쥔 손에 힘을 줘서 두개골을 뿌득뿌득 소리를 내가며 조였다.

"아갸아! 아야, 아파, 아파, 아파! 몰라! 진짜로 아무것도 몰라!"

"언제부터 후지모토의 신분을 손에 넣었지?"

"지난달부터야! 아프다고!"

"잠복한 고블린은 더 있나?"

"그렇게 들었는데, 누군지는 나도 몰라~!"

"거짓말은 아닌 것 같군."

"······히기······ 긱······ 이만큼 말했으니까······ 등가교환 해야 지······ 날 치료해······ 치료·······."

나는 잘라버린 아길의 팔다리를 태우면서 말했다.

"엘자는 고블린 때문에 인생을 빼앗겼다. 그 녀석을 만난 뒤로, 나는 눈에 들어온 고블린은 모조리 죽여버렸지. 고블린의 혼은 구원의 여지가 없다. 타고난 악이다. 그래서 목숨을 빼앗는 게 제일가는 치료법이지. 그러니까, 너도 죽이겠다."

"뭐······?"

"다음엔 좀 더 제대로 된 생물로 태어나라. 뭐, 간단한 일이니까. 구더기나 바퀴벌레도 네놈들보다는 제대로 된 생물이니까, 뭐로 다시 태어나건 지금보다는 낫겠지."

"싫어! 싫다고오오오! 죽이지 마! 죽이지 마, 죽이지 마, 죽이지 마, 죽이지 마! 그게 용사가 할 짓이냐! 웃기지 말라고! 이럴 거면 그냥 빨리 죽는 게 좋았다고! 괜히 말했어!"

"잘 가라."

뿌득, 하고 목뼈를 부러트렸더니 아길은 움직이지 않게 돼버렸다.

시체는 마법으로 태워버렸다.

나는 화장실 칸에서 나와, 리오에게 말을 걸었다.

"이제 눈 떠도 돼."

세면대로 가서 물을 틀었다.

절단하는 동시에 살을 태워버리는 광검을 썼기 때문에, 피가 묻지는 않았다.

하지만, 그래도 더러운 일을 했다는 기분은 든다.

액체 비누를 잔뜩 써가면서 꼼꼼하게 손을 씻었다. 물로 한참 헹군 뒤에 페이퍼 타월로 손을 닦고, 리오에게 다가갔다.

"갈까."

"……그놈들, 죽인 거야?"

"그래. 사람이 아니었으니까."

일어설 수 있어? 라고 말하며 손을 내밀었다.

리오는 힘없이 내 손을 잡았지만, 쉽게 일어나지 못했다.

"……미안, 다리에 힘이 안 들어가. 다리가 풀린 거 같아."

"그거 큰일이네."

공포 때문에 팔다리를 움직이지 못한다는 걸 보면, 정신에 대미지를 입었다. 육체를 치유하는 회복 마법으로 어떻게 할 수 있는 일이 아니다.

어떻게 해야 좋을까?

심리 상담사한테 데려가는 게 제일 좋겠지만, 갑자기 고블린 집단한테 습격당했다고 말하는 순간, 마음의 상처가 아니라 환각이라고 의심할 것 같은 기분이 든다.

나는 그 자리에 웅크리고 앉아서 리오와 눈높이를 맞췄다.

"괴물은 이제 없어. 아무것도 걱정할 필요 없다고."

"……알기는 하는데."

그래도 힘이 안 들어간다고, 리오는 자신도 너무나 곤혹스럽다는 표정을 짓고 있다. 부들부들 떨리는 무릎을 "어라? 왜지?"라고 말하면서 두드리고 있다.

"여기서 잠깐 쉴까. 어차피 한동안은 아무도 안 들어올 테니까."

"……응."

아무리 그래도 화장실 바닥에 앉아 있는 건 좀 그래서, 리오를 살짝 안아 들었다.

소위 말하는 공주님 안기다.

"아."

얼굴이 새빨개진 리오에게 강화 부여(버프)를 걸어줬다.

지금 내 완력으로는 리오의 몸을 망가트릴 수도 있으니까, 필요 불가결한 조치다.

나는 너무 강해진 몸을, 리오는 너무 약한 육체를 가지고 있다.

쉽지 않은 일이다.

후, 하고 한숨을 쉬면서 화장실 문을 열고 변기 뚜껑을 내렸다. 그 위에 리오를 앉혔다.

"……그놈들 대체 뭐야."

"몬스터. 이쪽 세상 것들이 아니야."

나는 리오와 약간 거리를 벌리고는 고개를 돌렸다.

아길과의 대화를 들었다. 아무리 상대가 아인이라고는 해도, 그건 무자비한 살육 그 자체였다.

아마도 리오는 나도 무서워하고 있겠지.

"왜 그런 게 학교에 있는 거야? 나카모토 씨가 쓰는 이상한 힘이랑 관계있는 거야?"

"모르겠어. 하지만 관계가 없지는 않을지도 몰라."

생각해보면 연예계는 내가 소속된 업계다. 그곳을 중심으로 소동이 일어나고 있는데, 이번에는 나와 교류가 있는 소녀를 노리는 사건이 발생했다.

역시 이건, 내 주변이 타겟이 됐다고 생각해야 하려나.

"내가 그놈들을 끌어들였을 가능성은, 있어. ……미안하다."

"무슨 소리야?"

"책임은 질게. 너한테 몰려드는 놈들이 있으면, 또 죽여줄 테니까."

"……죽여?"

이런, 하고 입을 다물었다.

여기는 검과 마법의 이세계가 아니다. 경찰이 총을 쏘기만 해도 난리가 나는 평화로운 사회다. 아무렇지도 않게 목숨을 빼앗는 놈은 영웅이 아니라 미친놈으로 여겨진다.

슬쩍 봤더니 리오는 완전히 겁먹은 얼굴이 돼 있었다.

……이제 리오하고 예전과 같은 관계로 돌아가지 못할지도 모르겠다.

뭐든지 정도라는 것이 있다. 강한 남자를 좋아하는 여자는 얼마든지 있지만, 잔혹한 남자를 좋아하는 여자는 흔치 않다.

"얼굴이 장난이 아니네. 왜 그래? ……내가 무서워?"

"……조금."

"질렸어?"

"……아주 조금."

흔히 있는 일이다. 마물한테 잡혀간 소녀를 구해줬더니 괴물이라도 보는 것 같은 눈으로 쳐다본다. 괴물을 쓰러트릴 때마다 괴물과 가까워져 간다. 용사라는 놈은 이 사회에 있을 곳이 없는 과도한 폭력이겠지. 소중한 것조차도 망가트릴 수 있는, 괴물이 돼버린 인간.

"하지만 무서운 만큼, 멋있다는 생각도 들어."

"신경 써주지 않아도 돼."

"빈말 같은 거 아니거든……."

리오의 목소리는 당장이라도 울음을 터트릴 것만 같았다.

"날 위해서 열심히 해줬잖아. 싫어할 리가 없잖아……."

"인간형 몬스터의 팔다리를 잘라버리고 태워버리기까지 했는데. 괴물보다 더 괴물 같지 않겠어."

"……무섭지만, 좋아……."

"뭐라고?"

리오는 두 팔을 뻗고, 눈을 살짝 치켜뜨고서 날 보고 있다. 마치 딸이 아버지한테 안아달라고 조르는 것처럼.

"……꼭 안아줬으면 좋겠어……."

고블린을 잔혹하게 죽여 버린 나를, 좋아한다고 말해주는 리오.

머릿속에 엘자와 처음 만났을 때의 장면이 떠올랐다. 어두운 종유동굴. 눈앞에서 고블린을 죽였는데도 날 받아들여 준 엘자.

내 안에서, 두 사람의 모습이 겹쳐졌다.

길고 검은 머리카락도, 쓸쓸해 보이는 눈동자도, 날씬한 몸까지. 정말 많이 닮았다.

정신을 차려보니 나는 변기 위에 앉아 있었다. 몸이 멋대로 움직여서.

서로 마주 보는 모양으로 리오를 꼭 안고, 부드러운 머리카락을 만졌다.

"……정말 무섭지만…… 좋아해…… 어느 쪽 마음이 더 큰지는, 나도 몰라……."

리오의 머리를 쓰다듬어줬다. 까마귀 깃털 같은 색의 머리카락이 손가락 사이로 흘러 떨어진다. 살랑살랑한 감촉에 이성이 날아가 버리려고 한다. 그야말로 마성이다. 여자 머리카락은 남자를 미치게 만든다.

【나카모토 케이스케는 전투에 승리했다!】
【경험치를 6000 획득했습니다.】

【스킬 포인트를 300 획득했습니다.】
【사이토 리오의 호감도가 9999 상승했습니다.】
【사이토 리오의 호감도가 최대치를 돌파했습니다.】

"……그거 기분 좋아. 내 손으로 만지는 거랑, 전혀 달라."
리오는 눈을 감고, 가늘게 숨을 내쉬고 있다. 그저 머리카락을 만지고 있는 것뿐인데, 얼굴이 달아오르기 시작했다.

【사이토 리오의 호감도가 합의 없는 성적 행위 도중에 합의 상태가 될 수 있는 수준에 도달했습니다.】
【실행하시겠습니까?】
【실행한 경우 일정 확률로 자식을 만들 수 있습니다.】
【태어난 아이는 양친의 스테이터스 경향과 일부 스킬을 이어받으며 장비, 아이템 공유도 가능합니다.】
【또한 자식에게 클래스 양도도 가능합니다.】

리오는 내 가슴에 얼굴을 비비더니, "봐, 이제 다리 움직여"라고 속삭였다.
날씬한 다리가, 내 등에 감겼다.
"……괜찮아진 것 같아. 이렇게 해줘서, 안심한 것 같다."
"그거 잘됐네. 이제 나갈까?"
"으~응."
리오가 살짝 고개를 저었다. 말투도 동작도 평소보다 어린애 같다.

"다리가 움직이게 됐으니까, 많은 걸 할 수 있거든?"

"마, 많은 걸?"

【사이토 리오의 성적 흥분이 99%에 도달했습니다.】

리오의 눈이 촉촉했다.

귀까지 새빨갛게 물들었고 호흡도 빨라졌다. 헉헉헉, 발정 난 암캐처럼.

"끝까지, 하고 싶어……."

조르는 목소리는 어린아이와 창부의 중간. 상반되는 두 개의 음색을 구사하며 내 몸을 원하고 있다.

"안 돼……?"

나도 남자다. 남들만큼 욕망도 있다. 하지만 눈앞에 있는 소녀는 엘자를 쏙 빼닮았다.

그게, 징그러울 정도로 먹히고 있다.

덕분에 성욕과 또 다른 부분, 추억과 그리움 같은 것까지 자극받고 있었다. 그곳은 어떤 의미에서 보자면 가장 민감한 부분인지도 모른다. 뇌에 새겨진, 영혼의 성감대니까.

"정말, 나랑 해도 되겠어?"

리오가 고개를 끄덕였다. 그대로 두 번, 세 번 연속으로 고개를 끄덕끄덕.

더 이상 기다릴 수 없다는 분위기다. 내 목을 끌어안고, 체중을 실어가며 매달린다.

부드러운 덩어리가 가슴에 닿아서 뭉개지는 게 느껴졌다. 교복을 입었어도 느껴질 만큼, 제로 거리의 밀착.

"나카모토 아저씨가 아니면 싫어……."

그렇게 말하면서, 리오가 내 입술을 빼앗아갔다.

그러자 내 머리에도 불이 붙었다. 여기서부터는 남자와 여자. 아니, 수컷과 암컷이다.

그래, 해버리자. 있는 대로 다 터트려주겠어.

나는 리오를 세게 끌어안고, 어깨에 턱을 얹었다. 다시는 놓지 않겠다는 기세로 팔에 힘을 줬다. 너는 내가 가장 사랑하는 여자.

그래,

"엘자……!"

──아, 이런.

재빨리 입을 다물었지만 이미 늦었다. 한 번 내뱉은 말은 주워 담을 수 없다.

하필이면 나는 키스까지 한 직후에 옛날 여자의 이름을 부르는, 최악의 바보짓을 저지른 것이다.

아니, 솔직히.

머릿속에 엘자 생각이 가득했으니까, 어쩔 수 없잖아. 불가항력이라고.

아무리 머릿속으로 변명을 해봤자 들릴 리가 없겠지. 쭈뼛쭈뼛 몸을 뗐더니, 아주 당연한 질문이 날아왔다.

"엘자가 누구야?"

이건 말이지, 라면서 횡설수설 변명을 했지만 들어주지 않았다.

"옛날 여자? 아니면 지금 사귀는 여자?"

리오는 흐응~ 그래, 그렇구나~ 라고 하면서 혼자 납득했다.

"외국 사람 이름이지? 외국에 있는 동안에 그쪽 여자랑 잘 지냈나 보네. 그렇게 생겨가지고, 나카모토 아저씨도 좀 하는구나. 설마 이 타이밍에서 다른 여자 이름을 부를 줄은 몰랐어."

"……미안, 지금 그건 완전히 내가 잘못했어."

이제 한 대 맞을 차례라고 생각하고 있는데, 눈앞에 시스템 메시지가 표시됐다.

【사이토 리오의 호감도가 2000 상승했습니다.】

"미안한 짓을 했다는 건 나도 알아, 나도 모르게 옛날 버릇……어, 어라? 어. 너 왜, 이 상황에서 호감도가 올라가는 건데? 설마 좋아하는 거야?"

다시 봤더니 리오의 눈에는 아까보다 더 많은 물기가 고였고, 황홀해 보인다고 할 단계에 도달해 있었다.

"……그치만 나카모토 아저씨가, 내가 좋아하는 짓을 하니까……."

네가 좋아하는 짓이 뭔데? 라고 조심조심 물어봤다.

"강하고 무섭고 나한테 관심이 없는 아빠한테, 마구마구 당하는 거.”

“내 성적 취향으로는 도저히 이해할 수가 없어. 자세히 설명해줘.”

“그러니까.”

리오가 말했다. 다른 좋아하는 여자가 있으면서도 자신을 안으려고 하는, 그런 못돼먹은 아저씨가 미쳐버릴 정도로 취향이라고.

“날 안으면서 『엘자랑 비교하면 사용감이 아주 엉망인데』 같은 말을 해주면, 내가 어떻게 돼버릴지 상상도 못 하겠어…….게다가 여기, 남자 화장실이고. 이런 데서 소모품처럼 다루면, 나 완전히 변기잖아. 그렇게 되면 오랫동안 꿈꿨던 일들이 한번에 몇 가지나 이뤄진다고 할까.”

【사이토 리오의 성적 흥분이 100%에 도달했습니다.】

머릿속에서 열기가 싸~ 하고 가시는 게 느껴진다. 더 이상 정열도 로맨스도 없다.

마조히스트 기질이 있는 파더콤이라는 건 비고를 보고 알고 있었지만 말이야. 그래도 보통 이렇게까지 뒤틀려 있을 거라고는 상상도 못 하지 않겠어?

“넌…… 질투 같은 건 안 하냐? 반한 남자가 다른 여자랑 놀아나도, 신경 쓰지 않는 거야?”

“엄청나게 질투할 거야. 하지만 그 괴로움이 또 날 자극해.”

"네가 말이야, 남자가 데이트하다가 해주면 좋을 것 같은 말은, 어떤 거지?"

"넌 오늘부터 내 휴지다, 려나."

안 되겠다, 이 자식.

아무리 생김새가 엘자랑 닮았어도 알맹이는 전혀 다른 물건이다. 다른 물건이라고 할까 더러운 물건이다. 그리고 나는 굳이 따지자면, 여자가 주도권을 쥐는 쪽을 더 좋아하는 타입이거든. 조교라든지, 생리적으로 무리라고! 그런 여자 같은 감상을 품고 말았다.

"……응. 조금만 더 쉬었다, 밖에 나가자. 너 이제 혼자 걸을 수 있지."

"뭐? 왜? 계속하자~! 이런 상태에서 집에 가면 그것도 곤란하거든?! 몸이 완전히 달아올랐단 말이야!"

"그게 더 좋은 거야. 나중으로 미루자고."

"그렇게 엉터리로 막 대하는 건, 별로거든."

막 대하는 게 엉터리인지 아닌지 따지는 기준이란 대체 뭘까. 일단 세심하게 대해주면, 그건 더 이상 막 대하는 게 아니게 될 것 같은데 말이야. 리오 같은 전문가한테는 나름대로 엄격한 룰이 있는 건지도 모른다.

"무슨 소린지 하나도 모르겠다고, 아무튼 난 지금 그럴 기분이 아니야. 오늘은 혼자서 알아서 해."

"아, 지금 그거 좋다……."

【사이토 리오의 호감도가 100 상승했습니다.】

"……너 말이야, 고블린 놈들한테 여기 끌려왔을 때도 좋아한 건 아니었겠지?"

"너무해. 그런 소리 하면 당연히 상처받거든? 막 대한다고 무조건 좋아하는 건 아니니까. 내 취향도 아닌 남자가 막 들이대면 그냥 화가 난다고."

복잡한 세상이구나. 그렇게 감탄할 수밖에 없었다.

"저기~ 진짜로 안 할 거야?"

"안 해."

리오는 흥, 하고 콧방귀를 뀌고는 대담하게 웃었다.

"그래, 됐어. 어차피 앞으로도 기회는 얼마든지 있으니까. 우리, 이제 사귀는 사이라고 해도 되는 거지?"

그렇게 말하고 나한테 매달렸다. 긴 머리카락이 어깨에 걸린다.

"……왜 그렇게 되는데?"

"그야 키스를 해도 싫어하지 않았잖아. 그리고 그다음엔 끌어안았고. 이걸 어떻게 설명할 건데?"

크윽, 하고 말문이 막혔다. 틀림없이 맞는 말이다. 이런 행위는 연인이 아니면 있을 수 없는 일이자.

고1 여자애와 서른이 넘은 아저씨가 진지한 교제.

계기는 남자 변소에서의 입맞춤.

법을 대체 얼마나 어긴 건지, 나 자신이 무서워진다. 원래 깨작깨작 법률을 무시하고 있는 몸이기는 하지만, 이번에는 굳이 따지자면 자기혐오에 빠지는 쪽으로 저질렀다.

리오가 싫은 건 아니지만, 사귀기에는 아직 너무 이르다고나 할까. 하다못해 만으로 스무 살이 기다릴 때까지 기다려 달라고나 할까.

어떻게든 이 상황에서 빠져나가고 싶어서 미칠 지경이라는 게, 내 솔직한 심정이었다.

하지만 방법이 생각나지 않는다. 내 모자란 머리를 아무리 열심히 굴려봤자, 이 상태에서 무해한 관계로 이끌어갈 방법이 생각날 리가 없다.

어떻게 해야 좋을까?

리오는 파더콤 스킬을 가지고 있고. 나는 아저씨고. 그런 두 사람이 입술을 맞대고 말았고. 상대가 먼저 달려들었다고는 해도 거절하지 않은 건 사실이다.

나는…….

"예~이, 오늘부터 첫날이네. 이거 기념일이니까 꼭 기억해야 해.

"……아니. 너랑 나는 아직 연인 같은 게 아냐."

뭐? 라면서 눈살을 찌푸린 리오에게, 천천히 내 지론을 전개했다.

"아저씨와 젊은 여자가 키스 한 정도 가지고는 연인 관계가 성립되는 게 아니야."

"되거든! 남자랑 여자의 관계 말고, 대체 어떤 이유로 아저씨랑 여고생이 키스를 한다는 건데?!"

"아니, 해! ……그래, 아빠랑 딸이라면! 부모 자식이라면 그 정도는 하잖아?!"

파더콤 스킬을 가지고 있으니까, 일단 아빠와 딸이라는 예를 들이대면 잘 넘어갈 수 있지 않을까, 라는 나쁜 꾀를 부려봤다.

안젤리카를 통해서 배운, 너무나 치사한 처세술이다.

자, 어떻게 될까?!

나는 일말의 희망을 가지고 리오의 눈을 들여다봤다.

"……하긴…… 아빠랑 딸이라면, 키스 정도는 하겠네……."

크으윽, 하고. 리오가 분하다는 표정을 지었다.

아무리 봐도 이상한 내 논리가 통하고 말았다. 중증 파더콤 소녀의 무시무시한 생태다.

"아냐, 잠깐만. 그 말 너무 이상해! 우리는 아빠랑 딸이 아니잖아! 그런데 아빠인 척하려는 거야?!"

"흥."

걸렸구나. 슬며시 미소를 지었다.

"정말이지. 요즘 애들은 그런 것도 모르나?"

"뭘 말이야……?"

"애들은 말이지, 사회 전체가 키우는 거야! 우리 시대에서는 그게 상식이었다고! 그런 시대에서 태어난 아저씨 입장에서 보면, 어지간한 애들은 전부 내 자식 같은 존재라고!"

"뭐, 뭐라고?! 대체 언제 적 얘기야?!"

"아무튼!"

나는 리오의 어깨는 붙잡고, 말도 안 되는 소리를 늘어놨다.

"너는 동네에 친절한 아저씨랑 아빠랑 딸 놀이를 했을 뿐이야! 알았냐?! 이것도 애들을 돌보는 일 중에 하나라고!"

"애 돌보기?! 입으로 키스하는 게 애 돌보기라는 거야?!"

리오는 숨을 헐떡이면서 눈까지 빙글빙글 돌고 있다. 이쪽도 나름대로 혼란에 빠진 것 같다.

"너랑 내가 뽀뽀를 하건 말건, 이런 건 그냥 애들 돌보는 거야! 평소엔 뭘 하는지도 모를 동네 아저씨가, 동네 꼬맹이들 야구하는 데 끼어드는 거나 마찬가지라고! ……초등학생팀에 섞여서, 어른답지 못하게 날카로운 커브를 던지는 거야. 저 아저씨 대체 뭐냐고, 싶은…… 아무튼 말이야, 넌 우연히 애들을 좋아하는 아저씨랑 같이 놀았을 뿐이라고! 소꿉놀이에서 연인 상황극을 한 거란 말이야! 그러니까 너란 나는 사귀는 사이가 아니야! 무슨 말인지 않겠지?!"

"모르겠지만, 그건 그거대로 흥분되니까 좋거든?! 이상한 아저씨한테 노리개가 된 것 같은 게, 내가 좋아하는 상황이거든?!"

"좋은 거냐?! 진짜로?! 그럼 너랑 나는 아직 사귀는 게 아니지?!"

"응!"

우리는 서로가 무슨 말을 하는 건지도 모르게 돼버린 상태에서 화장실 밖으로 나왔다.

그 순간, 또다시 시끄러운 전자음이 우리를 둘러쌌다.

조금 전까지는 사투를 벌였는데, 한 걸음 밖으로 나와 보니 일상이 펼쳐져 있다. 그 갭이 너무 커서 사고를 전환하기가 쉽지 않았다.

하지만 지금 머리가 멍~ 한 상태인 건, 중간부터 의미를 알 수 없게 돼버린 대화를 했던 탓도 있지만.

거의 그것 때문인 것 같은 기분이 무지무지 들지만.

미쳐버리겠다는 심정으로 옆에 있는 리오를 봤더니 이 녀석도 이 녀석대로 엄청난 혼란에 빠져 있는지, 내 소매를 붙잡은 채로 멍하니 서있을 뿐이었다.

"가자."

말을 걸었지만 반응이 없다.

"리오. 가자고."

두 번째로 불렀더니 이제야 뇌까지 전해졌는지 리오가 헉, 하고 정신을 차렸다. 천천히 머리를 움직여서 내 쪽을 봤다. 뭔가 하고 싶은 말이 있는 것 같다.

"……저기."

"뭔데?"

"아까 그 괴물, 아직 있는 거지."

그렇겠지, 라고 대답했다. 분명히 그 고블린은 그렇다고 말했었다.

"그놈들, 너희 반 애들로 변해 있었던 거야?"

"……응. 후지모토 걔, 겨울방학 전부터 갑자기 말이랑 하는 짓이 이상해졌었는데…… 그랬구나. 사실은 괴물이었구나."

어쩐지 갑자기 고백하더라니. 리오가 투덜거렸다.

"그러고 보니 그 고블린, 인간으로 변하기만 한 게 아니라 고백까지 한 건가. 대체 무슨 생각이었을까."

"로망이라고는 털끝만큼도 없다는 느낌이었어. 야 리오, 내가 너 꽤 좋아하니까 내 섹파 돼라, 갸하하하! 같은. 원래 후지모토는 성실한 이미지라서, 다들 깜짝 놀랐어."

"그거 정말 끔찍하네. 진짜 후지모토 군의 평판이 엄청나게 나빠졌겠는데. ……이미지를 만들려면 정말 힘든데 말이야."

새 학기가 시작되면 난리가 나겠다고 동정하는데, 리오가 자기 몸을 끌어안는 것 같은 행동을 했다. 공포심을 전하려는 제스처.

"저기……. 또 그런 놈들이랑 마주친다고 생각하니까, 그게…… 무섭거든."

당연한 불안이다. 전투력도 감정 능력도 없는 리오 입장에서는 어떻게 할 방법이 없으니까.

"그러게. 누구로 변해 있는지 모르는 동안에는 혼자서 외출하지 않는 게 좋을지도 모르겠어. 일단 오늘은 집까지 데려다줄게."

"잠깐만, 나한테 집에 가만히 있으리라는 거야? 그놈들이 집까지 오면 어쩔 건데? 나카모토 아저씨가 없으면 위험한 거 아냐?"

"응? ……그것도 그러네."

집에 고블린이 쳐들어온다. 분명히 그럴 가능성도 있다. 왜냐하면 리오는 엘자와 똑같이 생겼으니까. 내 처지를 아는 사람이라면, 리오를 인질로 삼는 게 가장 효과적이라고 생각하겠지. 어쩌면 아까 그 고블린도 그런 이유로 리오와 가까운 사람으로 변해 있었던 건지도 모른다.

그렇게 된다면 계속 달라붙어서 보디가드를 하는 수밖에 없지만, 나도 일하러 가야 하는데 말이야⋯⋯.

"아⋯⋯ 아니다. 보디가드랑 일을 같이할 수도 있겠네."

리오에게 은폐 마법을 걸어두고 일하는 곳에서 기다리게 하면, 지켜주면서 일할 수도 있다. 하지만 그건 자기 취향의 외모를 가진 미성년 여자애와 항상 같이 다니는 꼴이 된다. 뭔가 다른 방향으로 위험이 커지는 것 같은 기분이 드는데, 여러분은 어떻게 생각하시는지요? 자수하라고요? 예, 그렇군요. 저도 알고 있습니다.

"어쨌거나 먹고 살아야 하니까. 당분간은 나랑 같이 있자."

야호, 라고 외치면서 끌어안은 리오의 머리를 툭툭 두드려주고, 위험한 세상의 문을 열어버린 현실 때문에 부들부들 떨었다.

나는 방송국에 도착하자마자 바로 대기실로 갔다. 물론 리오도 같이. 원래는 일반인을 데리고 오면 안 되는 곳이지만, 지금의 리오는 조건부 투명인간이니까. 조금 특수한 사회 견학을 즐기게 해주자.

"내 눈에 보이는 데 있어. 그리고 절대로 카메라에는 비치지 말고. 그것만 지키면 마음대로 구경해도 돼."

"뭐, 정말?!"

여고생 입장에서 보면 연예인들이 모여 있는 곳은 놀이공원 같은 느낌이겠지. 리오는 보고 있는 내가 창피해질 정도로 신이 났다.

"우와!? 저거 홍백가합전에 마지막 순서로 나온 적도 있는 사람이잖아?! ……나카모토 씨 진짜로 연예인이구나…… 왠지 이제 와서 실감이 나네."

"나도 그렇게 실감이 나는 건 아니야. 아직까지 일반인 기분이거든."

"대단하다, 진짜. 강하고, 지켜주고, 연예인도 가까이에서 보여주잖아. 이러면 보통 여자애들은 틀림없이 좋아하게 될 거야. 나카모토 아저씨, TV에 나오게 된 뒤로 인기 좋지?"

"뭐, 그, 글쎄?"

최근 들어 오오츠키 고서점에 들를 때마다 아야코의 신체 접촉이 심해졌지~ 라든지. 길가는 사모님들이 사인해달라고 한다든지~. 같이 출연하는 아이돌이 연락처를 물어본 적도 있었다든지. 짚이는 일들이 너무 많기는 하지만, 그런 걸 굳이 말해봤자 좋을 건 하나도 없으니까.

"나카모토 아저씨가 아빠라면, 나 매일 같은 반 애들한테 자랑할 거 같아."

"빈말은 됐고. 그나저나 너랑 내 나이 차이면 아빠가 아니라 오빠겠지?"

나카모토 씨는 자랑스러운 오빠, 같이 취급해주는 쪽이 더 좋겠는데 말이지.

아니면 뭐야? 이 녀석 눈에는 내가 부모님이랑 동년배 아저씨로 보인다는 건가?

……짜증 나네. 내가 그렇게 나이 들어 보이나.

배도 안 나왔고, 탈모도 없는데 말이야. 역시 피부가 칙칙하고 눈빛이 죽어 있는 게 문제인지도 모른다. 그리고 요즘 들어 베개에서 아저씨 냄새가 나는 것도 문제일 수도 있고. 한마디로 몇 가지 마음에 걸리는 것들이 있다. 이거, 조금 힘 빠지네.

"오빠? 그건 아니지~. 왜냐하면 나카모토 아저씨는 지금 서른둘이잖아? 그렇다면 우리 부모님이랑 같은 또래 맞아. 우리 엄마가 서른셋이고, 헤어진 아빠도 그 정도거든. 그러니까 나카모토 아저씨를 보고 있으면 진짜 우리 아빠도 이런 사람이려나, 같은 기분이 들어."

"……어머니가 서른셋? 말도 안 돼?! 그럼, 대체…… 열일곱 때 널 낳았다는 거야?!"

"맞아. 가끔 있잖아? 학교 다니다가 임신해서 학교 그만두는 불량 여고생. 우리 엄마도 그런 패턴이야."

그렇다면 이 녀석네 집에 가면 리오랑 닮은 30대 초반 엄마랑 만날 수 있다는 건가? 왠지 두근두근하는데…… 잠깐, 무슨 생각을 하는 거야. 아무리 그래도 모녀 덮밥 플래그는 아니지.

"그렇구나…… 네 입장에서 보면, 내가 정말로 부모님이랑 동년배겠네."

"그런 얘기. 그리고 오빠는 이미 있으니까 필요 없고. 나한테 필요한 건 제대로 된 아빠거든. ……나카모토 아저씨한테 원하는 건, 아빠야."

모자 가정의 딸이 이런 소리를 하면 왠지 가슴이 찡~ 해오는 건 나뿐이려나?

아니, 누가 들어도 그런 기분이 들 것이다.

그러니까,

"알았어. 오늘은 날 진짜 아빠라고 생각해도 돼.

그렇게 멋있는 척 해봤다.

리오는 잠깐 깜짝 놀랐지만 바로 짓궂게 웃으면서, "그럼, 나 아빠 색시 될래"라면서 목에 매달렸다.

……보는 사람이 없다고 해도, 대기실 한복판에서 아빠 입술을 빨다니. 말도 안 되는 딸이다.

이놈, 하고 야단쳤지만, 리오는 그것조차도 좋아했다.

"날 제대로 혼내주는 사람이 있으니까, 너무 좋아."

에헤헤, 는 무슨.

그 얼굴은 안된다고. 아무리 봐도 아빠가 아니라 연인을 보는 눈이잖아. 그리고 지금 널 두근거리게 하는 건 내가 아니라고. 내가 연기하는 「아빠 같은 누군가」란 말이야.

"이, 일단 보통은 아빠랑 쪽쪽 하고 키스하는 사람은 없으니까. 머리 좀 식히자."

"에~."

더 응석을 부리려고 하는 리오를 데리고, 나는 같이 출연하는 사람들에게 인사하러 갔다. 은근슬쩍 스테이터스를 감정해봤지만, 다행인지 불행인지 고블린이랑 바뀐 연예인은 보이지 않았다.

그냥 우연일까, 아니면 오락실에서 동료가 당한 걸 알아차리고서 숨어버린 걸까.

판단하기 힘드네, 라고 생각하는 사이에 녹화 시작 시간이 되고 말았다.

"스튜디오로 들어가 주세요~!"

힘찬 목소리에 이끌려서, 출연자들이 줄줄이 움직이기 시작했다.

나는 리오에게 "객석 쪽에서 견학해"라고 지시했다. "응" 하고 고개를 끄덕인 리오는, 나이에 걸맞게 순진한 구석이 보여서 귀여웠다.

항상 이런 표정을 지으면 좋을 텐데 말이야. 왜 평소에는 그렇게 눈꼬리를 치켜 올리는 건지. 그러면 무서워서 아무도 다가오지 못하지 않겠냐고…… 라고 생각했지만, 똑같이 생긴 얼굴에 멍한 성격인 엘자가 어떤 취급을 받았는지가 생각났다. 솔직히, 동네 여자들한테서 은근히 괴롭힘당했었지, 엘자.

뭐, 그런 일도 있다.

학창 시절을 돌이켜봐도 예쁘장하게 생기고 소심한 여자애들은 보통 같은 여자들한테 괴롭힘당했다. 종종 미인은 기가 세다고들 하는데, 그건 기가 세지 않으면 짓밟혀버리기 때문이 아닐까.

그리고 짓밟힌 사람들은 인터넷에서 옷을 벗거나 손목을 긋는 장면을 중계하기도 하고. 정신에 병이 있는 아이들도, 은근히 미인이 많은 것 같고 말이야.

나는 내 자리에 앉아서 옆에 있는 여성 개그우먼 콤비를 봤다. 한쪽은 통통하고 익살스런 느낌, 다른 한 사람은 예쁘지만 말하는 게 아저씨. 극단적인 외모를 지닌 두 여성은, 극단적인 캐릭터를 연기해야만 그 존재할 수 있다. 밝고 괴롭힘당하는 역할, 무해하고 털털한 여자, 기가 센 여왕…….

모두가 세상이 만들어낸 두꺼운 가면을 뒤집어쓰고 있다.

굳이 고블린이 이상한 짓을 하지 않아도, 이 세상에는 스테이터스 위장이 넘쳐난다.

THE SKILL OF
PATERNITY

녹화가 무사히 끝나고, 어느새 오후 다섯 시가 돼 있었다.

음, 이 정도면 안젤리카랑 한 약속을 지킬 수 있겠네. 같이 저녁을 먹을 수 있겠다.

안심해서 가슴을 쓸어내린 것도 잠시. 전에 말했던 벗는 일에 대한 회의가 시작됐고, 리오가 우연히 카메라에 잡힌 탓에 수수께끼의 미소녀 유령 등장?! 같은 난리가 나는 등등, 정말로 대책없는 잡일들이 계속 이어져서 시간이 순식간에 날아가 버렸다.

……그중에서도 최악은, 이미 해가 졌다는 점이다…….

나는 머리를 쥐어뜯으면서 밤길을 걸어갔다. 팔에 매달려서 여자 친구 행세를 하고 있는 리오가 물리적으로도 정신적으로도 너무나 무겁다. 걷기도 힘들고 옆 가슴 감촉이 머릿속을 어지럽히고. 나한테 대체 뭘 어쩌라는 거야? 그나저나 팔꿈치에 가슴이 닿을 때마다 【사이토 리오의 호감도가 100 상승했습니다.】라고 뜨는 것 좀 그만두면 안 될까? 걸어가면서 그렇게 느껴대면 안 되지.

"하아……."

"힘이 없네."

안젤리카를 대체 얼마나 기다리게 했는지, 솔직히 알고 싶지도 않다. 하지만 모르는 채로 있는 건 더 무섭다.

용기를 내서 스마트폰 화면을 슬쩍 확인해봤다.

『19:04』

약속보다 두 시간이나 늦은 귀가. 게다가 여자까지 데리고.

최악이다.

벌써 집까지 다 왔는데, 마음이 무겁다.

"으아……."

"아까부터 계속 한숨만 쉬네."

"지금부터 벌어질 일을 생각하니까 말이야."

"그러고 보니 외국인 애랑 살고 있다고 했었지. 안젤리카……
였던가? 왜, 그 애가 그렇게 깐깐해? 같이 사는 사람이 하나 늘
어난다고 하면 난리가 날 것 같은?"

"뭐랄까, 너랑 통하는 구석이 있어서 말이야."

파더콤도 그렇고 날 좋아하는 것도 그렇고, 질투해서 난리가
날 수도 있거든? 같은 의미의 발언이었다.

하지만 리오의 반응은,

"나랑 통하는 구석……? 그거 괜찮은 거야?! 지금쯤 걔, 나카
모토 아저씨 옷을 붙잡고서 이상한 짓 하는 거 아냐?!"

"안젤리카를 대체 뭘로 보는 거야?!"

내가 열심히 키우고 있는 딸을 가지고, 대체 무슨 이상한 생각
을 하는 거야, 이 녀석은. 그리고 내 옷을 가지고 그런 짓을 하
겠다고 자백한 꼴이 됐는데, 그건 괜찮은 거냐?

"안제랑 내가 태어난 나라는 달라도, 서로 마음이 통하고 있
거든. 이상한 짓을 할 리가 없잖아."

"흐~응."

"하나도 안 믿는다는 얼굴이네."

아무리 안젤리카라고 해도 보호자의 의류를 가지고 혼자서 이상한 장난, 같은 파렴치한 행위는 안 할 테니까. 그 녀석이 성욕을 노골적으로 드러내는 소녀이기는 하지만, 가끔씩 이 자식 자궁이 사람 행세 하는 거 아냐? 라는 생각이 들기도 하지만, 근본적으로는 맑고 깨끗한 무녀님이니까.

그치 안젤리카? 라고 마음속으로 말하면서, 집으로 가는 계단을 올라갔다. 조금 뒤에서 리오도 따라왔다.

문 앞에 도착했을 때, 나는 뒤를 돌아보면서 선언했다.

"여기서 기다려줘. 먼저 얘기 좀 할 테니까."

"열심히 해."

작은 소리로 날린 응원을 받으면서, 재빨리 자물쇠를 열었다.

나도 알아. 어떻게든 안젤리카를 설득해야 한다.

나는 재빨리 신발을 벗고는, 거의 기어서 거실로 들어갔다.

"미안 안제, 내가 늦었지! ……안제?"

묘하게도, 방안이 캄캄했다. 불도 켜지 않았다.

안젤리카 녀석, 자는 건가. 자고 있으면 좋겠다. 제발 자고 있어 주세요. 한심한 기도를 반복하면서, 형광등 끈을 당겼다.

몇 번 반짝반짝 깜박인 뒤에, 불이 켜졌다.

"……응. 아빠……?"

뭔가가, 있다.

"안제?"

침대 위에 뭔가, 눈빛이 더러운 생물이 있다. 에메랄드 그린 색 눈에 험악한 빛을 깃들이고 나를 똑바로 쳐다보고 있는 소녀. 엉망으로 구겨진 옷을 끌어안고 누워 있는, 안젤리카 님이 되시겠다. 상당히 화가 나신 분위기라서, 대화의 여지 따위는 거의 없어 보인다.

한마디로 난 이제 죽었다.

멍하니 서 있었더니, 안젤리카가 벌떡 일어났다.

"늦었어. ……너무 늦었어요!"

휙, 하고 구겨진 옷을 집어 던졌다. 주워 보니 남자용 잠옷이었다. 내 것이다. 게다가 약간 땀 냄새 같은 게 난다.

"이거, 빨려고 내놓은 거잖아?"

출근하기 전에 세탁기에 던져 넣었던 내 잠옷이다. 오늘 아침에는 조금 정신이 없어서 세탁기를 돌릴 틈이 없었다. 안젤리카는 아직 세탁기 사용 방법을 잘 몰라서 대신 빨아줄 수도 없다. 덕분에 농후하게 압축돼서 물씬~하고 풍겨오는 사나이 냄새가 잔뜩 밴 천이 되어 있었다. 그런 물건을 굳이 침대 위에서 꼭 쥐고 있었다는 뜻인데, 대체 뭘 한 거지?

게다가 왠지, 침대 위에는 둥글게 뭉친 티슈 덩어리도 여러 개 있고…….

"……아빠 때문이에요. 신성 무녀로서 있을 수 없는, 굴욕적인 행위를 하게 됐다고요."

"뭐, 뭘 한 건데."

"뭘 했을 것 같아요?"

상상에 맡기겠어요, 라고 말하면서 안젤리카가 나한테 달려왔다. 내 가슴에 얼굴을 묻고, 고양이처럼 얼굴을 문질러댔다.

"응? 아빠가 너무 좋은 데다 외로움을 많이 타는데, 그런 내가 몇 시간이나 기다리면서, 빨지도 않은 아빠 옷을 가지고 뭘 했을 것 같아요? 전부 아빠 때문이라고요."

"……걸레질이라도 했나."

"다 알면서."

떨떠름하다는 정도로 넘어갈 문제가 아니라서 눈을 돌렸다.

"외로웠거든요."

"미안해."

"진짜 외로웠거든요~!"

꽈아아아아악, 하고. 맹렬하게 날 끌어안았다. 안젤리카의 온갖 부드러운 부위들이 내 배에 닿았다.

"절대로, 용서 안 할 거라고요. 저한테 그런 상스러운 짓을 하게 만든 아빠를, 오늘 밤에 전세 낼 거예요."

안젤리카는 수치심 때문에 얼굴이 발그레해지면, 눈을 살짝 치켜뜨고 날 보고 있다.

이 아이는 날 아주 좋아한다.

어젯밤에 스테이터스 감정을 해봤더니 비고란의 내용이 예전과 달라져 있었다. 「나카모토 케이스케의 몸을 노리고 있다」에서 「나카모토 케이스케의 몸과 마음을 노리고 있다」로 변해 있었다.

지금에 와서는 내 내면도 좋아하고 있다는 뜻이다.

그런 기특한 소녀와의 약속을 어긴데다, 「아, 미안. 다른 여자 데리고 왔거든」 같은 소리를 하고 있는 게 지금 내 꼴이다.

진짜 나쁜 놈이라는 소리를 들어도 할 말이 없겠지.

따귀를 맞는 정도로 끝나면 다행인데, 울기라도 하면 가정폭력이라도 휘두른 기분이 들겠지.

"밥 먹은 다음에 러브호텔이라는 데 가고 싶어요. 가도 되죠?"

"드디어 의미를 알았냐? 거기가 어떤 곳인지도 다 파악한 거지. 눈을 보면 알아."

여성지에 패션 잡지를 사다 준 탓에 쓸데없는 지식까지 늘어난 것 같다.

"……저, 호텔 아마리리스가 좋아요."

안젤리카는 풀어진 눈으로 날 보고 있다. 아무리 봐도 암컷의 얼굴이고, 「당신이 좋아요. 바람피면 용서하지 않을 거예요」라는 아우라를 내뿜고 있다.

대화에 의한 해결은 상당히 곤란할 것 같다.

"아빠~."

"왜."

"다른 여자 냄새나."

"그그그그, 그건 말이야."

리오랑 끌어안거나 팔짱을 끼고 돌아다닌 폐해가 바로 드러난 것 같다.

아니면 안젤리카의 후각이 이상하게 예민한 걸까?

"······옷에도 머리카락이 붙어 있어. 봐요, 길고 검은 게. 단추에 두 개나 감겨 있어요."

"그게 말이지. 이건 말이야."

"뭐예요. 그렇게 당황하지 않아도 다 알아요."

만원 전철이라는 것 때문이죠? 라면서, 안젤리카가 미소를 지었다.

"아빠는 그 무서운 쇠로된 뱀을 타고 출퇴근하잖아요. 그렇게 사람이 많으면 여자가 가까이 붙을 수도 있겠지."

"······그게······."

어쩔 수 없다니까~ 라고 말하면서, 안젤리카는 단추에 감겨 있던 머리카락을 집어서 바닥에 떨어트렸다.

"아빠를 믿으니까요. 이렇게 저를 소중하게 생각해주는 아빠가 다른 여자랑 사이좋게 지낼 리가 없잖아요. 그 정도는 저도 알아요."

반짝반짝 빛나는 눈으로 날 쳐다본다. 신뢰와 호의의 풀 버스트가 되면서, 촉촉함과 빛이 보통 사람들의 50%는 증가했다.

도저히 똑바로 볼 수가 없다. 이런 소녀에게 「여자 데리고 왔어」라는 말을 해야만 하니까.

"안제······ 저기······."

중요한 얘기가 있다고, 작은 소리로 속삭였다.

안젤리카는 깜짝 놀란 얼굴로 고개를 갸웃거렸다.

"왜 그러세요? 갑자기 정색하고."

안젤리카는 내 허리를 끌어안고, "아~ 혹시 이상한 기분이라도 들었어요?"라면서 음탕한 표정을 지었다.

"괜찮아요~ 전 언제든지 준비돼 있으니까요. 아빠도 남자잖아요? 이렇게 달라붙으면 아무래도 그런 생각이 들겠죠."

"저기……."

"으응~?"

툭, 고개를 숙이면서 말했다.

"밖에, 여자애가 기다리고 있거든."

"……."

슬쩍, 눈만 움직여서 확인해보니 안젤리카의 표정이 얼어붙어 있었다.

"사실은 그 애를 우리 집에서 묵게 할 생각이야. 여러모로 사정이 있어서, 보호해야 할 필요가 생겼거든."

"아빠, 무릎 꿇으세요."

"예."

안젤리카는 팔짱을 끼고 오만하게 나를 내려다봤다.

"한마디로 아빠는, 다섯 시에는 집에 와서 나랑 디너를 즐기겠다는 약속을 어긴데다 여자까지 데리고 왔다. 그런 뜻이죠."

진짜 나쁜 놈이네. 대체 어떤 놈이야. 어디 사는 나카모토야. 나구나. 그래, 나다 왜.

"아빠도 참 대단하네요……."

싸~ 한, 차가운 눈으로 날 쳐다봤다. 먼지 덩어리나 해충을 보는 것 같은, 그런 시선이다.

"보나 마나 까만 머리 여자애죠?"

"그건 어쩔 수 없다고. 이 나라 사람들은 염색이라도 하지 않으면 전부 검은색이니까."

"······저도 까맣게 염색하는 게 좋을까요."

"아니, 안제는 그대로가 좋아. 확실하게 금색이 어울려."

화가 난 건지 울려고 하는 건지 질려버린 건지. 어느 쪽으로도 해석할 수 있는 표정으로, 안젤리카가 침묵해버렸다.

"그렇게 오래 있지는 않을 테니까······ 안 될까?"

뚱한 표정으로, 안젤리카는 여전히 입을 다물고 있다.

교섭의 여지가 없다. 의논은 평행선.

하지만 나한텐 비장의 카드가 있다. 이것만 쓰면 안젤리카를 마음대로 조종할 수 있지만, 그 대가로 소중한 것을 잃게 될 수도 있는 위험한 카드가.

"몰라요!"

"······아, 역시 보통 설득으로는 안 될 것 같다. 역시 이 방법밖에 없나.

용서해라 안젤리카.

나도 이런 방법은 쓰고 싶지 않았어. 파더콤(육)이라는 스킬을 지녀서 아빠에게 응석거리는 건 물론이고 응석을 받아주는 데도 관심을 보이는 여자아이. 그런 상대이기에 제대로 먹히는, 나도 피해를 입는 교섭 방법.

생각해보면 안젤리카는 내가 엘자를 잃은 게 불쌍해서, 라는 것도 지구로 오게 된 이유 중에 하나였다.

정이 많은 아이다.

나는 지금부터, 그 점을 노리려고 한다. 칙칙한 느낌과 박복해 보인다고 정평이 나 있는 외모를 살려서, 눈물로 호소하려는 것이다……!

"안제…… 미안하다."

나는 「좀 전에 마누라가 집을 나갔어요」 같은 목소리로, 바닥에 털썩 엎드려서 큰 절 자세를 취했다. 그런 목소리를 자유자재로 부릴 수 있다는 점에서, 난 이미 글러 먹은 것 같다. 한심한 느낌을 연출하는 재주가, 내가 생각해도 질려버릴 정도로 쓸데없이 좋다. 바닥까지 떨어진 인생을 살아온 끝에 얻는, 쓸데없는 기능이다.

"……순간의 실수였어. 나한테는 너밖에 없다고."

"남자들은 다들 그렇게 말한다던데요? 설마 아빠까지 그럴 줄은 몰랐어요."

최대한 한심하게 보이도록, 천천히 고개를 들었다.

안젤리카와 눈이 마주치자 획, 하고 시선을 돌렸다.

"이젠, 끝났어. 너한테까지 미움을 받았으니까.

"……그래서 동정받으려는 건가요? 너무 연기하는 것 같거든요."

"마누라도, 집을 나가버렸어."

"마, 마누라? 엘자 씨인가요?"

"헤헤. 지금쯤 사나에는 다른 남자랑 잘 지내고 있겠지."

"사나에가 누군가요. 엘자 씨라고 해야 하는 거 아닌가요?"

"나도 엘자도 검은 머리카락이니까, 당연히 안젤리카가 태어날

리가 없겠지. 네 친어머니는 사나예야. 그 정도는 너도 알잖아."

"태어나……? 예? 제가 친딸이라는 설정인가요?"

나는 놓치지 않았다. 「친딸」이라고 말한 순간, 안젤리카의 눈이 반짝하고 빛난걸. 파더콤 속성을 가지고 있으니까 이런 방법이 제일 잘 먹힐 거라는 건 이미 예측했다.

"나한테는 이제, 너밖에 없다고……. 그래, 술도 끊을게. 제발 부탁한다……."

"아빠는 원래, 술 같은 건 안 마셨잖아요……?"

뭘 감추랴, 난 술을 전혀 못 마신다. 하지만 그런 건 됐고.

"너까지 날 버리면, 난 어떻게 살라는 거니……?"

"어, 어떻게 살다뇨……."

"목을 매는, 수밖에 없잖아.

"……안 돼……. 저, 저는 그런, 약해진 모습을 그냥 둘 수가 없어요. ……무리야……!"

"안제…… 제발 아무 데도 가지 말아줘."

나는 엎드린 채로 울면서, 노름하느라 생활비를 다 날렸습니다, 같은 목소리를 냈다. 그나저나 대체 왜 이런 목소리가 나오는 건지. 내가 싫어진다.

"아빠…… 괜찮아요. 제가 있으니까요."

안젤리카는 무릎을 꿇더니, 그 위에 내 머리를 얹었다.

나는 매달리는 것처럼 안젤리카를 끌어안았다.

"너, 좋은 냄새가 나는구나."

"무, 무슨 소리예요……?"

"이제 여자가 다 됐어."

"아빠……? 뭔가 이상한데요……?"

"얼굴도 그래. 너, 엄마랑 많이 닮았구나."

"그야 엄마 자식이니까…… 당연히 닮겠죠."

"널 보고 있으면, 젊었을 때 사나에가 생각나."

"아빠……?"

나는 안젤리카의 눈을 보면서, 인생을 포기한 사람처럼 웃어 보였다. 대체 어떤 모습으로 보일까.

하지만 안젤리카의 반응을 보면, 상당한 밑바닥 인생의 얼굴처럼 보이는 것 같다.

"난 결국, 갈 데까지 간 것 같다. 널 보고 있으면 몸이 이상해 지는 것 같아. 네 엄마랑 사이좋게 지내는 것 같은 기분이 드는 게 말이야."

"뭐, 뭐예요……. 저희, 아빠랑 딸이거든요……? 그런 건 진짜 이상한 일이거든요……?"

금발 벽안의 외국인 여자애와 검은 머리 검은 눈의 아저씨. 어디를 봐도 피가 이어진 구석을 찾을 수가 없지만, 안젤리카는 완전히 친자식이라는 기분이 돼 있는 것 같았다.

"……괜찮지?"

"아, 안 돼. 안 돼요. 아빠는 틀림없어, 외로워서 그런 거예 요."

"안제…… 괴로운 현실을, 잊게 해다오…… 네가 사나에가 되 는 거야……!"

"아……! 이러면 안 되는데……!"

안젤리카는 헉헉 거칠게 숨을 쉬면서 세계관에 몰두했다. 귀까지 새빨개져서, 배덕적인 상황 때문에 몸부림치고 있다.

"아…… 알았어요. 오늘부터 제가, 엄마 일도 다 할게요. 제가 아빠, 부인이 되는 거예요. 그러니까 죽지 말아요, 아빠……! 아니, 여보……!"

참고로 시스템 메시지에서는. 안젤리카의 호감도와 성적 흥분이 맹렬하게 상승하고 있다는 내용이 표시되고 있었다.

이 상황극을 시작하자마자【안젤리카의 성적 흥분이 120%에 도달했습니다】라는 메시지가 떴을 정도로.

"그럼, 밖에 있는 리오도 우리 집에서 있게 해도 되지?"

"……응…… 좋아요, 여보……."

아직까지 상황극에 빠져 있는 안젤리카한테 떨어져서, 쿵쿵 발소리를 내면서 현관으로 향했다.

입가에 미소를 지으면서 찰칵, 문을 열었다.

"미안, 시간이 좀 걸렸네."

리오는 두 손을 문지르면서 추위를 견디고 있었다. 기도하는 것 같은 포즈다.

"들어가도 돼? 뭔가 말다툼 소리가 들린 것 같던데…… 그 외국인 애, 화난 거 아냐?"

"괜찮아. 뭐, 여기서는 내가 집주인이니까. 그냥 당당하게 굴면 돼. 내가 말하면 안제도 어지간한 건 다 들어줄 테니까."

"헤에. 나카모토 아저씨 집에서는 세계 나가나보네."

틀림없이 나쁜 남자처럼 설득했겠지~ 라면서, 리오가 눈을 반짝거렸다.

참고로 지금 내 머릿속을 차지하고 있는 것은 안젤리카에게 사죄의 뜻으로 뭘 사줘야 할지에 대한 생각이다. 내일쯤 더 한심한 소리로 용서를 빌면서 선물을 바칠 생각이다.

"뭐, 일단 들어와."

"실례합니다~."

리오를 데리고 집으로 들어왔더니, 안젤리카는 아까 했던 상황극의 여운에 잠겨 있었다. 멍~하니 황홀한 표정을 지은 채, 정신이 어딘가 딴 곳에 가 있는 것처럼 보였다. 아마도 그딴 곳은, 내가 부품 공장을 경영하는 세상이다. 지금 조달이 악화돼서 아내는 도망가고 매일매일 술독에 빠져서 살아간다. 결국에는 친딸인 안젤리카한테까지 손을 대 버리는 못돼먹은 아비. 대략 그런 느낌의 차원으로 다이브 해버린 것으로 추정된다.

"슬슬 돌아오지 그래."

눈앞에서 짝짝 손뼉을 쳐서 정신을 차리게 했다.

안젤리카는 잠깐 헉, 한 표정을 지은 뒤에 리오 쪽을 봤다.

"……보호한다는 사람이, 애인가요?"

"내가 오면 안 되는 거야?"

리오는 완전히 평소의 불량소녀 같은 눈빛으로 돌아와서, 안젤리카를 거만하게 내려다보고 있었다.

집안 분위기가 엄청나게 살벌하다.

"아…… 사실은 말이야, 낮에 고블린이랑 마주쳤거든. 그놈들이 리오를 덮치려고 했어."

그 말에 안젤리카가 반응을 보였다.

"고블린? 그거 무슨 비유인가요?"

"아니. 말 그대로 진짜 고블린이야. 인간으로 변신해서 보통 사람들 사이에 섞여 있었거든."

"으에…… 어떻게 이쪽으로 온 걸까요?"

"게다가 말이야, 한참 전부터 와 있었던 것 같아. 작년 연말쯤에는 이쪽에 와 있었던 것 같으니까, 안제보다 먼저 온 거지."

"예?"

이 나라 위험하네요, 라고 하며, 안젤리카가 놀라운 기색을 감추지 못했다. 나도 동감이야.

"그래서 말이야, 내일은 나랑 같이 고블린을 찾으러 다녀줬으면 싶은데. 해줄 수 있을까? 설마 네 감지 능력, 아인한테는 효과가 없는 건 아니겠지."

"문제없어요. 아인 계열 적은 빨간 점으로 표시되거든요."

"그렇다면 괜찮겠네. ……그러고 보니 유령 놈들을 찾아다니던 때도 아인 같은 점이 보였었나?"

"몇 개가 보이기는 했는데…… 그러니까 말이죠. 엘자 씨 일도 있고 해서, 아빠가 고블린을 싫어할 것 같기는 한데 말이죠. 그놈들은 그러니까…… 그렇게까지 악성 존재는 아닌 것 같아요. 유난히 악질인 개체가 겨우 흐릿한 빨간색으로 보일 정도예요. 인간 중에서 나쁜 사람 정도 색이죠."

"그런 건 신경 안 쓰니까. 계속 말해줘."

"인간 사회에 나쁜 사람들이 몇 명 섞여 있는 건 흔한 일이고, 무엇보다 서점에 그 애 임팩트가 너무 커서, 가끔씩 보이는 흐릿한 빨간색은 신경도 안 썼거든요. 그때 찾던 건 영체의 하얀 점이었으니까."

"음~ 그렇구나. 곤도랑 그 부하들도 흐릿한 빨간색으로 보였으려나."

한마디로 안젤리카의 스킬로는 인간 건달과 고블린을 구별할 수 없다. 뭐, 그건 내 스테이터스 감정으로 보조하면 되는 거니까.

"아무래도 공동 작업을 해야겠네. 둘이서 고블린 놈들을 모조리 찾아내자."

"공동 작업……!"

안젤리카는 벌떡 일어났다가 무릎을 꿇고 앉았다.

"정말 멋진 말이네요! 꼭 해요!"

뭔가 기도하는 것처럼 두 손을 맞잡고, 완전히 의욕이 넘치고 있다. 에메랄드색 눈동자를 반짝반짝 빛내는 게, 아주 믿음직하게 보인다. 리오를 방에 들인 순간부터 눈빛이 탁해져 있었는데, 이제 안심해도 되려나.

내가 안심한 걸 느꼈는지, 안젤리카가 갑자기 생각이 났다는 것처럼 말했다.

"배고프지 않으세요?"

고프다고, 고개를 끄덕였다.

"다 같이 먹으러 나갈까. 원래 외식할 생각이었으니까.

자리에서 일어나서, 행거에 걸려 있던 모피 코트를 집어서 안젤리카에게 건넸다.

"왠지 동작이 익숙하네……? 항상 그렇게 해주는 거야?"

……리오가 날 노려봤다. 앞으로 어떻게 될지 걱정이네.

"내가 일등~!"

안젤리카가 총알처럼 뛰쳐나가서 계단을 뛰어 내려갔다. 오랜만에 외출하는 거니까, 신이 나는 것도 당연한 일이지.

나는 이런저런 사정 때문에 안젤리카가 혼자서 외출하지 못하게 하고 있다.

사실은 아직 곤도한테 의뢰한 신분증이 손에 들어오지 않았기 때문이다.

비자도 없는 외국인이 불심검문이라도 당하면 엄청나게 귀찮아진다. 게다가 나랑 같이 살고 있다고 하면 신문 사회면을 장식하는 일이 벌어질 테고.

그렇다면 모습이 보이지 않도록 은폐 마법을 걸면 되는 게 아니냐고 조르기도 했다. 하지만 그렇게 하면 '길을 잃었을 때 다른 사람에게 길을 물어보지 못하게 되는 비참한 일이 벌어진다'든지, '아무한테도 안 보이는 상태로 외출하면 재미있어? 쇼핑도 못 하는데?'라는 문제가 발생한다.

위와 같은 이유 때문에, 안젤리카가 방구석에 틀어박혀 지낸

지도 벌써 거의 일주일. 최근에 내가 바쁜 탓에 밖에 데리고 나가지 못했으니까.

오늘은 서비스를 해줘야겠다는 부모 같은 마음으로 안젤리카를 따라갔다.

복슬복슬한 모피에 뒤덮인 등을 향해서 은폐 마법을 걸어줬다.

그리고 리오는 아주 모범적인 도끼눈을 뜨고서 날 보고 있었다.

"사이가 좋네?"

"얘는 홈스테이 같은 입장이고, 내가 보호자니까."

"아빠라고 부르던데. 부모 노릇도 하는 거야?"

나와 리오의 대화를 듣고 무슨 생각을 한 건지, 안젤리카도 끼어들었다.

"아빠는 제 남편이거든요?"

그렇게 말하고, 안젤리카가 익숙한 동작으로 나와 팔짱을 꼈다. 태연하게 가슴으로 내 팔을 들이대자, 팔꿈치에 그 부드러운 감각이 느껴졌다.

리오 시선이 무서우니까 그만했으면 좋겠다.

"······흐응. 보호자한테 그런 짓도 하는구나."

"맞아요~. 제가 과보호에 사랑까지 받고 있거든요. 항상 안은 싫다고 하는데, 아빠가 안 들어줘요. 날 독점하고 싶어서 그러는 게 아닌가 싶다니까요."

"뭐? 그, 그게 무슨 소리야?"

"덕분에 최근 들어 배가 불러오는 기분이 들거든요?"

"⋯⋯."

안젤리카가 배를 슥슥 문지르는데, 오해를 초래할 언동은 자제해줬으면 싶다.

"지금 그거 집 안에만 있는 건 싫다는 얘기거든? 요즘 안제가 운동 부족이라서, 뱃살을 신경 쓰게 된 것뿐이거든?"

그렇게 변명했지만, 뭔가가 뿌직, 하고 끊어지는 소리가 들렸다.

"헤, 헤에. 꽤 즐거운 홈스테이를 하고 있나 보네."

어깨를 부들부들 떨고 있는 리오를 슬쩍 보고, 안젤리카가 더더욱 밀착했다.

앞일이 더더욱 걱정된다.

나는 가로등 불빛을 받으며 멍하니 하늘을 바라봤다. 별은 거의 보이지 않는다. 달이 있어야 할 곳에 희미한 빛이 보이는 정도다.

춥다.

최강의 한파가 어쩌고저쩌고할 정도로 엄청난 한기다. 남자인 나도 이럴 지경이니, 안젤리카와 리오는 더 춥겠지.

빨리 밥 먹고 집으로 돌아와야겠다.

내가 걸어가기 시작했더니 후다닥, 하고 리오가 다가왔다. 뭘 하려는 건가 싶었더니,

"추우니까."

꼬옥, 하고. 남아 있던 내 팔에 매달렸다.

……크지는 않지만, 탄력은 충분.

한 순간 떠오른 잡념을 떨쳐내면서 말했다.

"걷기 힘들거든?"

그래도 최강 한파인데? 이렇게 붙으면 따뜻하잖아? 리오는 아무렇지도 않게 대답했다.

좌우에 10대 여자애를 매달고서 비틀비틀 걸어가는 삼십 대 아저씨.

완전히 원조교제 같은 모습이다.

나는 묵묵히, 나와 리오에게도 은폐 마법을 걸었다. 도저히 세상 사람들에게 보여줄 수 없는 모습이다.

그나저나 그냥 걸어가는 것 자체를 그만두자. CCTV에 찍히거나 말거나 알 게 뭐야. 내 정신이 못 버티겠다.

"으아."

"아."

나는 두 사람이 매달려 있는 팔을 빼고는 왼팔로 안젤리카, 오른팔로 리오를 안았다.

바로 펄쩍 뛰었고, 건물 지붕에서 지붕으로 뛰어넘었다.

"싫어~! 천천히 데이트할 건데~! 이동 스킵 하지 마세요~!"

항의하는 안젤리카. 힘이 넘치네.

리오는 "아하하! 난다, 날고 있어!"라면서 신이 났다.

"……안젤리카는 좋겠다. 매일 이런 걸 해줄 테니까. ……집에 아빠 역할 하는 사람이 있으면, 역시 좋구나."

보통 아버지는 딸을 안고 20미터씩이나 뛰어다니지는 않거든. 마음속으로 그렇게 딴죽을 걸었다.

【파티 멤버, 사이토 리오의 호감도가 700 상승했습니다.】
【사이토 리오의 성적 흥분이 70%에 도달했습니다.】
【상호 합의하에 성적 행위가 가능한 수치입니다. 실행하시겠습니까?】

정신없이 흘러가는 텍스트 메시지가 눈을 가렸지만, 계속 뛰었다.
왼쪽 밑에서 안젤리카의 뚱한 목소리가 들려온다.
"자, 잠깐만요! 왜 다른 여자애랑 좋은 분위기가 되는 건데요. 그런 건 금지거든요. 아빠는 제 거니까요."

【파티 멤버, 신성 무녀 안젤리카의 독점욕이 600 상승했습니다.】
【사이토 리오의 성적 흥분이 70%에 도달했습니다.】
【상호 합의하에 성적 행위가 가능한 수치입니다. 실행하시겠습니까?】

두 사람 다 안아 달라는 건가?
도덕의 하한선이 여기에 있었던 것인가, 라고 진절머리를 내면서 패밀리레스토랑 앞에 착지했다.
젊은 애들이 좋아하는 맛이 어떤 건지는 모르겠지만, 이런 가게라면 일단 메뉴가 다양해서 괜찮을 거라고 판단했기 때문이다.

나는 일행의 은폐 마법을 해제하고 입구로 걸어갔다. 자동문이 열리고, 여성 점원이 "어서오세요"라고 인사했다. 그렇게 쳐다보지 말라고요, 언니. 양쪽에 십 대 소녀들을 데리고 있는 상황에 「어라? 요즘 TV에 나오는 사람 아닌가?」 같은 시선은 괴롭다고.

나는 화장실과 가까운 자리를 골라서 털썩 앉았다.

안젤리카는 "난 여기~"라면서 내 왼쪽 옆에 앉았다. 항상 앉는 위치다.

리오는 아주 잠깐 안젤리카를 사납게 노려보더니 맞은편 자리에 앉았다.

"너, 너무 가까운 거 아냐?"

아주 당연하다는 얼굴로 내 무릎에 손을 얹는 안젤리카. 대체 무슨 생각이야.

"그치만, 아빠가 먹여줬으면 싶으니까요."

"어린애도 아니고."

아빠 애거든요~ 라고. 말을 들을 생각 자체가 없다니까.

평소에도 이렇게 굴기는 하지만, 오늘따라 유난히 달라붙은 것 같은 기분도 든다.

리오에 대한 대항의식이라도 품은 걸까. 밥 먹기도 힘들고 점원분 시선도 신경 쓰이고, 대체 어떻게 해야 좋을지.

메뉴를 펼쳐서 얼굴을 가린 채로 기다렸다.

"난 피자랑 까르보나라. 안제는?"

"햄버그 세트라는 걸로 할래요."

매뉴판을 뒤집어서 이번에는 리오한테 똑바로 보이게 했다. 역시 내 얼굴은 가린 상태로.

"리오는 어떻게 할 거야?"

"……이 여성용 헬시 런치라는 걸로 해줘."

칼로리가 적은 메뉴. 여자의 마음이라는 건가.

"오케이, 다들 결정했지."

테이블에 있는 벨을 눌렀더니 아까 그 여성 점원이 재빨리 달려왔다.

나는 합법적으로 모인 세 사람이라고 해석해주기를 기대하며 빠르게 주문했다. 아니, 얘들은 친척 애들입니다, 라는 표정을 지었지만, 안젤리카와 리오의 얼굴이 완전히 암컷의 표정이었다. 하지 마, 점원분이 뭔가를 눈치챈 얼굴로 주방에 주문을 전달하러 갔잖아.

"나랑 아빠, 저 사람이 어떻게 봤을까요. 역시 커플이겠죠?"

"뭐? 백인 여자랑 일본 남자 커플은 흔치 않거든. 평범하게 생각하면, 나랑 나카모토 아저씨가 사귀는 것처럼 보일 것 같은데?"

"둘 다 아니라고. 갑자기 뜬 개그맨이 건방지게 팬 여자애들을 데리고 다니는 꼴로 보일 뿐이야."

그나저나 사람들 앞에서 날 차지하려고 배틀을 벌이는 건 자제해줬으면 좋겠는데. 점원 언니, 당장이라도 스마트폰을 꺼내

서 몰래 사진이라도 찍을 기세로 이쪽을 보고 있으니까. 「어떻게 하면 이 불상사를 인스타그램에 올리기 좋은 앵글로 찍을 수 있을까」라는 생각이라도 하고 있으면 어쩔 거냐고.

"팬이 아니거든요~. 전 내면까지 포함해서 아빠를 좋아하거든요?"

리오한테 보라는 것처럼, 안젤리카가 내 허벅지를 쓰다듬기 시작했다. 스스슥…… 하고 올라온 손이 사타구니 근처까지 왔다.

"아, 안제……."

분위기가 단숨에 이상해졌다. 이건 인스타그램이 아니라 주간지에 어울리는 사진이다. 틀림없이 연예 스캔들 1면 기사다.

그래도 안젤리카 하나뿐이라면 어떻게든 할 수 있다. 이 아이는 스킨십을 많이 하는 나라에서 왔습니다, 라고 둘러댈 수 있을지도 모른다.

문제는 교복 차림인 리오다. 한눈에 봐도 현역 여고생 같은 외모로 달라붙으면 엄청나게 곤란해진다. 정말로 곤란해진다. 범죄 같은 느낌이 단숨에 100% 정도는 상승한다. 그러니까 어떻게든 이 녀석만은 얌전히 있어 줬으면 좋겠는데,

"그래. 네가 그렇게 나온다면, 나도 가만있지 않을 거니까."

그리고는 내 오른쪽 옆자리로 옮겨왔다. 즉 미성년자 여자애들 사이에 낀 상황이 됐고, 이젠 그냥 가만히 굳어 있는 수밖에 없다.

그리고 시작된, 경쟁하는 것 같은 보디 터치. 백인 소녀와 우

리나라 소녀가 양쪽에서 아저씨 다리를 문질러대는, 국경도 없는 마사지 서비스가 시작된 순간이었다. 국제 공조는 정말 대단한 일이라고 현실 도피를 하려고 했지만, 다시 생각해보니 이건 오히려 국제 문제라는 생각이 들었다.

"음⋯⋯. 허벅지 안쪽 문지르는 정도 가지고는, 커지지 않네."

"그러게요~."

"니들, 대체 뭘 기대하면서 쓰다듬는 거야?! 응?!"

이상한데서 의기투합하고 말이야. 이 두 사람, 중간부터 내 특정 부위가 변화하게 만들겠다는 공통된 목적으로 똘똘 뭉친 것 같다. 고도의 외교전을 동원해서 날 농락하는 짓은 자제해줬으면 싶은데 말이지?

"너희들 대체 뭐냐고⋯⋯ 그리고 안제 너는 무녀인데 말이야, 하는 짓들이 꼭 업소에서 일하는 여자 같다니까. 처음 만났을 때부터 그런 생각이 들었어."

"업소?"

"뭐랄까, 묘하게 적극적으로 다가오고 말이야. 밤에 일하는 가게 같다고나 할까. 그런 걸 대체 어디서 배운 거야."

보통 이세계 처녀들은 떠올리지도 못할 텐데 말이야. 아저씨 옆에 앉아서 허벅지를 쓰다듬는 짓 같은 건.

"그치만 저, 아빠 색시가 되려고 왔잖아요. 여러 가지 책을 읽으면서 공부했어요."

"⋯⋯대체 어떤 책인데?"

"『마도 캬바쿠라 대전』이라든지 『실록! 엘프 한정 걸즈 바』 같은 책이요."

"이세계에도 캬바쿠라가 있는 거냐?!" (캬바쿠라. 캬바레와 클럽을 합친 일본의 조어. 노출이 많은 옷을 입은 여성들이 술을 따라주는 유흥업소.)

어쩐지 물장사하는 언니들 같은 행동을 많이 한다 했다. 뭔가 여러모로 착각하고 있는 것 같다고나 할까, 너무 극단적인 지식만 배운 건 아니려나.

"좋아하는 남자랑 식사하러 갔을 때는, 옆에 앉아서 허벅지를 쓰다듬고 물수건을 주면 되는 거잖아요?"

"넌 이쪽 세상 상식 이전에, 그쪽 세계 상식도 거의 모르는 거 아니냐?"

너무 황당해서 입이 떡 벌어졌다.

"뭐랄까…… 그 책 보고 나한테 자꾸 달라붙는 거라면, 그런 짓은 안 해도 돼."

"에~."

"무리해서 그런 걸 하면…… 아, 무리는 안 하는 건가."

안젤리카는 내 몸을 쓰다듬을 때마다 호감도와 성적 흥분이 상승한다.

시스템 메시지에 의하면, 이 녀석은 자기가 좋아서 나한테 스킨십을 하는 것이다.

정말 무서운 아이다.

어디 외국인 여성들이 일하는 바에라도 취직시키면 틀림없이 넘버원이 되겠지. 외모도 동유럽 스타일이니까. 최근에는 그런 여성들이 많이 줄었다는 것 같다. 유럽의 미인들이 모여 있다고 광고를 하면서도, 실제로 가보면 남미 출신 여성들이 일하는 가게들이 많다. 외국인들밖에 없는 이세계에서 17년이나 살아온 내 눈은 속일 수 없다. 갈색 피부면서 러시아에서 왔다고 하지 말란 말이야, 라고 해주고 싶다. 진짜로 용서할 수 없다.

……변명을 좀 하자면, 나라고 좋아서 그런 가게에 갔던 게 아니다. 방송국 사람들이랑 같이, 어쩔 수 없이 갔을 뿐이다. 안 그래도 술을 못 마시는 데다 가짜 백인들을 자꾸 보여주니까, 그 차이를 알고 있는 나는 엄청나게 화가 났다. 집에 와서 안젤리카를 보고 「역시 진짜는 이래야지」라고 생각하며 혼자서 고개를 끄덕였다.

한마디로 나는 저질 아저씨였다.

업무상 교류였다고는 해도 젊은 언니들이 잔뜩 있는 술집에 갔고…….

오늘도 불가항력이라고는 해도 여자애를 집에 데려왔고…….

난…… 나는…….

"안제, 더 시켜도 돼. 단것도 먹을 거지?"

"아빠는 가끔씩 갑자기 상냥해지네요?"

"항상 상냥하잖아?"

"그게 아니고 말이죠. 이상하게 상냥해진다고 할까…… 뭔가를 보상하려는 것 같은 느낌이라고 할까요."

"무, 무슨 소리야. 난 너희가 귀여워서 미칠 지경이라고. 그게 아빠 아니겠어."

추가로 식후에 먹을 파르페도 시켜줄까? 라면서 아빠 행세를 하는 사이에, 리오의 심기가 점점 더 불편해져갔다.

"아주 염장을 지르네, 내가 이렇게 옆에 있는데."

"아니, 리오도 말이야, 연하의 여자 사람 친구로서 귀여워서 미칠 지경이거든."

"친구?! 그런 짓을 해놓고 친구로 끝낼 셈이야?!"

"진정해. 안제도 『그런 짓이 뭔지 저도 궁금하거든요』 같은 눈으로 쳐다보지 말고! 봐, 점원분 오셨잖아! 다 보고 계시잖아!"

최악의 타이밍에 첫 번째 음식이 도착했다. 따끈따끈 힘이 피어오르는 특대 햄버그 세트. 안젤리카가 주문한 음식이다.

"……좋은 시간 되세요~."

점원분이 『전 아무것도 못 봤어요』 같은 얼굴로 음식을 내려놓고는 재빨리 가버렸다.

"우와, 뜨겁네요. 이건 아빠한테 아~ 해드려야겠어요."

왜 뜨거운 음식을 나한테 아~ 해야 하는 건데. 내가 황당해하거나 말거나, 안젤리카는 나이프를 집어서 햄버그에 푹, 하고 꽂았다. 그대로 쓱싹쓱싹 소리를 내면서 한가운데를 잘라나갔다. 단면에서 육즙이 주르륵 흘러나오는 게, 보기만 해도 맛있을 것 같다. 잔뜩 뿌려놓은 데미그라스 소스도 아주 좋은데, 걸쭉한 적갈색 액체다보니 왠지 피처럼 보이기도 했다.

고블린을 처참하게 죽인 뒤에 고기 요리를 보고 식욕을 느끼다니. 나도 많이 달라졌다고 생각하며, 옛날 일이 그리워졌다.

——싫어. 난 이런 거 못 먹어. 주위를 봐, 시체투성이이잖아.

──하지만 용사님. 안 드시면 체력이 따라가질 못합니다만? 그리고 당신은 첫 출진에서 오크를 해치우고 음식을 아무렇지도 않게 드셨던 분이 아닙니까.

──그거야말로 내 트라우마라고. 다시는 안 해.

그런 시절이, 나한테도 있었지.

◇　◇　◇

집으로 돌아왔더니 바로 꾸벅꾸벅 졸기 시작했다. 고블린과 싸우느라 심적으로 지쳤던 건지도 모르겠다.

바닥에 누워서 크게 하품을 했다.

멀리서, 안젤리카와 리오가 소란을 피우는 소리가 들려온다. 의외로 사이좋게 지내는 것 같네…… 라고 흐뭇한 생각을 하는 사이에, 잠이 들고 말았다.

……그랬더니, 꿈을 꿨다.

이세계 시절의 꿈이다.

최악의 꿈. 마검으로 엘자를 꿰뚫는 내용이었다. 당연한 악몽. 실패한 모험담. 게다가 이게 실제로 있었던 일이니 더 미칠 지경이다──

"──아저씨, 괜찮아?"

몸을 흔들어대는 감각 때문에 의식이 현실로 돌아왔다. 눈앞에 리오의 얼굴이 있고, 걱정하는 표정으로 날 보고 있다.

"말도 안 되게 괴로워하던데, 뭐야 대체? 엘자, 엘자 하고 말이야. 혹시 옛날 여자한테 심하게 차인 거야?"

"……대충 그래."

천천히 몸을 일으키고 좌우를 둘러봤다. 시계를 보니 오후 11시 반. 두 시간도 넘게 잔 것 같다.

"잠들어버렸나…… 안제는 자?"

"좀 전에 잠들었어."

"그렇구나. 둘 다 목욕은 했고?"

"난 아직이야."

"요즘 애들답게 야행성이네. 내가 먼저 씻어도 돼?"

"으, 응."

아직 뭔가 할 말이 있는 것 같은 리오를 두고 욕실로 갔다.

소변을 본 뒤에 옷을 벗어서 세탁기에 던져 넣는 공정을 1분 안에 끝냈다. 남자들은 다 이 정도겠지.

"후우."

여전히 좁구나, 라고 투덜거리면서 욕실로 들어갔다.

욕조에 담긴 물을 바가지로 퍼서, 먼저 머리부터 온 몸에 물을 끼얹었다.

그 뒤에 샤워 수건을 무릎에 얹어놓고 액체 비누를 잔뜩 뿌렸다. 열심히 손을 움직여서 평소보다 50% 정도 더 많이 거품을 냈다.

왜냐하면 오늘은 고블린을 죽였다. 뭔가를 죽인 날은 항상 온 몸을 구석구석 씻고 있다. 왜냐하면 내가 더러워진 것 같은 기분이 들어서 미칠 것만 같으니까.

이래 뵈도 내가 소년 시절에는 예민한 편이었다. 전투에 익숙해진 지금도 근본적인 부분은 달라지지 않은 것 같고.

불결한 것도 엽기적인 것도 아주 싫고, 피나 내장 냄새 같은 건 말도 안 된다.

덕분에 몬스터를 해치울 때마다 죄악감과 혐오감에 시달릴 정도였다. 특히 상대가 사람과 비슷하면 할수록 고뇌했고, 아인과 싸울 때는 토하고 싶은 기분을 참으면서 싸웠을 정도다. 그 시절에는 싸운 뒤에 아무리 손을 씻어도 눈에 보이지 않는 미끈거리는 뭔가가 손끝에 눌어붙어 있는 것 같은 기분도 들었지.

……어쩌면, 지금도 눌어붙어 있는지도 모른다. 그것도 온몸에.

이 미끈거리는 뭔가를 「적응」이나 「전사의 풍격」이라고 넘겨버리는 건 간단한 일이지만, 나한테는 「인간성의 열화」일 뿐이다. 죽인다든지 괴롭힌다든지 심문한다든지, 그런 것들을 아무렇지도 않게 하게 돼버리면 인간으로서 끝장인 것이다.

하지만 고블린 놈들은 말이 통하는 상대가 아니니까──

죽여 버리는 수밖에, 없다.

나는 또 싸워야만 한다. 소중한 것들 지키기 위해서라면 수단을 가려서는 안 되니까.

여자가 리드해주는 쪽이 마음이 편하지만, 연장자인 이상 안젤리카와 리오를 돌봐줘야만 한다.

해야만 한다, 해야만 한다, 해야만 한다.

용사의 인생은 온갖 의무로 가득 차 있다. 진짜 나 자신은 억

눌러버려야만 한다. 그렇다. 나는 나 자신조차도 계속 억누르고 죽여 온 살육 병기다.

한숨을 쉬면서 머리를 감고 있는데, 차가운 손이 내 등을 건드렸다.

"근육 장난 아니네! 무슨 운동 했어? 이렇게 큰 등 근육, 직접 보는 건 처음이거든!"

"응? 운동이라기보다 군대에 가까우려나."

무거운 갑옷을 입고 움직인 탓인지 체격이 엄청나게 좋아져 버렸지, 라고 생각하며 이세계 시절을 떠올렸다. 이쪽에 온 뒤로도 계속 육체노동을 했었고…….

"……응?"

잠깐.

그게 아니지.

뭔가 부드러운 것이 물컹물컹 내 등에 닿고 있는데. 여기에 아무런 반응도 보이지 않으면 남자로서 끝장이려나. 남성 기능 부전이려나.

"너, 왜 들어온 거야?"

리오 쪽을 안 보기 위해서 계속 앞을 보며 말했다. 절대로 뒤를 돌아봐서는 안 된다.

왜냐하면 이 녀석, 틀림없이 알몸이니까. 지금 내 등에 닿은 거, 틀림없이 가슴 맨살이었으니까.

"나카모토 아저씨, 오늘은 내 아빠가 돼준다고 했잖아? 그렇다면 당연히 딸이 등을 씻어줘야지."

"당연히는 무슨. 난 서른두 살, 넌 열여섯 살. 범죄잖아."

"딸이 몸을 씻어주지 못하게 하는 아빠야말로 범죄 아냐? 육아 의무를 소홀히 하는 거니까."

"그게 대체 무슨 소리야?"

갑자기 깜짝 놀라는 기척이 느껴졌다. "설마……" "말도 안돼"라고 혼자서 중얼거리는 소리도 들려왔고.

"어, 그럼 나카모토 아저씨, 평소에 안젤리카랑 같이 목욕하는 거 아니었어?"

"당연하지."

"걔 여기서 홈스테이 하고 있잖아? 그러면서 똑바로 챙겨준다고 할 수 있는 거야?!"

"난 잘못한 거 하나도 없거든?!"

마치 내가 학대하는 아빠라도 된다는 것 같은 말투다.

"의미를 모르겠네…… 그럼 걔, 일본에 온 뒤로 한 번도 아빠랑 같이 목욕한 적이 없는 거야? 위험한 거 아냐? 그러다 병 걸릴 거야. 가끔씩 서비스 해주라고."

"……너 설마, 지금까지 새아버지들이랑 같이 목욕했던 건 아니겠지."

"당연히 아니지. 내가 씻어주고 싶다고 생각할 만큼 제대로 된 새 아빠들은, 절대로 나랑 같이 목욕할 수 없다고 했으니까."

"그래, 그랬었지. 넌 자기를 성적 대상으로 봐주지 않는 아저씨를 좋아하니까."

리오가 잘 따르는 남자는 리오와 같이 욕실에 들어가지도 않

제3장 103

았고, 같이 목욕하려고 드는 남자는 리오가 거절한데다 아마도 오빠 킹레오가 두들겨 패버렸겠지.

끔찍한 패러독스다.

이건 지뢰 정도가 아니라고.

"내가 마지막에 아빠랑 같이 목욕한 건, 일곱 살 때. 내 친아빠랑. 난 등만 씻어줬고, 아빠는 아무런 관심도 없었어. 그래도 그 추억을 떠올리면서, 지금까지 간신히 살아왔어…… 그 뒤로 10년이나 지났으니까, 슬슬 약효가 떨어졌을 거야."

"예방접종이냐."

"나 도와준다고 생각해서, 같이 목욕하면 안 될까?"

"하, 하지만 그건, 네가 친아버지와 마지막으로 맛봤던 추억을, 내가 덮어쓰기 해버리는 꼴이 되는 게 아닌가……?"

"……그래 주면 좋겠거든. 덮어쓰기 해줘, 내 추억. 나카모토 아저씨 색으로 말이야."

괜찮지? 라면서 리오가 날 끌어안았다. 훤히 드러난 유방이 내 등에 닿아서 눌리는 게 느껴진다.

"……안 돼. 절대로 안 돼."

"딱히 이상한 짓 하는 것도 아니니까, 괜찮잖아? 파라라고 부르면서 씻어주고, 안은 채로 욕조에 담그기만 하면 되거든?"

"그게 이상한 짓이 아니면, 대체 뭘 해야 이상한 짓이 되는 건데? 사람이라도 잡아먹어야 하나?"

가장 무서운 점은, 지금 리오가 전혀 동요하지 않는다는 점이겠지. 당연한 일인데 이 사람은 왜 거부하는 거야? 같은 분위기로 말하고 있다.

　근본적인 윤리관이 전혀 다른 생물과 대화하면 쓸데없이 에너지를 소모하게 된다. 트롤 암컷이 「빵이 없으면 동족을 잡아먹으면 되잖아」라고, 이상하다는 것처럼 말했을 때도 딱 이런 기분이었다.

　"계속 이렇게 달라붙어 있으면, 나 오늘은 목욕 안 할 거다."

　냄새 나는 채로 지낼 거다, 라고. 일종의 협박을 했다.

　【사이토 리오의 호감도가 100 상승했습니다.】

　"야."

　"……지금 그 말이 왠지…… 엄청나게 나쁜 남자 같은 느낌이라서…… 게다가 굳이 비위생적으로 살겠다고 하는 게, 아주 좋은 느낌으로 상스럽고……."

　정말 답이 없는 애다. 거절하면 좋아하고 야단치면 발정이 난다.

　내가 대체 어떻게 해야 좋을지 모르겠다고 생각하면서 고개를 툭 떨궜다.

　……그나저나 슬슬 춥네.

　겨울밤에 홀딱 벗고서 얘기를 하고 있으니 당연한 일이지만.

　춥다. 춥다, 춥다, 추워.

　이 얘기 언제 끝나는 거야? 라는 분위기가 슬슬 감돌았지만, 내 사고력이 저하되는 데 박차를 가할 뿐이었다. 점점 될 대로 되라는 대답만 하게 됐다. 내 나쁜 버릇이다.

"알았어. 같이 씻는 건 허락할 테니까, 일단 더운물 좀 뿌려주겠어. 슬슬 춥네."

"야호!"

리오는 샤워기를 잡더니 내 몸에 물을 뿌려댔다.

야, 욕조에 있는 물을 쓰라고. 수도 요금 많이 나온단 말이야, 같은 아르바이트로 먹고 살던 시절의 금전 감각이 내 마음을 술렁이게 했다. 좀 더 다른 일…… 예를 들자면 열여섯 살 소녀와 혼욕을 허가해버린 치명적인 과오 때문에 술렁여야 하는데, 그런 판단력은 이미 사라져버렸다.

"자~ 몸 씻어줄게~."

뭐, 등만 씻어주는 정도면 합법이겠지, 라고 생각하면서 기다리고 있었더니, 리오의 손이 내 앞쪽으로 쭉~ 뻗어왔다. 그대로 숙숙 보디 소프 노즐을 눌러서 짜내고, 손바닥으로 거품을 냈다.

……샤워 수건으로 닦아줄 거지? 이상한 짓은 안 할 거지? 라고 걱정하고 있는데, 리오의 손이 뒤쪽으로 사라졌다. 조금 기다렸더니 "……흠…… 흐응……" 하는 요염한 숨소리가 들려왔다. 정말 미쳐버리겠네.

대체 뭐냐고? 얘는 왜 자기 몸 씻으면서 야한 소리를 내는 건데? 대체 어디서 거품을 만들고, 대체 뭘로 내 몸을 씻어주려는 건데?

설마…….

"……열심히, 기분 좋게 해줄게."

좋지 않은 상상을 하고 있는데 콕, 하고 리오의 돌기 부분이 내 피부에 닿았다.

그 설마였다.

리오 자식, 가슴에 거품을 묻혀서 내 몸을 씻어주려고……!

"……아…… 흐…… 앙…… 이거…… 하는 쪽도, 기분 좋을지도……."

리오는 내 몸에 팔을 둘러서 뒤쪽에서 끌어안는 자세가 됐다. 그리고는 미끌미끌, 몸을 움직이기 시작했다.

여고생의 발칙한 상하 운동. 이젠 말도 나오지 않는다.

"……."

실망했다 리오. 그런 거로 내 몸을 씻어줄 줄은 몰랐어. 가슴과 샤워 수건도 구분할 줄 모르는 열여섯 살이라니, 아빠는 실망했다. 사실 내가 이 녀석 아빠도 아니지만, 그래도 실망했다. 네가 좀 더 조신한 꼭지를 가지고 있다고 생각했는데, 이 딱딱한 느낌은 뭔데? 발딱 서 있잖아!

"너, 너 그만 나가! 이건 완전히 현행범이야!"

"……헤헤. 성범죄자 데뷔, 축하해."

"웃기지 말라고! 남녀를 바꾸면 넌 강간범이거든?!"

"그치만 나카모토 아저씨 몸은 좋아하고 있는데."

"아, 어딜 보는 거야, 너!"

"……앞에도 씻어줄게."

그래, 독방으로 가자. 어디 여행이라도 가려는 것처럼 자수할 생각을 하고 있는데, 리오가 슬쩍 내 앞으로 왔다. 내 무릎 위로.

"왜 눈을 감는데?"

"보면 잡혀가니까."

"……하아. 성인과 미성년자 조합이라도, 결혼을 전제로 한 진지한 교제라면 성행위를 해도 문제없거든? 열세 살 미만이라면 무조건 강간죄가 성립되지만, 난 열여섯이니까 여유 있게 문제없는데?"

"하, 하지만, 그건 보호자의 허락을 받았을 때잖아? 네 어머니가 뭐라고 할지 모르는 일이라고. ……그러고 보니 너 외박한다고 허락은 받았냐? 집에 말도 없이 우리 집에서 자고 가면 유괴가 되는데?"

"우리 엄마는 괜찮아. 나카모토 아저씨네 집에서 잔다고 메시지 보냈더니, 『확 자빠트려버려』라고 답장 왔거든. 우리 엄마도 10대에 임신했으니까, 이런 건 이해한다고. 그리고 우리 엄마 성격이면, 딸이 연예인이랑 사귄다고 좋아할걸."

"그, 그 얘기 정말이지? 수사관 앞에서도 그렇게 증언할 수 있어?"

"못 믿겠으면 내 폰 보여줄까? 안 지우고 다 있으니까. 그리고 체포되는 걸 전제로 생각하지 말았으면 좋겠는데?"

그렇다면 ── 이렇게 리오와 같이 씻는 건, 국가가 인정한 합법 행위……?

국가 공인 여고생 아내……?

"나라에서 그렇게 말한다면, 어쩔 수 없지."

나는 조용히 눈을 뜨고 리오의 알몸을 봤다.

하지만, 거품 때문에 가슴 끝부분과 음부가 가려져 있어서, 인간의 길에서 벗어나는 일만은 간신히 피할 수 있었다. 아쉬운 것 같기도 하고 살았다는 기분도 들고.

"……이제야 봐줬네."

큰일이네. 이 녀석 역시 엘자랑 똑같이 생겼어. 위쪽으로 바짝 올라간 밥공기 모양의 가슴은 그야말로 엘자 그 자체잖아.

아, 그런데 자세히 보니까 점 위치는 전혀 다르네, 같은 걸 찬찬히 관찰했다.

보면 볼수록 형기가 연장될 것 같다는 걸 알면서도 자꾸만 눈이 가는 것이 남자의 어리석은 점이다.

"그런데, 가슴만 보지 말라고. ……안젤리카보다 작잖아, 내 거."

"이, 이런 건 크기가 문제가 아니라……."

"만질 때 느낌이 중요하다고?"

그렇게 말하면서 리오가 내 오른쪽 다리에 걸터앉았다. 결국 나는 미성년자의 사타구니로 내 몸을 씻는 꼴을 당하게 되는 것 같다.

"안젤리카는 이런 거 안 해주지? 아, 바닥에 누워도 돼. 그게 나도 움직이기 편하잖아.

이건 그런 가게에서만 해주는 서비스인데. 90분에 18,000엔 이라든지 하는 서비스를 공짜로 받는 거니까, 수도 요금 따위는 아깝지도 않으려나? 같은 비렁뱅이 같은 생각을 했다.

"……응……. 저기, 평소에 안젤리카랑은 어떤 식으로 해?"

"나랑 그 녀석은 그런 관계가 아니야. 아직 한 번도 한 적 없어."

"거짓말이지?"

"거짓말 아냐."

대화가 끊어졌지만, 그 사이에도 리오는 미끌미끌 계속 움직였다. ……점점, 잘 미끄러지고 있다. 리오의 몸에서 분비된 액체가 로션 역할을 하고 있는 것 같다.

"……헤에. 그럼 정말로, 평범한 유사 부녀구나?"

"그렇게 되겠지."

"그렇다면, 나랑 사귀게 돼도 아무 문제 없겠네?"

"왜 그런 쪽으로 날아가는데?"

"오늘 말이야, 나카모토 아저씨가 아빠처럼 굴 때, 진짜 좋았거든. 이상적인 아빠야. 강하고 믿음직하고, 상냥하고…… 그래서, 나카모토 아저씨가 괴로워하는 모습은 못 봐주겠어. 그런 건 안 어울리니까."

"안 어울린다고?"

그게 어울리고 아니고 문제인가?

"응. 안 돼. 나카모토 아저씨는 항상 강해야 해."

"……항상 말이지."

그럼 잘 때까지도?

"아까 말이야, 옛날에 있었던 안 좋은 일을 꿈에서 본 거지?

나랑 사귀면, 다 잊게 해줄게. ……나카모토 아저씨는, 항상 터프해야 하니까."

아아── 이 녀석도 내 겉모습만 소비하려고 하는 건가. 최강의 용사라는 우상을.

"나, 옛날 여자랑 닮았잖아? 엘자였나. 옷도 화장도 그 여자처럼 할 테니까. 어차피 그 여자가 나카모토 아저씨를 찬 거잖아? 나라면, 내가 먼저 헤어지자는 말은 절대로 안 해. ……저기, 이거, 넣어도 돼?"

"……뭔가 착각하는 것 같으니까, 지금 확실하게 말해둘게. 엘자는 내 옛날 여자가 아니야."

"뭐야 그게? 설마 그냥 친구였다는 얘기야?"

"아니. 좀 더 위쪽. 내연의 아내였어."

"……그게."

"그리고 차인 게 아냐. 사별했어."

리오는 보고 있는 내가 미안해질 정도로 당황했다.

"미안해. 내가 신경을 못 써서……."

"신경 안 써도 돼. 사정을 알고도 그랬다면 모를까, 나쁜 뜻은 없었을 테니. 저기, 나 욕조에 들어가도 돼? 추운데 말이야."

"으, 응."

나는 몸을 헹구고 천천히 욕조에 몸을 담갔다. 이제야 좀 편하네.

리오는 어떻게 나오려나. 욕조 안에서 2차전에 도전? 그런 생각을 하면서 경계하고 있는데, 아무 일도 없다.

아, 포기했나? 고개를 들어서 봤더니, 리오가 바닥에 주저앉아서 훌쩍훌쩍 울고 있었다.

"어……."

잠깐, 왜 네가 우는 건데. 손등으로 눈시울을 훔치면서 훌쩍훌쩍 울먹이는 모습이 시각적으로 완전히 OUT이다. 장소가 욕실&알몸인 것까지 겹쳐지니까, 왠지 그런 가게에서 억지로 일하는 언니를 지정한 것 같은 기분이 들잖아.

"왜 그래? 이제 와서 정조 관념에 눈을 뜨기라도 한 거야?"

"……아저씨, 틀림없이, 나 싫어졌지."

울면서 "이젠 기회가 없어……" 같은 약한 소리를 했다.

정말이지. 조금 전까지 어른 행세를 하면서 그런 짓까지 한 주제에, 근본적인 부분은 어린애라니까.

"화 안 났어. 이 정도로 싫어하지는 않는다고. 엘자 이름이 나오니까 옛날 생각이 나서 슬퍼졌을 뿐이야. 화나는 거랑은 또 다른 감정이라고."

"……미안해……."

나는 리오의 머리 위에 손을 얹고서 슬슬 쓰다듬어줬다. 하는 나도 부끄럽지만, 이제 잘 먹힌다는 건 안젤리카를 통해서 학습했다.

……이런 학습을 할 만큼, 그 녀석하고도 러브 코미디 이벤트를 벌였었지. 대체 어떻게 살고 있는 거야, 난.

후회와 자책에 시달리면서도 리오를 달래줬다.

"그만 울어. 그러니까 말이야, 내가, 너랑 얘기하면 꽤 재미있

거든? 외모는 틀림없이 내 취향이니까, 날 잘 따라줘도 기분이 나쁘지는 않고. 그리 쉽게 만나지 말자는 소리는 안 해."

욕실에서 소녀의 머리를 쓰다듬으면서 네 외모가 좋다, 고 속삭이는 나. 이거 말도 안 되는 일 아냐? 리오, 점점 빨개지고 있는데.

이거 안젤리카가 보면 틀림없이 오해를 살 거라고 생각했더니, 기대를 배신하지 않는 일이 일어났다.

그래, 난 이런 운명의 별 밑에서 태어난 놈이야. 평생 야단법석을 피면서 살 거라고.

"흐암⋯⋯."

찰칵, 소리와 함께 문이 열리고, 잠이 덜 깬 얼굴의 안젤리카가 나타났다. 이미 팬티를 내릴 준비를 하고 있는 걸 보면, 소변이 마려워서 깬 것 같다.

"뭐야, 아빠?!"

여기, 화장실이랑 욕실이 일체형인 유닛 배스거든. 욕조 바로 옆에 변기가 있는 탓에, 트러블이 발생하기 딱 좋다니까.

덕분에 보여주고 싶지 않은 걸 보여주거나, 수라장에 휘말리게 되거나⋯⋯.

"──둘이서 뭐 하는 거죠?!"

거실에서 양반다리를 하고 앉아서 헤어드라이어의 더운 바람을 맞으며.

"그럼 진짜로 그건 안 한 거죠?"

"안 했어."

지금 안젤리카가 내 머리카락을 말려주고 있다.

물론 그런 일이 있었던 직후인데 무사히 넘어갈 리가 없다.

나는 불쌍한 희생자다.

안젤리카는 드라이어로 들고 내 뒤에 앉아 있는데, 그 풍만한 가슴을 내 뒤통수에 대고 있다. 이 녀석은 내가 관심을 가지게 하기 위해서라면, 주저하지도 않고 자신의 여성적인 부분을 이용한다. 날 두고 다른 여자와 싸울 때는, 특히.

"그만 잘까? 너도 내일부터 일해야 하니까, 늦게 자면 안 된다고."

"……고블린을 찾는다고 했죠."

"응, 그래."

"음…… 내일은 실컷 알콩달콩할 거예요."

안젤리카는 겨우 기분이 풀렸는지 날 풀어줬다.

정말이지.

한숨을 쉬면서 불을 끄고 방바닥에 이불을 깔았다. 침대는 안젤리카와 리오가 점령했다. 여성들에게 침구를 양보하는 것만 해도 난 엄청난 신사다. 이젠 무슨 짓을 해봤자 유죄지만.

좋은 변호사를 찾아야겠다고 생각하며 이불을 덮었다.

잠이 오지 않아서 스마트폰으로 법률 상담소 홈페이지를 찾아봤다. 여고생 가슴으로 몸을 씻은 경우의 판례…… 있을 리가 없지.

내가 원하는 정보는 보이지 않아서, 일단 잠이 올 때까지 트위터나 하기로 했다.

나도 일단은 연예인이니까. 공식 트위터 계정 정도는 가지고 있다. 누가 보기나 하는지는 모르겠지만. 뭐, 뭔가 정보를 올리면 누군가가 관심을 가져줄 것 같아서, 시간이 나면 트윗을 올리고 있다.

『왠지 잠이 안 옵니다. 이 김에 새로운 소재라도 생각해볼까.』

무난하고 호감을 가질 것 같은 발언을 반복하면서 이미지 향상을 노린다.

잘생긴 것도 아닌 반짝 개그맨의 트윗이다 보니 주목도는 제로에 가깝지만, 아무것도 안 하는 것보다는 낫겠지. 실제로 바로 「좋아요」를 눌러주는 사람도 있고.

그나저나 요즘 들어 내가 트윗을 올리면 1초도 안 돼서 좋아요를 눌러주는 사람이 있단 말이야. 언제 어느 때건, 내 트윗을 체크하는 정체불명의 인물. 참고로 아이콘은 「안경 쓴 고양이」라는, 의외로 귀여운 느낌이다.

대체 어떤 사람일까.

왠지 궁금해보여서 그 사람 홈에 들어가 봤다. 열렬한 여성 팬이면 어떻게 하지, 자동으로 좋아요를 누르는 bot이면 짜증나겠다, 같은 기대와 불안이 뒤섞인 심정으로 화면을 터치했다.

결과는······.

"잠깐. 뭐야 이거."

그 계정은── 10분 간격으로 날 찬양하는 트윗을 올리는, 병적인 모습을 보여주고 있었다. 게다가 그냥 올리기만 하는 게 아니라 내가 얼마나 남성으로서 매력적이고 야한 존재인지를 역설하고 있었다.

완전히 병이다.

최근 트윗에는 내가 엉덩이로 배트를 부러트리는 동영상을 올려놓고 『할짝할짝』이라는 코멘트를 달아놨고. 솔직히 말해서 무섭다. 내 안티를 찾아내서 철저하게 매도하는 것도 인간으로서 좀 그런 것 같아서 말이지.

내 입으로 말하기는 좀 그렇지만, 난 그냥 평범하게 생긴 아저씨거든? 왜 이런 이상한 신자가 붙은 거야…….

솔직히 엄청나게 기분 나쁘지만, 유명인인 내가 이런 인간과 엮여서 좋을 게 없으니까, 그냥 넘어가는 게 무난하겠지.

최근에는 사소한 일 때문에 난리가 나는 일도 많으니까. 군자는 위험한 곳에 가지 않는다, 라는 생각으로 어른답게 대응해야겠다고 각오했을 때, 새로운 트윗이 올라왔다.

『나카모토 케이스케 능욕 bot의 조정이 끝나서 공개합니다. RT해둘 테니까 팔로우하고 싶은 분은 그쪽으로. 이번에는 계정 삭제당하지 않게 조심할게요.』

내 능욕 bot이라니, 뭐야?

게다가 『이번에는』은 또 무슨 소리고……?! 전에도 비슷한 계정을 만들었다가 너무 과격해서 계정이 삭제됐다는 것 같은 표현이 엄청나게 불안한데 말이야……?!

왠지 보기가 무섭지만, 안 보는 건 더 무섭다.

나는 떨리는 손가락으로 RT된 트윗을 따라가서, 나카모토 케이스케 능욕 bot이라는 것을 확인했다.

"……끔찍해."

아무래도 이 bot, 내가 안경 쓴 여자에 대한 사랑을 토해내면서 능욕당한다는 설정이고, 자동으로 트윗을 올려대는 물건인 것 같다.

『역시 안경 쓴 여자는 최고야…….』

『아, 안 돼. 그런 데 안경테를 넣지 말라고, A코……!』

『내 ○○○은 이제 A코 전용 안경 케이스야.』

아이콘과 대문에 쓴 그림이 내 엉덩이를 엄청나게 확대한 사진이라는 게 흥미롭다. 예능 프로그램 스크린샷을 쓴 것 같은데, 내 어디에 안경을 쑤셔 넣는 상황인 건데?

그리고 이 A코라는 사람의 프로필도 묘하게 신경 쓰인다. 가공의 인물치고는 너무 구체적이라고나 할까. 예전에 올린 트윗을 대충 훑어봤더니, A코는 안경을 쓴 얌전한 여자라는 것 같다. 고등학생이고 가슴이 큰 게 콤플렉스. 지금은 나카모토 케이스케만을 좋아하던 마음이 결실을 맺어서, 일 년에 열 명 페이스로 아기를 낳고 있습니다, 라는 무슨 토끼 같은 스토리를 전개하고 있는 것 같다. 나랑 A코 둘이서 인구를 대체 얼마나 늘릴 생각인데.

……A코?

A코란 말이지.

뭔가 마음에 걸리는 이름이다.

그러고 보니 A코라는 이름은 일본인 여성의 가명 중에서는 흔한 편인지도 모른다. 하지만 이 트윗을 보면 본명도 A로 시작하는 여성이 일그러진 연애 감정을 동기로 bot을 작성했다고 생각할 수밖에 없다.

──혹시.

나는 그 위험한 계정에 DM을 보내봤다.

『이 bot 만든 거, 아야코?』

3초 만에 대답이 왔다.

『어떻게 아셨어요?』

역시나. 그 서점 아가씨, 인터넷에서는 성욕을 있는 대로 드러내고 있잖아.

『……열심히 응원해주고 있는 것 같아서.』

『아니에요. 저기, 이건, 그러니까.』

트윗을 순서대로 삭제하고 있는 것 같은데, 때는 이미 늦었다. 다 기억해뒀으니까.

『제발 부탁이에요. 차단만은 하지 말아주세요.』

『안 해.』

엄청난 문제아라고밖에 할 말이 없지만, 생긴 건 미소녀니까. 일단은 나한테 연애 감정을 품고 있다는 정상 참작의 여지도 있, 겠지?

범죄자 같은 기분이 된 탓인지, 자꾸만 머릿속에 법률 용어가 떠오르네.

『죄송해요…… 기분 나쁘셨죠. 죄송해요…… 제가, 머리가 좀 이상해요…….』

『이성에 관심을 가질 나이니까, 유명인한테 그런 감정을 품는 건 흔한 일 아닌가? 아이돌이나 배우가 아니라 나한테 그러는 게 의문이지만.』

『저한테는 나카모토 씨가 제일 멋진 사람이에요…… 죄송해요. 제가 가진 계정은 전부 삭제할게요. 기분 나쁘셨죠. 전 SNS를 할 자격이 없었어요. 제가 제일 잘 아는데.』

『잠깐만. 서두르지 말라고. 현대 여고생들은 왜 이렇게 약한 거야.』

나는 신중하게 단어를 선택하며, 원만한 방향으로 유도했다.

『그냥 깜짝 놀랐을 뿐이지, 불쾌한 건 아냐. 오히려 너처럼 예쁜 애가 좋아해 주니까 기쁠 지경이라고. 뭐, 정말 특수하게 좋아해 주는구나~ 싶기는 했지만.』

『예?』

『유명해진 대가로 내는 세금이라고 생각할게. 본인이 모르는 데서 이상한 bot이 만들어지는 건, 연예인한테는 흔히 있는 일이니까.』

『……죄송해요…….』

『괜찮아, 정말로 신경 안 쓰니까. 하지만 인터넷에서 매일같이 내 안티를 찾아내서 말다툼을 벌이는 건 좀 그렇거든. 되레 내 평판이 떨어질 수도 있고, 아야코가 이상한 놈한테 찍힐 수도 있잖아? 신상을 털어서 집으로 찾아오기라도 하면 어쩌려고.』

『제가, 나카모토 씨한테 나쁘게 말하는 사람을 용서할 수가 없어서.』

『그 마음만 가지고 충분해. 한심한 놈들이 떠들어대는 헛소리보다, 열 배는 더 효과가 있어.』

『……알겠습니다. 앞으로는 안티 사람들한테는 조용히 바이러스 링크를 누르도록 유도하기만 할게요…….』

그건 그것대로 좀 그런 것 같지만 어차피 설득이 통할 것 같지도 않으니까, 그냥 『그거 좋겠네』라고 답장을 보냈다.

『……요즘, 라멘 집에서 안 보이신다 싶었더니 연예인이 되셨네요. 놀랐어요.』

『갑자기 상황이 달라져서, 내가 제일 겁먹은 상황이야. 어라? 내가 아야코한테 전에 일하던 가게 가르쳐줬나?』

『TV, 보고 있어요. 나카모토 씨 나오는 프로그램은, 다 보고 있어요. 녹화도 했어요.』

『왠지 쑥스러운데…… 그런데 어떻게 내가 전에 했던 일을 알았어……?』

『……솔직히 말하자면, 나카모토 씨가 유명해지니까, 조금 분해요. 저는 나카모토 씨가 무명일 때부터 멋있다고 생각했었는데. 그런데, 이제 와서 새로운 팬들이 건방지게 떠들기 시작하고. TV에서, 여성 아이돌이 자꾸만 달라붙고. 저 진짜, 계속 울었어요…….』

그 뒤로 아야코는 TV에서 나와 같이 나왔던 여성 연예인들의 이름을 하나하나 말하고, 그녀들이 얼마나 죄가 많은 사람들인지에 대해서 말하기 시작했다.

안 되겠다, 이건 완전히 호러다.

이제 이 아이하고는 연을 끊어야겠다고 생각한 순간, 사진을 한 장 보내왔다.

『저희 가족 전부, 나카모토 씨를 응원하고 있어요.』

식탁 사진이었다. 오오츠키 가족 모두가 식탁 앞에 앉아서 V 사인을 하고 있었다. 뒤에 있는 TV에는 내 얼굴이 나오고 있다. 저녁 식사를 하면서 내가 나오는 프로그램을 시청한 것 같은데. 목욕하고 나와서 찍은 사진인지, 아야코의 머리카락이 조금 젖어 있다. 무방비한 실내복 차림이다. 풀어진 옷깃 사이로 하얀 어깨가 노출됐고 브래지어 어깨끈도 보인다.

『응원해줘서 고마워. 괜찮아, 걱정 안 해도 돼. 아야코하고는 오랫동안 알고 지냈으니까. 앞으로도 계속 교류할 생각이야. 시간 나면 가게에 들를게. 아니, 내일 갈게.』

『정말요? ……기뻐요…….』

난 정말 약한 인간이다. 브래지어 끈 하나에 낚여서 사이코 소녀를 받아들이다니, 아주 좋은 사냥감이다.

『나카모토 씨가 좋아할 것 같은 책, 잔뜩 들여놨어요. 일하시는 데 필요할까 싶어서, 마술책도 준비했고요. 꼭, 와주세요.』

『그래, 갈게. 매일 갈게.』

『……저, 이제 죽어도 좋아요…….』

내가 왜 애랑 이렇게 좋은 분위기를 만들어가고 있는 거지. 여자랑 거리가 가까워지는 스킬이 점점 좋아지고 있는 건가? 아,

몰라. 기왕 이렇게 된 김에 잘 이용하기나 하자. 난 열일곱 살 현역 여고생에게, 요즘 여고생들의 심리에 대해 물어보기로 했다.

『실은 말이야, 지금 팬과의 거리에 대해 고민하고 있는데, 상담 좀 해줄 수 있을까.』

『좋아요. 귀찮은 안티의 개인정보를 털어서 SNS에 뿌리면 되는 거죠? 공개 처형인가 하는 그거?』

『아니야. 안티 때문에 고민하는 게 아니라, 그 아이는 날 열심히 응원해주고 있어.』

『……그렇군요.』

『그냥 젊은 여자애다보니까, 무슨 생각을 하는 건지 모르겠어서 말이야.』

『설마 그 사람을 집까지 데리고 간 건 아니겠죠?』

『뭐? 그럴 리가 있겠어.』

『그렇겠죠.』

『그래. 내가 10대 여자애한테 넘어갈 리가 없잖아. 난 어른이거든? 그래서 말이야, 그 팬이 조금 도를 넘으면서 나한테 다가와서, 좀 세게 뿌리쳤거든. 그랬더니 울어버렸어.』

『손목을 그어버리고 싶어졌어요.』

『부탁이니까 좀 진정해.』

『제가 모르는 데서 러브 코미디를 찍고 계셨군요. 그 애, 예쁜가요?』

『아니, 그런 얘기가 아니라.』

큰일 났네. 이건 확실하게 수습할 필요가 있는 상황이겠지. 내일 만나서 직접 달래줘야겠다. 자해 행위를 인터넷에 생중계라도 하면 큰일이니까…….

"정말로 아빠랑 아무 일도 없었던 거죠?"

"네가 방해해준 덕분에 미수로 끝났으니까."

눈을 떠보니 안젤리카와 리오가 나를 사이에 두고 말다툼을 벌이고 있었다. 나보다 먼저 일어나서 어젯밤에 했던 짓을 계속하고 있는 것 같다.

아침부터 날 두고 싸우다니, 정말 고마울 따름이야…… 라고 생각할 정도로, 내 배짱은 두둑하지 않았다. 그만하라고. 내 나이에는 스트레스를 받으면 위산이 식도로 역류하거든?

"이제 그만해. 지금부터 괴물을 퇴치하러 가야 하는데, 피곤하게 만들지 말라고."

"……예에."

"알았어."

두 종류의 대답을 들으며 나는 아침 용변을 본 뒤에 얼굴을 씻고 아침 식사를 준비하기 시작했다.

거실에서는 여전히 그 녀석들이 시끄럽게 떠들고 있지만, 거리가 가까워진 증거라고 생각하기로 했다.

"난 말이야, 친아빠랑 같이 목욕한 적도 있거든?"

"뭐라고요? 그게 뭐 어쨌다고요? 나도 그 정도는…… 어, 없네……? 세상에?! 그나저나 난 친아빠 얼굴도 모르잖아……?!"

전혀 이해할 수 없는 일이지만, 파더콤 두 사람의 말다툼은

「친아버지가 뭘 해줬는가」에 따라서 결판이 나는 것 같다. 남자 초등학생으로 말하자면 「우리 아빠는 비행기 조종사」다.

나는 패전의 기색이 농후한 안젤리카를 도와주기 위해서 준비한 아침 식사를 탁자 위에 차려놨다. 빨리 먹으라고 말하고, 다 같이 잘 먹겠습니다~.

이제야 겨우 마음이 편해지나 싶었는데, 전혀 아니었다.

"아빠, 아~."

"나카모토 아저씨, 아~."

두 소녀다 경쟁하듯이 내 밥을 먹여주려고 들었다. 당연한 얘기지만 이런 상황에서 맛이 느껴질 리가 없다.

안젤리카도 리오도 「내가 먼저지?」라는 얼굴로 내 다리를 문질러대고.

"……잘 먹었습니다."

아무리 생각해도 물장사하는 가게에서 먹는 기분이 드는 아침 식사를 마치고, 우리는 외출 준비를 시작했다.

난 1분도 안 돼서 옷을 갈아입었지만, 여자 둘은 시간이 좀 걸릴 것 같다. 나도 안다고. 지금부터 피로 물든 모험이 시작된다고 해도 머리 손질을 하는 법이니까, 여자들은.

이세계 시절의 경험을 떠올리며 진력을 내고 있는데, 안젤리카가 내 옷 소매를 잡아당겼다.

"아빠~."

"왜?"

"옷 갈아입는 것 좀 도와줘요."

"뭐?"

말이 끝나자마자, 안젤리카가 캐미솔 옷자락에 손을 댔다. 그대로 힘껏 들쳐 올려서 하얀 배를 드러냈다.

아마도 리오한테 대항할 생각이겠지.

"브래지어나 팬티만 입혀주면 되니까요. 되죠?"

"둘 다 내가 하면 안 되는 짓이거든."

결국 나는 안젤리카의 고집을 이기지 못하고 브래지어 후크를 채우는 것만 도와주기로 했다. 아슬아슬한 선까지 타협한 결과, 이게 한계였다. 더 이상은 견딜 수가 없어서 무리다.

"이러면 육아 방치거든요. 다음부터는 전부 도와줘야 해요."

안젤리카가 통통한 얼굴로 핑크색 타이트스커트에 발을 집어넣었다. 한겨울인데도 무릎까지밖에 안 내려오는 치마라니, 보는 내가 다 걱정이 된다. 일단은 스타킹도 신은 것 같지만, 방어력은 한없이 제로에 수렴하겠지. 상반신은…… 하얀색 프릴 소매가 달린 니트를 입고, 그 위에는 연분홍색 모피 코트를 걸쳤다. 아무래도 이걸로 완성인 것 같다.

별 상관없는 일이기는 하지만, 어쩌고저쩌고하면서도 옷 갈아입는 모습을 끝까지 다 봐버린 나는, 더 이상 돌이킬 수 없는 곳까지 와버렸다.

"에헤헤, 이거 어때요?"

안젤리카는 그 자리에서 빙글빙글 돌면서 봐요, 어때요? 라며 감상을 요구했다.

"어울려, 아주 잘 어울려. 그런데 노출을 좀 줄이는 게 좋겠다."

"어차피 걸어 다니면 더워지잖아요. 이 나라는 따뜻하니까."

"뭐, 그쪽 세계는 한랭한 기후였으니까. 몸이 아직 적응하지 못했나보네."

"예, 맞아요."

이러고 있으면 리오가 뭐라고 한 마디 할 것도 같은데, 이상하게 조용하다. 슬쩍 봤더니, 묵묵히 교복 상의를 입고 있었다. 뭔가 생각하고 있는 건지도 모른다. 보나마나 쓸데없는 생각일 테니까 그냥 방치하자, 는 실례되는 생각을 하고 있었는데, 아주 진지한 얼굴로 말을 걸어왔다.

"저기. 나카모토 아저씨랑 안젤리카가, 그 괴물을 해치우러 간다는 거지? 나도 데려가 줄 거지?"

"뭐?"

미안, 집에 있으라고 할 생각이었는데, 라고 말할 수 없는 분위기다. 갑자기 왜 이러는 건데?

"위험하다는 건 알지만…… 나, 레오랑 엄마가 걱정돼서. 부탁이야, 제일 마지막에라도 좋으니까, 우리 집에 가게 해줘."

"그렇구나. 가족이 마음에 걸리는 건…… 그렇겠지. 지금은 연락이 되고 있어?"

"응. 레오랑 엄마하고는 샤인으로 메시지 주고받았어. 아까도 답장 왔어. 하지만, 언제 그 난쟁이들이 덤벼들지 모르잖아."

리오의 걱정은 당연한 것이었다.

"알았어. 어차피 내 근처보다 안전한 곳은 없으니까. 잘 따라와라."

"응."

엘자와 닮은 소녀와 고블린의 조합. 자꾸만 옛날 생각이 나게 했다.

◇　◇　◇

공원까지 걸어왔을 때, 안젤리카가 "앗" 소리를 냈다. 중요한 걸 알아차렸다는 분위기였다.

"저 이대로 있어도 되나요? 항상 은폐를 걸었잖아요."

"이번엔 필요 없어."

조금 망설였지만, 이번엔 모습을 감추지 않고 가기로 했다. 사실은 미끼 역할을 시킬 생각이다.

고블린에는 여러 종족이 있는데, 인간 여자에게 관심이 있는 것과 아닌 것들이 있다. 이번에 출몰하는 놈들은 리오한테 손대려고 한 걸 보면 관심이 있는 쪽이라고 생각해도 되겠지.

안젤리카한테는 미안하지만, 리오랑 세트로 미끼 역할을 맡아 줘야겠다.

만에 하나 경찰과 마주쳐서 여권을 보여 달라고 하면, 그 때 은폐를 걸면 된다.

갑자기 모습이 사라지면 경찰도 도망쳤다기 보다는 자기가 제정신인지 의심할 테니까. 안젤리카는 현실과 동떨어진 미모를 지녔기 때문에, 「피곤해서 잘못 본 겁니다」라고 밀어붙이면 환각이라고 해석해줄 거야…… 그렇게 믿고 싶다.

"그렇군요. ……탐색하면서, 뭔가 방침 같은 건 있나요?"

"이건 어디까지나 내 추측인데, 고블린이 나와 가까운 인간과 바꿔치기 했을 것 같다는 생각이 들어. 왜, 연예인들이 이상한 짓을 저지르는 사건이 계속 일어났잖아? 아마 그것도 알맹이가 고블린이라서 그런 게 아닌가 싶거든. 내가 소속된 연예계와 내 아는 사람인 리오가 다니는 학교. 이 두 곳을 노렸으니까, 목표는 나라고 생각해."

"그렇다면 TV에 나온 사람들을 조사할 건가요?"

"그 전에, 먼저 조사하고 싶은 곳이 하나 있어."

"어디인데요?"

"오오츠키 고서점. 거기도 내가 아는 사람이 있으니까, 충분히 노릴 가능성이 있어."

가게에 들른다고 약속도 했으니까.

"아…… 그 가게 말인가요."

안제가 보란 듯이 어깨를 늘어트린 탓인지, 리오가 물고 늘어졌다.

"왜? 그렇게 이상한 가게야, 그 서점."

"……가게를 보는 여자애가, 아빠를 성적인 대상으로 보고 있어요. 얼굴은 꽤 예쁘고 가슴은 저보다 크고. 만날 때마다 아빠가 헤벌쭉해지거든요."

"지옥이네. 그런 덴 가지 말자~."

순식간에 의기투합하지 말라고, 너희들. 그리고 헤벌쭉한 적도 없고. 아니 뭐, 예전에는 종종 그랬지만, 본성을 알게 된 뒤로는 공포 쪽이 더 크게 느껴지는 존재니까.

"넌 아야코가 어떻게 돼도 좋다는 거야?!"

"걔라면 고블린한테 포위당해도 자기 힘으로 탈출할 것 같은데 말이죠……. 알았어요, 진짜. 일단은 일반인이니까요. 민중을 지키는 것도 무녀가 할 일이라고 생각할게요."

그렇게 말하고, 안젤리카가 내 오른팔에 매달렸다. 코트 앞자락을 열어놓은 탓에 감촉이 은근히 직접적으로 전해져온다. 팔꿈치가 계곡으로 파고드는 감각까지 느껴진다. 무시무시한 병기다.

"집중력이 흐트러지니까, 너무 달라붙지 말아줄래."

"뭐예요~ 이상한 기분이 드는 건가요? 딸 가슴인데?"

끔찍한 작은 악마였다. 안젤리카는 실실 웃는 게, 정말 즐겁다는 분위기다.

"뭐가 그렇게 유쾌한데."

"그치만 아빠가, 내 가슴 가지고 이렇게 두근두근 해주잖아요. 내 가슴이 랭크가 낮다는 생각에, 조금 자신을 잃었거든요."

"그게 무슨 소리야. 가슴에도 랭킹 같은 게 있냐."

"예? 이쪽 세계에는 여성의 가슴에 순위를 매기지 않던가요? 모험자 길드처럼."

모험자 길드라고 하면, 던전에 들어가는 거친 자들에게 A랭크네 B랭크네 하는 등급을 매기던 그 단체인가.

"그게 무슨 뜻이야?"

"저, D랭크 가슴이라는 것 같아요. 오늘 아침에 리오 양이 그랬어요."

"D랭크……?"

"제가 입고 있는 브래지어는 D랭크잖아요? 택에 그렇게 적혀 있고."

너 그거, 랭크가 아니라 컵 얘기거든. D컵이면 낮은 랭크가 아니라 높은 랭크야. 아침에 그 쓸데없는 말다툼을 하면서, 가슴 사이즈까지 비교하고 있었던 거야?

어떻게 좀 하라는 눈으로 리오를 봤더니 웃음을 참고 있다. 넌 너대로 참 못됐다?

리오는 짓궂게 웃으면서 왼팔에 매달렸다.

"그럼, 난 C랭크 가슴으로 나카모토 아저씨를 기쁘게 해줄까."

물컹, 하고 안젤리카보다 살짝 자그마한 덩어리가 팔꿈치에 닿았다. 그, 그렇구나. 리오는 C컵인가. 왠지 그럴 것 같기는 했는데…….

"저기 말이야~. 나랑 안젤리카, 누구 가슴이 더 좋아? 역시 남자는 큰 게 좋은 거야? 그래도 이 정도가 딱 좋지 않아?"

남자로서 말하자면, 1초라도 빨리 다른 이야기로 넘어갔으면 싶다. 갑자기 여자 탈의실에 던져진 것 같은, 말로 표현할 수 없는 낯 간지러운 기분이 드니까.

"아빠, 얼굴 빨개."

"……시끄러."

귀여운 구석도 다 있다고 말면서, 안젤리카는 날 가지고 노는

쾌감을 즐기고 있다.

"흐응~ 나카모토 아저씨 반응이 보고 싶으니까, 가슴 얘기 더 할까."

왜 꼭 이런 때만 죽이 맞는 건데? 이 자식들. 사실은 사이가 좋은 건가.

나는 반쯤 화가 나서 발을 움직였고, 실컷 놀림을 당하면서 서점으로 향했다.

중간중간 안젤리카한테 은근슬쩍 감지 스킬을 써달라고 했는데, 수상한 자는 없는 것 같았다.

"음~. 딱 하나 고름 같은 색 점이 있는데, 그 아야코인가 하는 사람일 테고. 서점 주변에는 고블린이 없는 것 같아요."

가게 앞에 도착했더니 계산대에 있던 아야코가 싱긋 미소를 지어 보였다. 그 뒤에 내 양쪽 팔에 미소녀 두 명이 달라붙어 있다는 걸 알아차리고는 아주 잠깐 슬픈 표정으로 고개를 숙였다.

"······어서 오세요······ 정말 와주셨네요."

아야코가 미닫이문을 드르륵, 하고 열고서 가볍게 고개를 끄덕였다. 오늘도 평소와 똑같은 골지 스웨터 위에 앞치마를 입은, 청순한 점원 코디다. 안쪽에서 천을 밀어 올리는 흉악한 덩어리 때문에 부분적으로 요염하기는 하지만.

"······그렇군요. 그 팬이라는 사람이 이 두 사람 중 하나인가요."

으음, 하고 눈살을 찌푸리는 안젤리카.

뭐야 이 자식? 하고 불량배처럼 노려보는 리오.

그런 두 사람의 박력에 주눅이 들었는지, 아야코가 작은 동물처럼 겁을 먹었다. 인터넷에서는 흉악한 변태인데, 현실 세계에서는 나약한 소녀다.

"······나카모토 씨만, 들어오세요."

소매를 살짝 붙잡고 가게 안으로 끌어들였다. 안젤리카와 리오가 맹렬하게 항의했지만, 아야카는 듣지도 않고 문을 잠가버렸다. 감금 현행범이다.

마음만 먹으면 탈출할 수 있으니까 문제는 없지만, 아무렇지도 않게 법을 어기는 짓은 하지 말아줬으면 좋겠다.

"······밤에는······ 죄송했어요."

"신경 쓰지 않으니까 괜찮아. 그보다 나, 오늘은 볼일이 있거든. 그렇게 오래 있을 수는 없어."

"아, 저기, 이거."

아야코가 카운터 안쪽에서 책을 두 권 꺼냈다. 마술책과 사인하는 방법에 관련된 책이다.

"······나카모토 씨······ 일에 도움이 될 것 같아서······ 들여놨어요······."

"고마워. 살게."

"아, 아뇨, 그러니까, 단골손님 서비스니까······ 돈은······."

"여자한테 이런 걸 그냥 받을 수는 없어. 살게."

나는 주머니에서 지갑을 꺼내서 천 엔 지폐를 두 장 건넸다.

아야코는 불안한 얼굴로 날 보고 있다.

"······선물이······ 부담되세요······? 귀찮은가요······?"

뭐랄까, 아야코는 참 서툰 아이라니까. 현실에서는 사람 눈을 똑바로 보지도 못하고, 말도 더듬더듬하고, 물건으로 좋아하는 이성의 관심을 끌려고 한다. 외모가 괜찮은 탓에 알아차리기 힘들지만, 역시 어린애다. 낯을 심하게 가리는 사춘기 소녀일 뿐이다.

"부담될 리가 있나. 내 1호 팬이 구해다 준 책인데."

나는 보호자 같은 기분으로 아야코의 머리를 쓰다듬어주려고 했다. 하지만 내 완력으로 그런 짓을 했다간 목뼈를 부러트릴 수도 있다는 걸 떠올리고, 급하게 강화 부여 마법을 거는 작업에 들어갔다. 원래 튼튼한 안젤리카나 어제부터 계속 강화가 걸려 있는 리오와 똑같은 감각으로 건드리면 대참사가 벌어진다.

"……강화."

작은 소리로 영창을 마치고, 운동선수 수준의 신체 능력을 지니게 됐을 아야코의 머리를 쓰다듬었다.

"……아…… 기, 기뻐요…… 고맙습니다…… 나카모토 씨가 쓰다듬어주는 거, 정말 좋아요……."

"하하. 이 정도로 좋다면 얼마든지 해줄게."

"……쓰다듬어주니까, 몸이 아주 좋아져요…… 거짓말 아니에요…… 나카모토 씨가 쓰다듬어준 뒤에, 자전거를 탔더니…… 자동차처럼 빨리 달린 적도 있었고……."

"그, 그거 대단하네."

분명히 내가 걸어준 강화 부여 때문이겠지만, 이건 대충 잡아떼자.

"그래. 한동안 세상이 흉흉할 테니까, 강화해두는 게 좋겠지."

"나카모토 씨?"

이제야 원래 목적이 생각한 나는, 귀까지 새빨개진 아야코에게 물었다.

"저기 말이야. 요즘 네 주위에서 이상한 소리나 행동을 하는 사람 없었어? 갑자기 사람이 달라지고 거친 말을 하게 됐다든지."

"아뇨……. 딱히 그런 건……."

"그래. 없으면 됐고."

그리고 좋은 분위기로 아야코의 머리를 쓰다듬어주고 있는데, 안젤리카가 문을 쾅쾅 두드리는 모습이 눈에 들어왔다. 얼굴이 엄청 험악하네. 그러다 유리 깨지겠다.

"미안, 저 녀석들이 질투하는 데다 춥다고 하니까. 기물 파손이라도 저지르기 전에 문 좀 열어줘."

"……예."

아야코는 황홀한 얼굴로 입구 쪽으로 가더니, 아주 느린 동작으로 문을 열었다. 사실은 하고 싶지 않은데, 라는 생각이 손놀림에 드러나고 있다.

"아빠!"

"그렇게 화내지 말라고. 너희가 경계할 수준의 연애 이벤트는 일어나지 않았으니까."

"그게 아니라! 감지에 걸린 게 있어요! 새빨간 점이, 엄청난 속도로 다가오고 있어요!"

"뭐라고?"

안젤리카가 가리킨 방향에 하얀 점이 보였다. 왜건 차량이다. 상당히 빨리 달리고 있는데, 규정 속도를 지킬 생각이 없는 건가?

"저거예요. 저 안에 있어요."

고블린이 차로 이동할 리는 없지만, 빨간 점이라면 엄청나게 나쁜 사람이라는 건 틀림이 없다.

나는 가게 밖으로 뛰쳐나가서는 왜건 차량을 똑바로 노려봤다. 창에 썬팅을 해놓은 탓에 차 안의 모습은 보이지 않는다. 하지만 번호판이 없고 흠집투성이인 차체를 보고 간단히 범죄의 기척을 알아볼 수 있었다.

"빌어먹을. 들이받을 생각이잖아."

브레이크를 밟는 기미가 보이지 않는다. 이대로 서점을 들이받을 생각인 것 같다.

나는 두 팔을 뻗어서 차를 막아낼 준비를 했다.

저쪽에 있을 때는, 거인족의 돌격을 내 몸 하나로 막아낸 적도 있으니까.

이 정도야── 나한테는 워밍업 수준이다.

"아빠!"

안젤리카가 소리를 지른 순간, 왜건 차량과 내 몸이 접촉했다.

콰앙! 하는 엄청난 소리. 뒤늦게 찾아오는 충격.

"겨우 이 정도인가."

하지만 내 몸은 꿈쩍도 하지 않았다. 물론 서점에도 아무 피해가 없다.

한편, 왜건 차량은 비참한 상태가 돼 있었다. 차체는 찌그러지고 앞 유리에는 거미줄처럼 금이 가고, 후드에서는 하얀 연기가 피어올랐다. 눈 뜨고 봐주기 힘든 꼴이다.

"나카모토 아저씨 이렇게까지 튼튼했어? 우와……?!"

"……이거, 마술인가요……? 저기, 어떻게……?"

"그래, 난 믿고 있었어. 아빠는 무적이니까!"

파더콤 삼인조의 반응을 들으며, 나는 왜건 차량을 똑바로 세워 놨다.

뭐냐고. 이런 사고는 숨길 수도 없던 말이야. 근처 주민들이 우글우글 몰려들잖아.

"뭐야? 사고 났나?"

"사람한테 부딪친 것 같았는데, 멀쩡하네."

"저거 매지션 나카모토잖아."

"아, 그럼 마술이구나!"

"예능 프로그램 촬영이라도 하는 건가."

속 편한 해석 고마워요! 나는 평화에 찌든 시민들의 마인드에 감사하면서, 얼음 마법으로 왜건 차량을 감쌌다. 마력 냉기가 열을 무한하게 빼앗았다. 차가 철거될 때까지, 엔진에서 불이 나는 걸 막기 위해서다.

구경꾼들은 드라이아이스를 이용한 마술이라고 생각한 것 같다. 마술사 개그맨이라는 신분은 참 편리하네.

나는 거듭된 행운에 감사하면서 문을 뜯어내는 작업에 들어갔다. 강철로 된 탈것이 종잇조각처럼 파괴되는 모습에, 구경꾼들이 아낌없는 박수를 보냈다.

"대단한데 나카모토! 새 마술인가! 그거 어떻게 하는 거야?"

뭐 근력이나 근력이라든지, 그리고 근력으로 한 거지. 머릿속으로 설명하면서, 차 안에 쓰러져 있는 남자들을 노려봤다. 다해서 세 명이 있는 것 같은데, 운전하던 놈은 에어백에 얼굴을 처박은 상태고 조수석에 있는 남자는 거품을 문 채로 기절해 있다.

제대로 움직일 수 있는 건, 뒷좌석에 있는 젊은이뿐인 것 같다.

"우, 웃기지 말라고…… 네 몸, 대체 어떻게 된 거야……."

경악한 눈으로 날 보고 있는 젊은 남자에게 질문으로 대답했다.

"너야말로, 머릿속이 어떻게 된 거냐?"

얼핏 보면 어디서나 볼 수 있는 청년 같지만, 아침 댓바람부터 차로 서점에 달려들 정도로 맛이 간 것 같다.

너, 정말로 사람이냐?

스테이터스 감정을 시도해봤더니 결과는 역시나. 인간으로 변한 홉 고블린이다.

……살아 돌아갈 생각은 하지 마라.

짙은 선팅을 해줘서 아주 고맙네. 덕분에 밖에서는 보이지 않는 밀실을 만들 수 있으니까.

나는 몸을 숙이고 왜건 차량 안으로 들어갔다.

"고블린이 왜 여기에 있지? 목적이 뭐냐?"

"뭐? 난 그냥 인간……."

"어설픈 연기는 때려치워. 내 눈은 못 속인다."

디스펠 주문을 걸었더니 젊은이가 원래 모습으로 돌아왔다. 뾰족한 코에 녹색 피부의 괴물로.

"너, 지구인이면서 마법을 쓰는 거냐? 어째서……?!"

"또 그 소리인가? 자세한 사정은 기억을 조작당해서 모른다고 하는. 곤란한데. 정보를 전혀 얻을 수 없다면 죽이는 수밖에 없는데 말이야."

"자, 잠깐! ……말할게! 내가 아는 거라면 뭐든지 말할게!"

"그렇게 나와야지. 왜 여기를 노렸지?"

"이 서점에 괜찮은 여자가 일한다고 해서…… 그래서, 덮치려고."

"일한다고 해서? 그런 누가 서점의 정보를 말해줬다는 건가? 동료가 있다는 뜻이지? 그놈도 고블린인가?"

"그, 그래. 맞아! 아지트가 있어."

고블린은 아양 떠는 것 같은 눈으로 동포들의 은신처에 대해 말하기 시작했다. 역 앞에 있는, 유명한 폐가. 그곳이 이놈들의 거점이라는 것 같다.

"굳이 악취가 풍기는 곳을 고른 건 어떤 이유 때문이지? 뭔가가 있다는 건가?"

"……원래 냄새가 나는 곳이라면, 인간을 가둬놔도 일이 커지지 않으니까. 목욕시킬 필요도 없고…….”

“호오. 네놈들은 인간을 감금해둔 건가.”

그렇다. 이놈들은 원래 이쪽 세계에 있던 인간과 바꿔치기하는 모양으로 인간 세상에 섞여 있다. 그렇다면 신분을 빼앗긴 사람이 어디에 갔는지, 그게 궁금했었다. 최악의 경우에는 전부 죽었을지도 모른다고 각오했었는데, 이놈의 말을 들어보면 산 채로 가둬놨다는 것 같다.

엘자 때와, 비슷하다.

고블린은 묘한 수집벽이 있는데, 그 덕분인지도 모른다. 인간을 함부로 죽이는 경우와 노동 노예로 모아놓을 확률은 각각 절반씩이다.

“나, 이 이상은 아무것도 몰라. ……이봐! 이렇게까지 말했으니까 난 살려줄 거지?! 응?”

“응? 난 고블린을 싫어하고 동료를 팔아먹는 놈은 더 싫으니까, 당연히 죽여야겠지?”

“……뭐?”

광검을 생성해서 수다쟁이 고블린의 목을 쳤다.

자. 나머지 둘은 기절해서 움직이지 못하는데…… 혹시나 싶어서 감정해보니 역시나 둘 다 고블린이었다.

귀찮지만 다음은 이놈들을 심문할 차례다. 먼저 입을 열 수 있게 회복 마법을 걸어…… 보려고 손을 대봤지만 효과가 없다.

왜지? 고개를 갸웃거렸지만, 남자들의 맥박을 잰 순간, 모든 것을 알아차렸다.

이놈들, 나와 충돌했을 때 즉사했다.

"……흥."

마법으로 시체를 소멸시키고 차에서 나왔다.

수상하게 여기면 곤란하니까 웃는 얼굴로 구경꾼들에게 손을 흔들었다. 사람 모양 생물을 처분한 뒤에 이런 짓을 할 수 있는 나는, 이미 망가져버린 존재다.

"……경찰이 오기 전에 처리해야겠지."

나는 서점으로 돌아가서 세 소녀에게 지시를 내렸다.

"지금은 마술이라는 걸로 해서 어떻게든 넘겼지만, 조금 지나면 난리가 날 거야. 일이 커지기 전에 이동하고 싶어."

"……저기…… 저는 어떻게 해야……."

"아야코는 여기서 대기. 만약 경찰이 사정을 물으면, 가게 앞에서 교통사고가 났고 범인은 도망쳤다고 해줘. 범인의 얼굴은 못 봤다고 하면 되고."

하는 김에 아야코한테 세이크리드 서클을 걸어뒀다. 이러면 당분간은 고블린의 위협에서 지켜줄 테니까.

"안제와 리오는 모험을 계속하고. 가자. 아지트 위치를 알아냈어."

"역시 아빠는 대단하다니까, 수완이 좋아요!"

안젤리카는 자기 일이라도 되는 양 의기양양해하고 있다. 이 정도로 순진하면 귀엽다니까.

나는 안젤리카의 머리를 쓱쓱 문질러주면서 리오에게 말을 걸었다.

"왜 그래? 움직임이 멈췄는데."

"나카모토 아저씨, 혹시 지금 지쳤어?"

"──뭐?"

"……아니. 아무것도 아냐.

이 녀석, 의외로 예리한데.

THE SKILL OF
PATERNITY

목적지인 폐가가 눈에 들어왔고, 나는 발을 멈췄다.

"저기군."

상상했던 것보다 훨씬 큰 집이다. 2층짜리, 제대로 된 건물이다. 넓이도 충분하고. 여기다 역 근처라는 입지 조건이니, 제대로 관리만 하면 훌륭한 자산이 됐을 텐데.

하지만 아깝게도, 주민들이 자기 손으로 부동산의 가치를 떨어트리고 있다.

마당에는 빈 깡통과 비닐봉지로 가득 차 있어서 발 들일 곳이 없다. 문패에는 갈색 액체가 눌어붙어 있어서 하나도 읽을 수가 없었다. 활짝 열린 창문에서는 내용물이 꽉꽉 들어찬 쓰레기봉투가 튀어나왔고, 현관에는 옆으로 쓰러진 세탁기까지 굴러다니고 있다. 이 집이 사람 얼굴이라고 한다면, 창문이 눈이고 현관은 입이겠지. 한마디로 눈물을 흘리면서 구토하는 상황이라고 할 수 있다.

나한테는 이 집이 다 죽어가는 병든 사람처럼 보였다. 하지만 고블린에게는 아주 살기 좋은 소굴이다. 그놈들의 감성은 인간과 전혀 다르다. 우리는 서로 다른 종족이다. 그래, 죽고 죽이고 싸울 정도로.

"어쩔까? 너희들한테는 무리겠지, 이런 곳을 탐색하는 건."

"그렇겠죠……."

"나도 포기."

두 사람 모두 코를 찌르는 것 같은 냄새 때문에 완전히 전의를 상실했다.

한편, 나는 불쾌하기는 해도 못 참을 정도는 아니다. 저쪽 세계에서 계속 피나 내장 같은 것들을 뒤집어썼던 탓이겠지. 오물에 대한 내성이 잔뜩 생겨서, 아무 문제 없이 코로 숨을 쉴 수 있다. 원래는 깔끔한 걸 좋아하고 순수했던 소년이, 지금은 오물 따위는 아무렇지도 않은 용사님이 돼버렸다.

"갔다 올게. 무슨 일이 있으면 바로 날 불러주고."

"예!"

"힘내…… 이 냄새 장난 아니다, 진짜로."

나는 은폐를 걸고는 현관을 향해 성큼성큼 걸어갔다.

집주인한테는 미안하지만 신을 신은 채로. 무슨 일이 일어날지 모르고, 뭘 밟게 될지도 모르니까.

계속 적이 있는지 찾으면서 복도를 걸어갔다. 잔뜩 쌓여 있는 잡지 더미를 헤치고 방 안을 들여다보고 다녔다.

거실을 조사하는데 부엌 쪽에서 소리가 들려왔다.

쩝쩝, 쩝쩝, 쩝쩝.

후릅, 후릅, 후릅.

우적, 우적, 우적.

물기를 머금은 뭔가를 씹는 소리다.

나는 바로 소리 나는 쪽으로 발을 옮겼다.

머릿속에서는 짐승이 물을 먹는 모습을 떠올리고 있었다.

또는 입을 벌린 채로 음식을 씹는, 예의 없는 빈민.

숨을 고르고, 그 장소로 들어갔다.

──있다.

냉장고 앞에서 양반다리를 하고 앉아 있는 고블린이 한 마리.

녹색 피부에 허름한 넝마를 걸친 채, 정신없이 생고기를 먹고 있다. 정말 황당한 점은, 변신을 풀고 원래 모습을 드러냈고 있다는 것이다.

집안에서는 인간으로 변하는 것을 그만두고 편하게 지내는 걸까. 먹는 중에 미안하지만, 발을 쏴야겠다.

【용사 케이스케는 광탄 마법을 사용. MP를 30 소비했습니다.】

피융! 하는 날카로운 발사음과 함께, 빛의 화살이 고블린을 꿰뚫었다.

"크엑!"

얼빠진 비명소리를 내면서 쓰러지는 난쟁이.

나는 바로 그놈 가까이 다가갔고, 몸을 웅크려서 먹고 있던 고기를 관찰했다.

사람 고기인가?"

돼지고기와 사람 고기는 생김새만 봐서는 구별하기 힘들다.

나는 심문하기 위해서 은폐를 해제했다.

"인간?! 어디서……?!"

연속으로 광탄을 쏴서 손, 어깨, 허벅지를 꿰뚫어버렸다.

"그갸악?!"

"이건 무슨 고기지?"

돼지…… 라고, 고블린이 떨리는 목소리로 대답했다.

"정말인가? 사람 아이를 잡아 와서 해체한 건 아니겠지?"

"대…… 대지라거……."

이렇게까지 괴롭혔는데도 고집을 부릴 정도로 터프한 종족은 아닐 것이다. 아마도 사실이겠지.

"이 집안에 인간을 가둬놨다고 들었다. 어디지?"

"위에……."

관절 마디가 툭 튀어나온 손가락으로 천장을 가리켰다. 2층이라고 말하려는 거겠지. 나는 고블린의 숨통을 끊어버리고는 부엌에서 나왔다.

현관 쪽으로 돌아가서 계단을 올라갔다. 발을 옮길 때마다 삐걱삐걱 소리가 났다.

난간은 먼지와 쥐똥 때문에 아주 끔찍한 상황이 돼 있었다.

나는 최대한 그걸 건드리지 않게 노력하면서 빠른 걸음으로 계단을 올라갔다.

2층에 도착했더니 방이 두 개 있었다.

먼저 오른쪽 방부터 보자. 그렇게 생각하고 문에 손을 댔을 때, 왼쪽 방에서 고블린 두 마리가 뛰쳐나왔다.

광검을 빠르게 움직였고, 4연격을 날려서 맞섰다.

양쪽 팔다리를 절단당한 고블린 놈들이 계단을 데굴데굴 굴러 떨어졌다.

그렇다면 왼쪽이라는 건가.

알기 쉬운 모양으로 자백했으니까, 나는 좀 전에 그 두 마리가 있던 방으로 들어갔다.

"끔찍하군."

안에는 십여 명이나 되는 사람들이 묶여 있었다. 하나같이 때로 범벅이 돼 있고 입에는 테이프를 붙여 놨다. 노숙자와 스쳐 지날 때 나는 것 같은 쉰내가 코 점막을 자극했다.

대체 어디서 배설을 하고 어떤 식사를 했을지는 상상도 하기 싫다.

나는 재빨리 그들에게 슬립 마법을 걸고는 스테이터스를 감정했다. 그럴 거라고 생각은 했지만, 역시나 하나같이 진짜 인간이었다.

자세히 봤더니 어디선가 본 얼굴들도 섞여 있었다.

며칠 전에 활동을 중지한 아이돌, 오늘 아침 프로그램에서 기묘한 발언을 했던 주부 연예인, 오락실에서 리오한테 시비를 걸었던 소년들.

그렇다. 여기 있는 사람들이 진짜다. 고블린에게 신분을 빼앗기고 그들이 기행을 되풀이한 탓이 사회적인 입장을 완전히 망가진 불쌍한 희생자들.

도와줘야겠다.

자세히 보니 오랫동안 손발을 엉터리로 묶어놨는지, 손목과 발목에 끔찍한 울혈이 발생해 있다. 이대로 두면 썩어버릴 수도 있다.

나는 작은 소리로 마법 주문을 외웠다.

"회복."

주문을 영창 했더니 순식간에 손발의 상처가 아물었다.

손발의 밧줄은 헐렁하게 풀어졌다.

이제 눈을 뜨면 자기 힘으로 탈출할 수 있겠지.

나는 방에서 나와, 아직 확인하지 않은 곳들을 하나하나 조사하기로 했다.

2층을 더 조사하고 이상이 없다는 것을 확인한 뒤에 1층으로 내려왔다.

고블린과 마주칠 때마다 베어버리고 정보를 털어놓게 했다. 인간이 있으면 잠들게 하고 치료했다. 계속, 그것만 반복했다.

마지막 한 마리는 방 벽장 안에 숨어 있었다.

"힉⋯⋯."

안 그래도 작은 몸을 웅크리고서 부들부들 떨고 있다.

자기들이 우세하면 한도 끝도 없이 잔혹하게 구는 주제에, 열세에 몰리면 겁쟁이 같은 구석을 드러냈다. 정말 왜소한 정신성이다.

나는 증오와 적개심을 뛰어넘어 연민에 가까운 감정을 품기 시작했다. 이놈들도 원해서 고블린으로 태어난 게 아니다, 최대한 괴롭지 않게 죽여주는 게 인정이다.

알고 싶은 정보들을 들은 뒤에는 급소를 찔러서 단번에 처치해주자. 나는 광검을 들고서 고블린의 코 앞에 들이댔다.

"다른 소굴은 있나?"

"어, 없다……."

"누가 소환했지?"

"나도 몰라!"

"그런가, 뭔가 새로운 정보는 없다는 뜻이군. 그렇다면 너는 더 이상 말할 의미도 없고, 이 입도 필요 없겠지. 이빨도 혀도 전부 없애버려도 되겠지."

"……그, 그거! 여기서 그렇게 멀지 않은 집에, 엄청 예쁜 여자가 살고 있어…… 다들 그 여자를 갖고 싶다고 했어! 아, 아마, 다음엔 그 집을 공격할 거야. 거기 가면, 다른 놈들과 만날지도……."

"그 예쁜 여자의 이름은 아나?"

"리오, 리오다. 사이토 리오. 아길이 노렸다고 들었는데, 그놈은 이제 죽었으니까 임자가 없어졌어. 어때, 내가 좋은 거 가르쳐줬지? 그러니까 나만은 살려줘, 응? 응? 응……."

도저히 눈 뜨고 봐줄 수 없는 꼴로 목숨을 구걸하기 시작해서, 목을 날려버렸다.

노리는 건 리오네 집인가. ……킹레오와 그 젊은 어머니가 고블린과 마주치게 될지도 모른다. 가족들이 상처 입어서 울먹이는 리오는 보고 싶지도 않다.

서둘러 리오네 집으로 가는 게 좋겠지. 다행히 나는 자동차보다 훨씬 빨리 움직일 수 있으니까, 내 다리만 있으면 충분하다.

나는 종종걸음으로 현관으로 갔다.

하지만, 한 걸음만 더 가면 밖으로 나갈 수 있는 곳까지 갔을 때, 고블린의 시체를 처리하지 않았다는 게 생각났다.

"……이런."

어쩌지? 다시 들어가서 태워버릴까?

아니다.

그냥 그대로 둬도 상관없다. 방치해서, 누군가가 발견하게 하는 쪽이 더 좋을 수도 있다. 세상 사람들이 내가 초인이라고 인식하는 게 문제일 뿐이지, 몬스터의 존재는 딱히 숨길 필요가 없으니까.

오히려 그런 놈들이 세상에 섞여 있는데도 나라에서 경계하지 않는 쪽이 더 위험하겠지. 고블린의 시체를 이용해서 사람들에게 위기의식을 심어줄 수 있다면 차라리 다행이다.

……이럴 줄 알았다면 왜건 차량에 있던 시체도 그냥 두는 쪽이 좋았으려나. 그런 생각을 하면서, 나는 밖으로 나갔다.

"괜찮으셨어요?"

걱정하는 얼굴로, 안젤리카와 리오가 날 쳐다봤다.

"있었나요, 고블린?"

"괜찮았어?"

"꽤 있었어. 그보다, 지금은 나한테 너무 가까이 다가오지 않는 게 좋을 거야. 냄새나니까."

"아, 그거 일부러 말하지 않으려고 했었는데."

"당분간은 입으로 숨을 쉬어줘."

알았어, 라고. 안젤리카가 힘차게 대답했다. 솔직한 아이다. 이렇게 착한 아이가 날 좋아해주고 있는데, 내 머릿속에는 옛날

여자 생각밖에 없다

다른 소녀에게서 죽은 여자의 모습을 찾으며 옛 상처를 치유하려고 드는 아저씨. 나란 놈은, 왜 이렇게 한심한 걸까?

"무슨 일 있었어?"

그렇게. 다른 소녀인 리오가 나한테 얼굴을 들이밀었다. 이 녀석은 냄새가 신경도 안 쓰이는 건가?

"진정하고 들어. ……고블린 놈들, 이제 곧 너희 집을 공격하려는 것 같다. 전부터 너한테 눈독을 들이고 있었던 것 같고."

"뭐야 그게?! 곤란하거든!"

레오가 죽을 거야, 라고. 리오가 순간적으로 울음을 터트릴 것 같은 얼굴이 됐다.

"안심해, 그렇게 두지는 않을 테니까. 지금부터 너희 집에 가서 농성전을 벌일 생각이다. 한 놈도 빠짐없이 죽여 버리겠어."

"……고마워."

역시 나카모토 아저씨는 내 히어로였어. 리오가 어렴풋이 미소를 지었다. 이런 표정을 지으면 심장이 멈춰버리는 게 아닌가 싶을 정도로 엘자와 닮았다.

"그렇게 됐으니까, 너희 집까지 안내해주겠어?"

"알았어."

리오는 내 손을 잡고서 성큼성큼 걸어갔다. 아니, 정말이지, 왜 이렇게 냄새가 나는 데도 아무렇지도 않은 거냐고.

잘도 손을 잡네? 라고 물어봤더니,

"나카모토 아저씨가 제일 힘들잖아. 빨리 우리 집에 데리고 가서 씻게 해주고 싶거든. 이 정도는 괜찮아."

라고 딱 잘라서 말했다. 왜 갑자기 멋진 여자가 된 건데, 너.

안젤리카가 대항심을 불사르면서, "아~ 저도 아무렇지도 않아요! 오히려 와일드하고 좋은 냄새거든요!" 같은 말도 안 되는 소리를 하잖아.

"일단 안제는 무리하지 말고. 코 들이대고 냄새 맡지 않아도 되고. 폐가에 잠입했던 뒤니까 냄새난다고 해도 딱히 충격받지는 않으니까."

리오네 집은 여기서 그렇게 멀지 않은 것 같아서, 몇 분 이내에 도착한다는 것 같다.

"조금만 더 가면 돼. 지저분해서 금세 알 거야. 그렇다고 제대로 관리하지 않은 건 아니고, 건물이 워낙 오래돼서 무슨 짓을 해도 깔끔해지질 않거든."

"쓰레기가 없는 것만 다행이지. 조금 전까지만 해도 쓰레기까지 완비한 곳에 있었으니까."

모퉁이를 몇 번쯤 돌았을 때 낡은 단독주택이 눈에 들어왔다.

"여기."

리오가 걸음을 멈췄다.

사전에 말한 대로 오래된 집이었다. 아무리 봐도 도회지적인 외모의 여고생이 사는 집이라고 할 수 없을 정도로.

"지금 문 열게."

리오는 주머니에서 열쇠를 꺼내서는 현관 앞에서 몸을 숙였다.

드르륵, 하고 미닫이문을 열었다.

"후진 집이라서, 사실은 손님이 오는 건 창피하거든."

리오의 볼이 발그레해졌다.

"자, 빨리 들어가. 문 잠그고 싶으니까."

리오가 재촉해서 우리는 서둘러 현관으로 들어갔다.

리오가 문을 잠그는 모습을 슬쩍 보며, 안젤리카와 같이 신발을 벗었다.

"좁아서 답답하겠지만 적당히 앉아. 바로 앞에 있는 데가 거실이거든."

그 말을 듣고 먼저 집 안으로 들어갔다.

걸음을 옮길 때마다 삐걱삐걱 소리가 나는 복도를, 안젤리카와 둘이서 나란히 걸어갔다.

제일 먼저 눈에 들어온 것은 누렇게 변색된 장지문이었다. 그리고 오래돼서 퍼석퍼석해진 다다미.

아주 생활감이 넘쳐나는 게, 벗어놓은 옷들이 집안 곳곳에 널려 있다. 남자 것이니까, 킹레오 옷이겠지.

벽에는 스티커를 붙던 자국, 억지로 뜯어낸 흔적들이 잔뜩 남아 있었다. 리오나 킹레오가 어린 시절에 붙였다 뗀 자국이려나?

……그렇, 겠지.

리오한테도 어린 시절이 있었다. 오빠랑 같이 스티커를 모아서 여기저기 붙이며 놀던 시기가 있었을지도 모른다. 그렇게 생각하니 엄청난 크기의 죄악감이 밀려왔다. 나는 누군가의 배에서 태어나고 자란 아이와 공중화장실에서 그런 짓을 하고⋯⋯ 욕실에서는 더 엄청난 짓을⋯⋯.

"으, 으윽."

"아빠?"

"아니, 그냥 왠지, 나 자신이 싫어져서."

"그 저택에서 무슨 일이 있었나요?"

거실로 들어갔더니 나무로 만든 식탁을 둘러싸는 모양으로 방석이 네 장 놓여 있었다. 킹레오. 리오. 어머니. 그리고 어머니의 교제 상대 것까지 내 장인가.

어떤 게 누구 자리일지 생각하면서, 나는 오른쪽 끝에 있는 방석에 가서 앉았다.

그 옆에는 얼굴이 창백해진 안젤리카가 앉았다.

리오는 우리 앞을 지나쳐서 부엌 쪽으로 갔다. 주전자에 물을 담고 불을 켜는 소리가 들리는 걸 보면, 아마도 차를 끓일 생각이겠지.

배려심이 좋네, 라고 생각하면서 날씬한 등을 바라보고 있었더니, 리오가 고개만 이쪽으로 돌리고서 말했다.

"나카모토 아저씨만 먼저 씻는 게 어때?"

"그러고 싶은 생각은 굴뚝같지만, 어차피 조금 있으면 전투가 시작될 테니까. 그다음에 씻는 게 좋겠지."

"⋯⋯그래."

그럼 조금 더 참아야겠네. 리오가 중얼거렸다.

"나카모토 아저씨, 원래는 깨끗한 거 좋아하지? 제일 먼저 해도 되니까, 기대해."

"그, 그래."

어떻게 나에 대해서 그렇게 잘 아는 거지? 너무나 신기했다.

이 녀석, 결혼하면 의외로 좋은 부인이 될지도 모르겠네.

그런 생각을 하고 있는데, 리오가 "기다렸지"라고 말하면서 차를 가지고 왔다. 나한테 준 찻잔에는 테두리에 립스틱이 묻어 있었다.

"미안~ 좀 전에 내가 맛을 봤거든~."

좋은 부인이 될지도 모르겠네? 라고 생각하자마자 뭐 하는 짓이야. 틀림없이 일부러 그랬을 거다. 틀림없이 안젤리카한테 보라고 한 짓이다.

"남자니까 사소한 일은 신경 쓰지 말라고. 자, 쭉 들이켜."

그리고 내 옆에서는 안젤리카가 어깨를 부들부들 떨고 있었다. 떠는 정도가 아니라 거의 경련의 경지에 들어서 있다.

"……알고 있겠지만, 그거 절대로 마시면 안 돼요. 목숨이 위험할지도 몰라요. 딱 봐도 설거지를 제대로 안 해서 더러운 것 같으니까. 리오 양한테는 컵을 다시 씻어올 것을 요구합니다."

리오와 안젤리카 사이에서 빠지직, 하고 눈에 보이지 않는 불꽃이 발생했다. 얘네 둘, 상성이 좋은 건지 나쁜 건지 모르겠네.

결국 내 앞에 있던 찻잔은 안젤리카가 가져가서 꿀꺽꿀꺽 비워버렸다. 목숨이 위험할 지도 모르는데, 그렇게 마셔버려도 되는 건가?

어쩔 수 없이 다른 찻잔을 집어서 홀짝홀짝 마셨다. 안젤리카의 시선이 내 목에 고정된 게 느껴진다. 내가 뭔가를 먹거나 마실 때면 내 목을 관찰하는 게 안젤리카의 습관이다. 여자한테는 없는 돌기가 너무 신기하다는 것 같다.

"정말이지, 지금 시시한 일로 난리 피울 때가 아니잖아. 언제 고블린이 쳐들어올지 모르는 일이니까."

"아뇨, 언제 올지 아는데요."

안젤리카가 그렇게 말했다.

"지금 와요."

"벌써 와 있나!"

"두 방향에서 오고 있어요. 남쪽과 북쪽. 포위당했어요."

빠르네, 라고 생각하면서 자리에서 일어났다.

어쩌면 고블린 놈들은 이미 이 집을 포위한 상태에서 침입할 기회를 노리고 있었던 건지도 모른다.

나는 창밖으로 고개를 내밀고 안젤리카가 말한 방향을 봤다.

하지만 고블린으로 추정되는 모습은 전혀 보이지 않았다.

"없는데."

아직 멀리 있는 걸까?

아니, 그게 아니다. 고블린의 생태를 생각해보면, 이 장소가 제일 수상하다.

"──아래쪽인가."

나는 리오와 안젤리카에게 식탁 위로 올라가라고 했다.

아무래도 그놈들은 어두운 곳을 좋아하는 종족이다. 주요 거처는 동굴, 종유동굴, 광산, 그리고 지하.

그렇다면 다음 행동은 예상할 수 있다.

【용사 케이스케는 MP를 295 소비. 신성검 스킬을 발동. 공격력 350% 상승.】

【영체, 악마, 언데드에 대해 특효 상태가 됩니다.】

내가 검을 든 것과 동시에, 바닥 곳곳에 부풀어 오르기 시작했다.

식탁 옆, TV 앞, 서랍장 옆.

바닥이 차례로 부풀어 오르면서 작은 산을 만들어갔다. 마침내 그 정점이 찌지직 소리를 내면서 찢어졌다.

섬유가 난폭하게 찢어지고, 구멍이 커진다.

"뭐야…… 우리 집에 무슨 짓 하는 거야?"

불쑥.

구멍 속에서 비쩍 마른 아인의 팔이 튀어나왔다. 길이는 어린애 팔 정도지만, 잘 발달한 근육과 힘줄에 덮여 있다. 손톱 끝은 뾰족하고 흙이 잔뜩 묻어 있다. 피부색은 회색.

고블린의 팔이다.

그리고 이 피부색을 보면, 지하 갱도를 소굴로 삼는 타입의 고블린이겠지.

그렇다면 대책을 마련하는 건 쉽지.

"샤아아아아아아!"

고블린 한 마리가 구멍 밖으로 머리를 내밀었다.

괴성을 지르면서 혀를 날름거리고 있는데, 전체적으로는 유머러스한 얼굴이다. 이 커다란 눈은 지하 고블린이 틀림없다. 생애의 대부분을 땅속에서 보내는 두더지 같은 놈들. 외적이 적은 환경에서 사는 탓인지 고블린이 원래 지니고 있던 강점을 잃어버린, 수많은 아종 중에서도 가장 약한 놈이라 여겨지고 있다.

"인간! 인간! 고기! 여자! ……남자?"

깜짝. 눈앞에 있는 지하 고블린이 고개를 갸웃거렸다.

코를 벌름거리면서, 내 얼굴을 이상하다는 것처럼 보고 있다. 지하 고블린은 시력이 너무 나쁘기 때문에, 소리와 냄새로 주위의 정보를 감지한다.

"인간 남자……? 아니, 드래곤? 맨티코어? 뭐지 이건?"

"내가 뭔지도 모르는 거냐."

자신보다 상위의 존재라는 정도는 감지한 것 같다.

하지만 이 녀석의 후각으로는 그 이상의 분석은 불가능한 것 같고.

불쌍한 존재다.

나는 빛 속성 중급 마법 섬광을 사용했다. 주로 어두운 곳을 탐색할 때 사용하는 주문이고, 눈을 멀게 하는 데도 쓸 수 있다.

지금은 낮이니까, 사람한테는 약간 눈부신 정도로 느껴질 뿐.

하지만 상대가 땅속에서 사는 고블린이라면 한 방에 눈을 멀게 할 수도 있다.

"그갸악!"

두 손으로 눈을 가린 고블린들의 목을 차례로 날려버렸다.

기분상으로는 엽기적인 두더지 잡기다. 마룻바닥에 난 구멍으로 머리를 내민 고블린들을 기계적으로 사냥했다.

"가갸!"

"아갸아아아!"

"눈! 눈이이!"

한 마리, 두 마리, 세 마리, 네 마리.

전투라기보다는 그저 도살에 가까운 작업이다. 싹둑싹둑, 최소한의 움직임으로 처치했다.

다섯 마리째.

마지막 한 마리는 심문용으로 생포했다.

나는 땅속으로 도망치려는 고블린의 팔을 붙잡고 끌어 올렸다.

"놔~! 놔, 놔, 놔."

다리를 버둥거리는 불쌍한 고블린.

섬광 때문에 눈이 멀었고, 조잡한 허리 가리개에는 실금한 흔적까지 보인다.

나는 코를 찌르는 악취에 눈살을 찌푸리면서도 놈에게 질문했다.

"다른 동료들이 있으면 불어라. 한 마리를 말할 때마다 널 죽이는 순간이 한 시간씩 미뤄진다."

지금의 나와 이 고블린, 과연 어느 쪽이 나쁜 존재로 보일까?

내가 생각해도 진력이 난다는 기분을 맛보면서 고블린을 내려다봤다.

놈의 대답은,

"갸각!"

이라는 단말마였다.

──광탄?

방 안쪽에서 날아온 마법 한 발이 고블린의 옆머리를 꿰뚫었다.

즉사였다.

설마 안젤리카가 한 짓인가, 라고 생각하면서 고개를 돌렸다.

하지만 두 손으로 입을 가린 걸 보면 주문을 사용한 직후인 것 같지는 않았다. 리오는 마법을 쓸 줄 모르고, 다른 몬스터는 없다.

그렇다면 누가?

설마 이 집 안에, 또 누군가가 잠복해 있는 건가?

나는 고블린의 시체를 바닥에 내려놓고는 칼을 중단으로 들었다. 위쪽과 아래쪽, 어느 쪽에서 날아오는 공격에도 대응할 수 있도록.

광탄이 날아온 쪽으로 조금씩 발을 옮겼다. 장소는 복도 건너편. 욕실 방향이다.

조금 전에 그 공격은 어떤 의도였을까.

나한테 가세할 생각이었을까. 아니면 고블린이 기밀 정보를 누설하기 전에 입막음을 하려던 걸까. 만약에 뒤쪽이라면 이놈들의 고용주가 틀림없겠지.

"──쉿."

나는 숨을 깊게 들이쉬고, 재빨리 욕실 안으로 들어갔다.

그랬더니 거기에는,

"오랜만이군요."

예전에 이세계에서 몇 번이나 이야기를 나눴던, 그리운 얼굴이 있었다.

"······신관장······?"

전투 중이라는 것도 잊어버리고, 나도 모르게 칼을 내리고 말았다.

나는 발을 미끄러트려서 후퇴하고 그 여자를 바라봤다.

가운데에서 가른 은발 사이에 있는 여신상과도 같은 얼굴. 파란 눈동자. 새하얀 피부. 목 아래쪽에는 법의를 입었어도 알 수 있을 만큼, 여성다운 기복이 아주 풍만했다. 아마 종교적인 그림에 그려진 성모에게 모독적일 정도로 색향을 추가하면 이렇게 되겠지.

신관장 필리아.

내 첫 파티 멤버이자 최악의 숙적.

웃기게도 이 여자는 올해로 마흔여섯 살인데, 많이 봐야 20대 후반 정도로 보인다. 순수한 인간족이니까 어떤 수단을 이용해서 노화를 막고 있는 게 틀림없다.

"······어째서 네가 여기 있지?"

마린 블루색 눈동자가 날 가만히 쳐다봤다. 난 이 눈이 싫었다. 어딘가 인간의 범주를 벗어난 것 같은, 유리구슬이 날 쳐다보는 것 같은 기분이 들기 때문이다.

하지만 필리아는 내 새카만 눈동자를 보는 게 좋다고 했었다. 이세계에서는 보기 힘든 색이니까. 검정색은 고귀한 색이니까. 가치가 높으니까. 이 여자가 날 칭찬할 때면 항상 그런 형용사를 썼다. 고귀. 강함. 성능. 그것이 남자의 미덕이 아닌가요, 용사 공? 이라고.

"여전히 어설프군요, 용사 공. 어째서 바로 저를 베지 않았나요. 적을 쓰러트릴 수 있는 둘도 없는 기회라고 생각하지는 않았습니까."

필리아는 여전히 무표정한 얼굴로 담담하게 말했다. 파티의 예산 분배에 대해 말하던 때와 완전히 똑같은 얼굴이었다. 자신의 목숨도 돈 문제도, 이 여자에게는 완전히 똑같은 가치다.

"……한때의 감정에 맡겨서 적을 벤다고, 대체 뭐가 되지? 한계까지 정보를 짜내고, 그 뒤에 처리를 생각해야 한다. 그걸 막기 위해서 아까 그 고블린을 처분했을 텐데. 아닌가. 이건 당신이 가르쳐준 것이었지, 신관장 필리아 공."

이름을 부른 순간, 필리아의 속눈썹이 움찔, 하고 흔들렸다.

"그렇다면 용사 케이스케 공은 절 고문하실 생각이군요."

저쪽도 내 이름을 불렀다. 벌써 몇 년이나 서로를 직함으로만 불러왔기 때문에 엄청난 위화감이 느껴졌다.

"내가 그러지 않으리라는 걸 알기 때문에 굳이 모습을 드러냈을 텐데?"

"상냥하시군요. 아직 전우로서의 정이 남아 있는 건가요."

역시 당신은 내가 인정한 분입니다, 라고 말하면서 필리아의 눈이 가늘어졌다. 웃는 것처럼 보이기도, 불쌍하게 여기는 것처럼 보이기도 했다. 아마도 양쪽 모두겠지.

"안젤리카한테 교활한 악령을 붙여서 보낸 것도, 네가 관계된 짓이겠지."

나는 칼을 들어서 날 끝을 신관장의 코끝에 들이댔다.

앞으로 몇 센티미터만 더 움직이면 이 여자의 코를 도려낼 수 있다.

"그렇게 내가 귀찮은가. 그쪽 세계에 보복할 수도 있으니까 죽여 버려야겠다고, 그렇게 생각했나."

필리아는 낯빛 하나 바뀌지 않고 대답했다.

"반은 정답이지만, 반은 틀렸습니다."

태평하게까지 느껴지는 목소리로, 계속해서 말했다.

"저는 분명히, 용사 공을 없애고 싶다고 바랍니다. 하지만 동시에, 당신이라면 이 고난을 헤쳐나갈 거라고 기대하기도 합니다."

일그러진 동료 의식에 구역질이 났다.

나는 팔을 움직여서 필리아의 오른쪽 어깨를 노리고 칼을 찔렀다.

상대는 엄청난 실력의 신관이다. 일류라고 하는 수도원 출신이고, 수십 년 동안 수행을 쌓아왔다. 일단 쉽게 당하지는 않을 것이다.

접근전을 의식해서 결계를 쳤을지도 모른다. 강력한 버프를 걸어서 칼이 막혀버릴 수도 있다.

애당초 지금 여기 있는 게 본인이 아니라 환영일 가능성도 있고.

그러니까 이건, 단순한 견제. 큰 기대도 하지 않고, 탐색이나 할 생각으로 날린 공격이었다.

하지만.

"……응."

이럴 수가. 필리아는 아무런 저항도 없이 내 칼을 받아들였다.

빛과 열로 만든 칼날이 가느다란 어깨를 꿰뚫었다.

살을 지지는 냄새, 뼈가 녹는 감촉. 고통에 괴로워하는 목소리.

너무나 허무해서, 찌른 쪽이 오히려 깜짝 놀랐다.

이 자식, 대체 무슨 생각이지?

반사적으로 칼을 거뒀다.

지금 그건 틀림없이 살아있는 사람을 벴을 때의 감촉이었다. 그렇다면, 눈앞에 있는 이 여자는──

"예, 그렇습니다. 눈치채신 대로 저는 신관장 필리아 본인입니다. 못 믿겠다면 스테이터스를 감정해서 확인해보시지요?"

필리아는 어깨를 붙잡으면서 미소를 짓고 있다. 후위(後衛), 그것도 여성이 용사의 칼을 정면에서 맞다니, 그저 무모한 짓일 뿐이다.

하지만 일부러 내 칼을 맞은 데는 이유가 있을 것이다.

나는 재빨리 거리를 벌리고 방어 태세에 들어갔다.

경험상 기꺼이 공격을 맞아주는 적은 카운터를 노리는 경우가 많았기 때문이다.

"……?"

하지만 아무리 기다려도 반격의 기미가 보이지 않았다.

필리아는 비틀거리면서 마법으로 어깨를 치료했을 뿐이다.

카운터가 아니야?

그렇다면 왜 본체가 나타났지?

어째서 수비 태세에 들어가지 않지?

적의 노림수를 알 수 없는 노 가드 전법. 그저 기분 나쁠 뿐이다.

내가 당황하고 있었더니 필리아가 "다행이야"라고 중얼거렸다.

"역시나 봐줬군요. 제가 나온 게 정답인 것 같습니다."

법의에 묻은 먼지를 손으로 털어내며, 필리아가 다가왔다.

"안젤리카에게 빙의시켰던 레이스가 소실된 건 저쪽 세계에서도 관측할 수 있었습니다. 저희는 안젤리카와 함께 해치웠을 거라고 생각했었는데, 저렇게 살아있군요."

하얀 손가락이 거실에서 숨죽이고 있는 안젤리카를 가리켰다.

"저 아이가 죽지 않도록, 온갖 수단을 다 쓴 끝에 레이스만 해치웠겠죠? 정말 대단합니다. 칭찬해 마땅한 일이지요. ……사실, 당신이 영문 모를 악령 따위한테 죽었다면 질투했을 테니까요. 이렇게 돼서 다행인지도 모릅니다."

빙긋, 필리아가 비소를 지었다.

"생각해보면 용사 공은 인질이 잡혀 있으면 오히려 더 열심히 하는 사람이었습니다. 레이스를 쓰는 작전 따위가 잘 먹힐 리가 없었죠. ……자기 몸에는 아무렇지도 않게 벌집처럼 구멍을 내면서, 파티 멤버가 다치는 건 끔찍하게 싫어하는. 그것이 당신입니다."

그래서 저는 이렇게 생각했습니다, 라고. 필리아가 말했다.

"그렇다면 인질과 자객, 양쪽 역할을 할 수 있는 사람이 당신과 싸우면 됩니다. 그렇게 되면 당신은 자신의 목숨을 노리는 상대에게 손을 댈 수 없지요. 댄다고 해도 평소의 절반 정도 실력밖에 발휘할 수 없고. 동료를 아끼는 당신에게는 아주 잘 먹히는, 좋은 작전이 아닌가요?"

"……헛소리하지 마."

한마디로 이 여자는 내가 옛 동료의 정으로 봐줄 거라 예상하고, 그것을 이용하려고 했다.

"나는 일단 적이라고 인정하면 여자건 어린애건 가리지 않고 베어버린다. 그건 너도 잘 알고 있잖아?"

"하지만 벤 다음에 반드시 후회하잖아요? 그 괴로워하는 모습을 보면, 당신이 정말로 저를 칠 것이라고는 생각되지 않습니다만. 그래요…… 당신은 누구보다 강인한 육체를 지녔지만, 내면에는 약한 점이 가득 차 있지요. 아무리 시간이 지나도, 무구한 용사 그대로…… 영원한 소년…… 그렇기에, 사랑스럽고……."

필리아 뒤쪽에 수많은 마법진이 나타났다.

공중에서 회전하는 은색 원. 중심에는 육망성이 자리 잡고 있었다.

그것들이 일제히 광탄을 사출해서, 내 온몸을 꿰뚫었다.

"저도 괴롭습니다, 용사 공을 이렇게 처분하는 것은. 그렇기에 지원했습니다. 다른 누군가의 손에 죽게 두느니, 제가 하겠다고……."

빛의 화살이 살갗을 지진다. 내 마법 방어로도 완전히 막을 수 없다면 상당한 화력이다. 한 발 한 발에 어지간한 마족이라면 단번에 증발시켜버릴 정도의 신앙이 담겨 있다.

"훌륭하군요. 그렇게 아픔을 참는 모습도 참으로 훌륭합니다, 용사 공. 그 표정만은 처음 만났을 때부터 전혀 달라지지 않았군요. 기억하십니까? 당신이 처음으로 배에 창을 맞았을 때, 치료해드렸던 건 바로 저였습니다. 그래서는 안 되지만, 그때도 고통에 일그러진 당신의 얼굴에서 색기라는 것을 느꼈습니다. 그건 아시나요? 그 세계에서 처음으로 당신을 남자로서 의식한 것은 엘자 공이 아니라 접니다. 어째서 당신은 제 것이 되지 않았나요? 천한 노예 계집 따위를 선택했기 때문에 이렇게 처형되는 것입니다."

피융, 피융, 날카로운 사격 소리가 울린다. 이제는 빛의 화살이라고 해야 할 광탄 무리가 온몸을 도려냈다.

멀어져가는 의식 속에서, 필리아를 바라봤다.

바로 지금 나를 쏴 죽이려고 하는 그 여자는, 두 눈에서 눈물을 흘리고 있었다. 코가 새빨개져서. 팔다리를 떨면서. 마치 자해 행위라도 하는 것처럼, 슬픈 눈동자를 지니고.

"안심하세요. 용사 공을 죽이면 꼭 천국에 갈 수 있도록 기도를 올리겠습니다. 그게 끝나면 저도 뒤따라서 죽겠습니다. 당신은 혼자가 아니랍니다?"

"……웃기고……."

"사랑합니다, 용사님. 자해하기 전에 당신의 시체를 이용해서 처녀를 상실하는 것도 나쁘지 않으려나요? 후후. 왠지 아주 조금, 즐거워졌습니다. 이 세상에서 마지막으로 당신과 관계를 갖는 여자가 엘자 공이 아닌 저라고 생각하면, 참으로 유쾌하지 않겠나요."

필리아는 두 팔을 벌리더니, 머리 위에 훨씬 커다란 마법진을 만들어냈다. 형태와 원 안에 적혀 있는 주문을 보면, 한 방으로 이 동네를 날려버릴 수도 있는 위력이다.

사람 하나를 죽이기 위해서 사용하기에는 너무나 과도한 화력이다. 이건 원래 성이나 요새를 함락하기 위한 마법일 텐데.

내가 죽는 걸로 끝나면 괜찮지만, 다른 사람들을 말려들게 할 수는 없다.

서둘러 온몸에 회복을 걸고, 방어 주문 영창에 들어갔다.

세이크리드 서클…… 잠깐, 이 주문에 무슨 의미가 있지? 이 세계 시절에, 필리아는 이 결계를 태연하게 뚫고 들어왔으니까. 클래스가 신관이고, 사용하는 마법은 빛 속성이고, 행동 원리는 나에 대한 애정. 이래선 악을 물리치는 마법으로는 막아낼 수 없다.

마법에는 자아가 없기 때문에 기계적인 처리를 행할 뿐이다.

악이 아닌 망가진 선인 필리아에게, 세이크리드 서클은 통하지 않는다.

설마, 난 이런 데서 죽는 건가?

"아빠!"

"나카모토 아저씨!"

불온한 상황을 눈치챘는지, 리오와 안젤리카가 뛰쳐나왔다.

필리아의 눈이 한 소녀에게 향했다. 검은 머리카락의 소녀, 사이토 리오에게.

하지만 필리아는 다른 이름을 불렀다.

"⋯⋯엘자 공?!"

잘했어, 리오! 박수라도 쳐주고 싶은 기분이었다. 전투력이 없는 이 녀석이 적 앞에 나타나다니, 원래는 야단을 쳐야 할 일이다. 하지만 이번만은 아주 큰 공을 세웠다.

왜냐하면 필리아가 죽었다고 생각한 연적과 똑같이 생긴 소녀가 갑자기 뛰쳐나왔으니까. 주문을 외우는 집중력 따위는 순식간에 날아가 버렸겠지.

"⋯⋯소생 마법? 말도 안 돼. 연령도 달라. 설마 인체 연성에 손을 댄 건가요, 용사 공? 당신을 그렇게까지 해서 그 노예 계집과 지내고 싶은 겁니까?"

겨우 생긴 빈틈을 노려서, 내 몸의 치료를 마쳤다.

다시 움직이게 된 몸으로 있는 힘껏 도약해서 필리아를 베어 버렸다.

"으아아아아아!"

오른쪽 어깨에서 왼쪽 허벅지까지, 비스듬하게. 내장까지 베어버렸다는, 확실한 손맛이 느껴졌다.

"……어라……?"

필리아는 법의가 찢어지고 두 쪽으로 분단됐다. 상반신과 하반신. 둘로 갈라진 숙적은 툭, 소리를 내면서 바닥에 뒹굴었다.

"고마워 리오. 나이스 어시스트였어."

나는 마법진이 소실된 것을 확인하고는 필리아의 머리카락을 움켜쥐었다.

쭉 들어 올리고 말을 걸었다.

"다른 사람도 아닌 당신이니까, 이걸로 끝날 리가 없겠지?"

나는 필리아에게 디스펠을 걸었다. 자동 회복으로 재생되기라도 하면 도로 물거품이니까.

그리고는 목을 찔렀다. 똑바로 보는 건 왠지 꺼림칙해서 고개를 돌린 채로.

"……케윽……."

성대가 무사하면 몇 번이건 마법 주문을 외울 수 있다. 후위직을 죽일 때는 먼저 말을 못 하게 하는 것이 철칙이다.

처음부터 이랬으면 좋았을 텐데. 하지만 그러지 못했다. 모든 건 내 어설픈 구석이 초래한 과실이다.

마음속에서 분한 기분을 맛보면서 필리아의 목을 쳤다.

심문은, 하지 않았다.

아무리 그래도 날 좋아한다고 말하는 여자를 심문하는 것만은 내키지 않았다.

그런 의미에서 보면 필리아의 노림수는 정확했다고 할 수 있다.

나는 아무런 정보도 얻지 못한 채, 허무한 승리를 손에 넣었다. 기분상으로는 무승부다.

여자를 죽인 뒤에는 항상 이랬다. 상대가 아무리 나쁜 자라고 해도 떨떠름한 기분이 든다.

게다가 이번에는 옛 동료를 죽였고.

이 기분 나쁜 뒷맛까지 노리고 스스로 전선에 나왔다면, 필리아는 상당한 수완가다.

이런 일이 계속된다면, 언젠가 내 정신이 못 버티게 되겠지.

"대단한 책사라니까, 댁은."

나는 이마에 손을 대고, 말 없는 시체를 향해 중얼거렸다.

그때였다.

휘청, 하고.

머리가 흔들리고 현기증이 덮쳐왔다. 조금 지나서, 장절한 위화감과 부유감이 찾아왔다.

주위에 있는 것들이 전부 일그러지고, 공간이 뒤틀린다. 시간이 무한대로 늘어나고, 가속된다.

나는 이것을 알고 있다. 예전에 두 번이나 맛본 적이 있다.

그렇다. 이세계로 소환됐을 때와 이세계에서 이쪽으로 돌아올 때에 두 번.

더 이상 의심할 여지가 없다.

지금 내게 일어나고 있는 일은 『다른 시공으로 이동』이다.

──나는 또, 어딘가로 날아가게 되는 건가?

너무 불쾌해서 정신이 날아가 버릴 것 같다. 그래도 이를 악물고서 부조리한 현실을 견뎠다.

이게 필리아의 마지막 발버둥이 틀림없다. 그러니까 견뎌야만 한다.

견디고 견디고 또 견뎌서, 리오와 안젤리카를 지켜야만 한다. 나는 연장자고, 지금은 저 녀석들의 보호자니까.

그렇게 버티고 있는데, 어느샌가 리오와 안젤리카가 사라져버렸다. 설마 먼 곳으로 날아가 버린 건 아닌가 싶어서 뒤쪽을 봤는데, 기우로 끝났다.

"아빠, 그쪽에서 뭔가 찾아냈나요?"

"바보야, 움직이지 말라고!"

두 사람은 필리아가 오기 전과 마찬가지로 거실에 피난해 있었다. 식탁 위로 올라가서, 주위를 이리저리 둘러보고 있다. 특별한 외상은 보이지 않는다. 아무래도 무사한 것 같다.

나는 안도의 한숨을 쉬고 다시 앞쪽을 봤다.

그랬더니 눈앞에, 분명히 죽였던 신관장 필리아가 서 있었다.

"평안하신가요. 용사 공. 또 만났군요."

미모의 신관장이 멀쩡한 얼굴로 서 있었다.

내가 아까 잘라버린 머리는 목에 붙어 있고, 비스듬히 베어버린 몸통도 수복돼 있다.

시체는…… 없다.

바닥에 쓰러져 있던 필리아의 시체는 어느새 사라져버렸다.

한마디로 새로운 필리아가 나타난 게 아니라 되살아나서 움직이고 있다는 뜻이다.

하지만, 어떻게?

나는 디스펠로 온갖 버프를 제거한 뒤에 필리아의 목을 베어버렸다. 자동 회복도 환영도 발동할 리가 없고, 사후에 소생하는 마법은 애당초 존재하지 않는다.

그렇다면 대체 어떤 원리로 재생한 걸까.

내가 모르는, 미지의 스킬을 터득하기라도 했다는 건가?

나는 떨리는 입술을 필사적으로 움직여서 스테이터스 오픈 주문을 외웠다.

【이　　름】　　필리아

【레　　벨】　　155

【클래스】　　신관장

【H　　P】　　23200

【M　　P】　　27990

【공　　격】　　11300

【방　　어】　　15700

【민　　첩】　　12200

【마　　공】　　45000

【마　　방】　　77000

【스　　킬】　　언어 이해, 법술, 소환술, 시간 역행

【비　고】　　　나카모토 케이스케를 맹목적으로 사랑하고 동시에 격렬하게 증오하는 여자 신관. 연금술로 육체를 개조해서 29세 시점에서 노화를 막았다.

"시간 역행……?"

내가 곤혹스러워하고 있었더니, 필리아가 더듬더듬 말하기 시작했다.

"아, 스테이터스를 감정하셨군요. 이제야 했나요? 아무리 아는 사이라고 해도 일 년도 넘게 못 만났습니다. 제 전력이 변동됐으리라는 전제로 행동했어야죠."

"너…… 어떻게 된 거야……? 이런 스킬은, 없었을 텐데."

"그러면 안 되죠, 용사 공. 어떤 적이건 일정 이상의 능력을 지닌 것 같으면 바로 감정하라고, 입에서 쉰내가 날 정도로 가르쳤을 텐데."

필리아는 조용히 손을 들었다. 그냥 손을 드는 것 같은 동작이지만, 공격 주문을 날리기 위한 예비 동작이 명백했다.

"당신 같은 인재가 평화에 찌들 거라고는 생각도 못 했습니다. 하지만 그런 점도 귀엽다고 느끼는 건, 제가 연상이기 때문인지도 모르겠군요."

말하면서, 필리아는 거대한 빛의 구체를 날렸다. 말과 행동이 전혀 일치하지 않는다.

나는 왼손에 광검을 생성하고, 황급히 막아냈다.

소규모 태양처럼 보이는 작렬하는 빛의 구체.

머리카락과 피부에서 지지직 소리가 난다. 나는 지금, 지져지고 있다.

뜨겁고 아프고 괴롭다. 하지만, 큰 문제는 아니다. 내 몸은 마법으로 얼마든지 치료할 수 있다.

문제는 주위에 있는 벽까지 타고 있다는 점이다.

"······바보 자식······!"

이 여자, 대규모 마법 공격을 쓰면서 『범위 지정』도 설정하지 않았다. 즉 목표만 파괴하려는 게 아니라, 주위까지 다 말려들어도 좋다는 생각으로 날리는 것이다.

만약에 이걸 회피하면, 리오와 안젤리카가 말려들게 된다.

아니, 그 둘은 물론이고 인근 주민들까지 잔뜩 죽게 되겠지. 그래서 흘려내는 게 아니라, 어떻게든 충격을 흡수해야 한다.

"······크윽!"

그런데, 위력을 완전히 죽이지 못했다.

내 몸은 서서히 후퇴하고, 필리아한테서 멀어졌다.

"너, 대체 무슨 생각이야?! 이쪽 세계 일반인은, 그냥 죽여 버려도 된다고 생각하는 거야?!"

"아니요? 죽어도 되는 생명은 없습니다. 어차피 용사 공이라면 이 빛의 구체도 어떻게든 버텨내겠죠? 전부 아는 상태에서 쏜 거랍니다, 저는. 기대했으니까."

"그랬단 말이지······!"

나는 거실을 향해서 "오지마"라고 외쳤다. 리오와 안젤리카가 뛰쳐나오는 사태는 막아야만 한다.

"아무리 다쳐도 부서져도, 배신당해도 쓰고 버려져도, 대중을 지키는. 아주 좋은 자세라고 생각합니다. 당신은 정말로, 제가 가르친 그대로의 용사로 성장했군요."

"시끄러……! 사람을 히어로처럼……! 주위에 민폐를 끼치지 않는 건, 우리나라 사람의 본능이라고! 이딴 데 용사고 나발이고가 어디 있어!"

이래서 자기밖에 모르는 이세계 사람은, 이라고 생각하면서 나 자신에게 자동 회복을 걸었다.

빌어먹을.

하고 싶지는 않지만 다른 방법이 떠오르지 않는다.

문제 1. 엄청난 폭탄을 순식간에 무효화할 것. 단, 당신의 몸이 우주에서 가장 튼튼한 것으로 간주한다.

이 어려운 문제에 대한 내 대답은,「꿀꺽 삼켜버린다」. 비유도 뭣도 아니고, 말 그대로 빛의 구체를 빨아들여서 뱃속으로 집어넣는 것이다. 당연한 얘기지만 식도는 다 타버린다. 목이 녹는 게 느껴지고, 내장도 죄다 파열된다.

너무 심한 고통에 미쳐버릴 것 같은 기분이다. 하지만 내 방어력과 재생력이라면 바로 원래 상태로 돌아온다. 겨우 몇 초 만에 회복되고, 체력도 완전히 돌아왔다.

"……서로 불사신이잖아? 쓸데없는 소모전이 될 것 같은데, 아직도 계속 할 생각이야?"

나는 연기를 내뿜으면서 스테이터스 창을 터치했다. 필리아의 스킬 부분을 확대해서 상세한 성능을 확인했다. 내가 알고 있는 한, 이 녀석에게 「시간 역행」같은 스킬은 없었다. 그래서 사후에 멀쩡하게 돌아다니는 이유는, 이것 말고는 생각할 수도 없었다.

틈이 생기지 않게 칼로 위협하면서 신중하게 읽어나갔다.

그 결과, 판명된 것은,

【시간 역행】

『다른 자에게 살해당했을 때 자동 발동. 사망 전 몇 분까지 시간을 되돌려서 유사적인 소생 효과를 발휘. 되돌리기 전의 기억은 스킬 보유자와 그를 살해한 자만이 지닌다. 회복과 소생이 아닌 시간 조작의 일종.』

녀석의 스킬이, 최악의 성능을 지녔다는 사실이었다.

이런 건 반칙이잖아, 같은 소리가 입 밖으로 튀어나올 뻔했다. 왜냐하면 이건 속되게 말해서 자동 컨티뉴 능력이다. 싸움의 결과를 아주 간단히 뒤집어버리는 파격적인 스킬이라고도 할 수 있겠지.

"설마 삼켜버릴 줄은 몰랐군요……. 이렇게 되면 용사님께는 느리고 무거운 공격은 소용이 없다고 생각해야겠군요."

필리아가 눈썹을 치켜 올린 채, 아주 감탄하고 있다.

"너야말로 이 스킬은 뭔데? 이건 한마디로, 전투에서는 죽지 않는다는 뜻이잖아."

"아, 스킬의 상세한 내용까지 다 확인하셨나요."

전부 들켰네요, 라면서 필리아가 혀를 내밀었다. 이 인격 파탄자는 내가 관심을 보이면 무조건 기뻐한다.

설령 그것이 전투 중의 분석일 뿐이라도.

"그렇군요. 소위 말하는 『치트 능력』이라고 생각합니다. 당신이 자주 사용했던 단어라서 기억하고 있었죠. ……그립군요. 갓 소환됐을 때의 당신은 종종 『TV 게임』이야기를 했었죠? 이쪽 세계의 오락이었던가요?"

"옛날애기나 하러 온 게 아닐 텐데."

필리아는 아쉽다는 표정을 지었다. 더 얘기하고 싶은데, 라는 눈이었다. 싸우고 싶은 건지 놀아달라는 건지, 판단할 수가 없다. 어쩌면 양쪽 모두일 수도 있다.

"젊은 사람은 조급하군요."

"나도 이제 서른둘이라고. 젊지는 않아."

"저한테는 언제까지고 열다섯 소년입니다. ……뜸 들이는 건 싫어하는 것 같으니 본론으로 들어갈까요. 스킬 취득에는 일정한 조건이 있습니다. 클래스 외에도 그자의 개성이나 바람도 영향을 미치지요. 당신이 자신의 자식을 죽인 뒤에 부성 스킬을 얻은 것처럼. 저 또한 당신이 이쪽 세계로 돌아간 뒤에 그 기능을 얻었습니다. 후회와 자책을 계기로 삼은, 저주받은 것이지만."

필리아가 두 팔을 벌리고서 계속 말했다.

"보다 좋은 부친이 되지 못했다고 후회한 당신은 부성 스킬에 눈을 떴습니다. 저는 당신이 엘자 공과 만나기 전으로 돌아가고 싶다고 바랐기에 시간 역행 스킬을 얻었고. 기특하다고 생각하지 않습니까?"

그만큼 용사 공을 원한다고, 광기 서린 미소를 지었다.

"이 스킬을 얻은 뒤로, 저는 첫 싸움에서는 일부러 죽어주고 있습니다. 상대의 공격 범위와 패턴을 파악하기 위해서죠. 두 번째부터는 진심으로 싸웁니다. 당신은 저쪽 세계에 있던 때보다 신체 능력이 올라갔죠? 하지만 광검의 사정거리는 거의 변함이 없습니다. 검기는 예전보다 조금 무뎌지지 않았나요."

쓸데없는 소리라고, 나는 세게 말했다. 승산 따위는 털끝만큼도 없어도 입은 살아있는 것이 나라는 인간이다.

"예전의 당신은 칼놀림이 좀 더 날카로웠습니다. 다른 강력한 생물이 없는 환경이 좋지 않았겠지요. 미지근한 물은 온갖 종족을 약하게 만듭니다. 그래요, 지하 고블린처럼. 당신도 알고 있겠지만 최강의 고블린은 화산 부근에 사는 아종입니다. 어떤 생물이건 가혹한 환경에서 더욱 눈부시게 빛나겠죠."

이세계에서 사투를 펼치던 당신은 아름다웠다고, 필리아가 말했다.

"고블린을 말이죠, 앞으로 2만 정도 더 소환할 생각입니다. 하는 김에 드래곤이나 데몬도 불러볼까요."

"당연히 무리지. 허세 부리지 마라."

"그럴까요? 당신도 눈치채지 않았나요? 이쪽 세계 쪽이 공기

중에 감도는 마력이 더 풍부하지 않던가요? 덕분에 이쪽에서는 고등 기능이었던 소환술을 가볍게 거듭해서 사용할 수 있습니다. 제가 마음만 먹으면 지구를 지옥으로 만들 수도 있겠죠. 사실 그렇게 되더라도 당신만은 살아남겠지만."

"……웃기지 마."

분노에 사로잡혀서, 머리에 혼신의 일격을 날렸다. 의미가 없다는 걸 알면서도 손을 멈출 수가 없었다.

"……커흑……."

필리아의 머리가 부서지고, 빨간 물을 바닥에 흩뿌렸다. 움찔거리는 머리 없는 몸, 바닥을 굴러다니는 안구.

나는 온몸에 그 피를 맞으며 시체를 바라봤다.

사람에서 물건이 돼버린 필리아를 보고 있으니 견디기 허무가 느껴졌다. 죽어서 없어져 버린 옛 동료를 보는 것은 고통이고, 어차피 죽지 않는다는 이유로 파괴해버린 나 자신도 싫어진다.

"……이 살덩어리가, 옛날에 좋아했던 여자인가."

그리고 다시 시간이 되돌려진다. 생리적인 불쾌감을 자극하는 시간 이동이 발생하고, 모든 행동이 무(無)로 돌아간다.

"빌어먹을!"

나는 또다시 욕실 앞에 서 있었다.

눈앞에는 멀쩡한 필리아가 있고 거실에서는 리오와 안제가 난리를 피우고 있다.

"아빠, 그쪽에서 뭔가 찾아냈나요?"

"바보야, 움직이지 말라고!"

조금 전에 들었던 말. 반복되는 세계. 세 번째 세계.

나는 깜짝 놀라서 필리아 쪽을 봤다. 몇 초 전에 쪼개버렸던 얼굴이 상처 하나 없는 상태로 돌아와 있다.

"거래를 하시겠습니까, 용사 공. 당신이 얌전히 죽어준다면 저는 이 세계에 마물을 소환하지 않겠습니다. 물론, 당신을 따라서 자살도 해드리겠습니다. 자해를 하면 시간 역행이 발동하지 않으니까요. 어떤가요? 나쁜 조건은 아니죠?"

필리아는 고개를 갸웃거리면서 나한테 말했다.

"너랑 동반 자살을 하자는 소리인가."

이세계에서는 종교적으로 자해가 금지돼 있다. 필리아가 믿고 있는 일신교와 안젤리카가 믿는 다신교, 양쪽 모두에서.

그런데 이 녀석은 아무렇지도 않게 나를 따라서 자살하겠다는 소리를 하고 있다. 종교계의 정상에 있는 몸인 주제에 몇 번이나, 몇 번이고. 이 여자는 그렇게까지 망가져 있다.

"그렇겠죠, 예. 저는 당신과 같이, 죽고 싶어요……."

필리아는 약간 쑥스러워하는 얼굴로 말했다. 볼을 붉히고, 이 자리에서 전혀 어울리지 않는 얼굴로.

"어떻게 하시겠습니까, 용사 공? 당신은 언제나 대중의 편. 그렇지 않나요? 아무 관계도 없는 사람들이 죽는 건 싫겠죠? 고향이 던전으로 변해버리면, 싫겠죠?"

빛이 없는 눈으로, 필리아가 손을 내밀었다. 악수라도 하자는 것처럼, 가볍게.

나는.

나는──

"그러고 싶으면 그렇게 하든지. 아쉽게도 지금의 나는 죽은 사람도 되살릴 수 있거든. 저기 있는 엘자처럼.

내가 선택한 답은 「허세를 부린다」였다. 탁자 위에 있는 리오를 가리키며, 한껏 허세를 부렸다.

조금이라도 여유가 느껴지도록, 상대를 최대한 얕보는 태도로 입술을 핥기도 했다.

"……역시 저건, 엘자 공인가요."

"당연하지 않겠어? 자세히 보라고, 젊은 시절에 그 녀석하고 똑같잖아."

필리아의 시선이 나와 리오 사이를 오가고, 뭔가를 생각하기 시작했다.

자기 생각에 심하게 빠져드는 성격에 나에 대한 과도한 기대. 그것들이 잘 맞물려서 내가 소생 능력에 눈을 떴다고 오해하는 것 같았다.

인간은 뭐든지 자신의 척도로 재는 습성이 있다. 필리아는 자신이 중년에 들어선 뒤에 새로운 스킬에 눈을 떴기 때문에, 다른 사람도 그렇게 된다고 해도 이상하지 않을 거라고 생각하지 않을까.

"네가 지구인을 몇 명을 죽이건, 전부 되살리겠다. 분명히 말해두는데, 내 소생은 성능이 아주 끝내주거든? 저렇게 전성기 때 나이로 되살릴 수도 있으니까. 무차별 살인이건 뭐건 해 보라고, 나한테 강력한 원군만 주게 될 테니까."

"……."

스테이터스 감정은 소환 용사만이 쓸 수 있는 능력이기 때문에, 필리아는 내 능력을 확인할 방법이 없다. 직감과 상황 판단에, 모든 것이 달려 있다.

속아라, 속아라, 속아라, 속아라.

무엇보다 시간 역행을 하기 전의 전투 때, 필리아가 제멋대로 리오를 엘자라고 오인했다.

이대로 밀어붙일 수 있을 것이다. 틀림없이.

할 수 있어……!

내가 마른 침을 삼키며 필리아의 동향을 지켜보고 있는데, 뒤쪽에서 소란스런 목소리가 들려왔다.

"아빠!"

"나카모토 아저씨!"

안젤리카와 리오.

첫 번째 때와 마찬가지로, 두 소녀가 날 걱정해서 달려왔다.

이런. 리오가 필리아와 이야기라도 하면 다 들통날 텐데.

나는 오지 말라고 말해서 리오를 제지했다. 아무리 생김새가 판박이라고 해도 성격은 하나도 안 닮았으니까.

제발 부탁이니까 말하지 말라고, 눈짓으로 리오한테 말했다.

리오는 고개를 끄덕이고는 재빨리 내 뒤로 숨었다.

"신관장님……?!"

안젤리카는 면식이 있는 상대를 만나서 놀라움을 감추지 못하는 것 같았다.

"……일단, 물러가겠습니다. 그 아이들을 몇 번을 죽이건 소생시킬 수 있다면 귀찮아지니까. 하지만 이것은 당신의 승리가 아닙니다. 제가 죽어도 죽지 않는다는 사실을, 부디 잊지 마시기를."

필리아의 몸이 흐릿해지고 빛에 휩싸였다. 소환술의 권위자인 필리아라면, 단순한 공간이동 따위는 일도 아니겠지.

나는 안도와 초조를 느끼면서 사라져가는 필리아를 지켜봤다. 최초의 파티 멤버이자 최강의 숙적이 돼버린 그 녀석을.

"……또 오겠습니다. 반드시 오겠습니다. 그리고, 반드시 당신을 죽이겠습니다. 죽인 뒤에 그 시체를 겁탈하고, 뒤따라서 자살해 드리겠습니다."

그렇게 해서.

천박한 대사를 남기고, 필리아의 모습이 사라졌다.

겨우 긴장에서 해방된 나는 깊은 한숨을 내쉬었다. 엄청난 피로감 때문에 견디지 못하고 무릎을 꿇었다.

"아빠……."

안젤리카가 걱정된다는 얼굴로 날 쳐다봤다.

리오는 내 손을 잡고, 당장이라도 울음을 터트릴 것 같은 얼굴이었다.

그런 두 사람을 보고 있으니 도저히 약한 소리를 할 수가 없다.

그래서 나도 모르게,

"의외로 간단하게 쫓아냈네."

같은 소리를 하고 말았다.

조금이라도 안심하게 해주기 위해, 나는 아무렇지도 않다는 것처럼 행동했다.

하지만 마음속은 전혀 편하지 않았다.

대체 어떻게 공략해야 좋을까, 저런 적을.

없는 지혜를 짜내면서 필사적으로 생각했다. 죽여도 되살아나는 필리아. 불사에 가까운 몸. 하지만 결코, 만능 능력은 아니다.

거기에 허점이 있을 것이다.

필리아의 시간 역행은 죽은 순간에서 몇 분 전까지 돌아가는 것뿐이다.

그렇다면 수족을 자르고 마법을 쓸 수 없도록 성대를 망가트린 뒤에, 튼튼한 용기 같은 것에 넣어두면 된다. 용기는…… 강화 부여를 이용해서 내구도를 높인 드럼통 같은 것이 좋겠지. 그리고 이걸 밀폐해서 바닷속에 던지면 된다. 시간이 지나면 필리아는 질식해서 죽을 것이다. 스킬로 죽기 몇 분 전으로 돌아간다고 해도, 그곳은 역시나 바닷속. 영원히 질식과 소생의 루프 사이에 갇히게 되고, 아무런 해도 끼치지 못할 것이다.

뭐야, 간단한 일이잖아.

……간단한가?

정말로 그렇게 잘 풀릴까?

무의식이 경고를 울리고 있다. 떠올려라, 그 녀석의 시간 역행 스킬이 어떤 성능이었는지.

【시간 역행】

『다른 자에게 살해당했을 때 자동 발동. 사망 전 몇 분까지 시간을 되돌려서 유사적인 소생 효과를 발휘. 되돌리기 전의 기억은 스킬 보유자와 그를 살해한 자만이 지닌다. 회복과 소생이 아닌 시간 조작의 일종.』

"아."

이런. 루프 계통 수간은 무리다, 라는 걸 알았다.

필리아의 시간 역행은 자기 혼자만 과거로 돌아가는 게 아니다. **자신을 죽인 상대와 같이** 의식을 사망하기 몇 분 전으로 되돌리는 것이다.

그렇다면 필리아를 살해와 소생의 루프에 가둬버리는 것은 최악의 선택지다. 그 녀석이 죽어서 과거로 돌아갈 때마다 나도 같이 돌아가 버리게 된다. 일정 간격으로, 의식이 과거로 날아가 버리는 인생. 아무것도 낳지 못하는 생애. ……그것은 죽은 것과 다를 게 없다.

"생각보다 귀찮네, 이거."

가해자도 싱크로해서 되돌린다. 그야말로 동귀어진이고, 동반자살이다. 이 스킬을 발현하게 된 요인으로 추정되는 집념을 생각하니 무시무시하다는 기분까지 들었다.

뭔가, 다른 방법을 검토해야 한다.

그래. 나 대신에 고블린을 쓰는 건 어떨까.

필리아를 드럼통에 가두는 데까지는 내가 하지만, 직접 바다에 투기하는 건 고블린을 협박해서 시키면 된다. 그렇게 하면 나 대신 고블린이 죽음과 소생의 루프에 갇히게 될 텐데……

"……"

그래도 되나? 정말로 그거면 될까?

필리아는 휘하 고블린이 협박이나 매수에 의해 배신하는 것을 전혀 상정하지 않았을까?

자기 부하와 무기가 적의 손에 넘어가는 것을 생각하지도 않고 행동할 만큼 어리석은 인물은 아닐 것이다. 독선적이고 자기 생각에 심하게 빠져드는 인물이지만, 전투에 관해서는 거의 실수를 저지르지 않았던 것으로 기억한다.

필리아는 고블린 몇 마리가 배신해도 문제없다고 생각하고 있을 것이다.

그건, 어떤 것일까.

"그래."

거기서 필리아의 스킬 효과에 생각이 미쳤다.

그것은 과거로 「돌아가는」 것이 아니라, 과거로 「되돌리는」 것이라고 적혀 있었다.

사망 전의 세계로 타임 슬립 하는 게 아니라…… 이 우주 전체의 시간축을 과거로 되돌린 상태에서 필리아와 필리아를 살해한 자만이 되돌리기 전의 기억을 유지하는, 그런 사양인지도 모른다.

만약에 그 패턴이라면, 애당초 필리아를 죽음과 소생의 루프에 가둔다는 자체가 불가능한 일이다. 우주는 미래로 나아가는 것을 멈추고, 영원히 필리아가 숨을 거두는 순간까지의 몇 시간 안에 갇혀버리게 될 것이다.

사실 대부분의 생물들은 자신들이 몇 번이고, 몇 본이고 루프에 말려들었다는 사실을 인지할 수 없을 테니까, 아무것도 변하지 않은 채로 진보하지 않는 세상을 살아가게 될 텐데…….

"……진짜 귀찮은 스킬이네."

필리아의 시간 역행은 이 세상 전부를 끌어들이는 억지 동반 자살이라고 생각하는 쪽이 좋다.

한마디로 필리아를 죽일 수 있는 자는 없다.

이렇게 되면 산채로 봉인하는 게 제일인데 말이야. ……안 된다. 내가 죽은 뒤에 봉인이 풀리기라도 하면 아무도 그 녀석을 막을 수가 없다. 그리고 영원히 봉인하는 마법은, 이 세상에 존재하지 않는다.

……상대가 불사신인 생물이라면, 차라리 우주 공간에 내던져버릴까? 라고 생각했지만, 그렇게 하면 질식사와 소생의 루프를 반복하게 될 테니까, 그것도 안 된다.

현실적인 수간은…… 필리아가 말한 것처럼 자살하게 만드는 것밖에 없나.

아니, 다른 방법도 없는 건 아니다.

──설득해서, 마음을 바꾸게 만드는 것이다.

사실은 이게 제일 좋은 방법이지만, 그 정신 나간 상태를 보면 기대할 수 없다.

"……그 자식, 어쩌다 그렇게 돼버린 거야."

어디서 뭐가 잘못된 걸까, 라고 중얼거렸다. 진심으로 원통해하는 것 같은 목소리가 나왔다.

그런 나를 본 안젤리카와 리오의 반응은,

"신관장님이 옛날 연인이었나요?"

"그 사람 나카모토 아저씨 옛날 여자야?"

였다.

"……."

가만히 쳐다보는, 두 소녀.

격전을 치른 뒤인데, 그게 제일 신경 쓰이는 거냐고 묻고 싶다.

"바닥에 구멍도 났으니까, 일단 이것부터 어떻게 하자. 고블린들 시체도 치워야 하고."

"그딴 것보다, 아빠 여성 편력 쪽이 더 중요할 것 같거든요."

"엘자 씨 전에 대체 몇 명이랑 사귄 거야? 생긴 건 얌전하면서, 꽤 하네."

도망칠 곳이 없다. 힐문이다.

"저기 말이야. 너희가 상상하는 그런 사이가 아니라고. 나는 그쪽 세계에 소환된 지 얼마 안 됐을 때, 전력을 늘리기 위해서 한가해 보이는 녀석들한테 닥치는 대로 말을 걸고 다녔어. 일부러 모험자 길드까지 가서, 고용주를 찾는 인재들과 열심히 교섭했지. 그렇게 해서 처음으로 내 파티에 들어온 게 그 녀석. 신관장 필리아야. 당시에는 그냥 말단 신관이었지만."

안젤리카는 눈 하나 깜박하지 않고 듣고 있었다.

리오는 "그쪽 세계"라고 말하면서 의아해하는 얼굴로 날 보고 있다.

"그래서 말이야, 그 여자랑 어디까지 갔는데? 같이 잤어?"

"아빠랑 엘자 씨의 만남은, 그쪽에서는 반쯤 신화가 된 보이 미츠 걸인데…… 책으로 나와서 베스트셀러까지 된 연애 이야기인데……. 그게 사실은 신관장과의 문란한 삼각관계였다면, 정말 큰 충격이에요……."

호기심이 가득한 눈으로 바라보는 리오와 의심하는 눈으로 쳐다보는 안젤리카.

나한테 뭘 어쩌라는 건데?

"그러니까, 그게 아니라고. 생각해봐. 처음 만났을 때 난 열다섯. 필리아는 스물여덟. 열세 살 차이거든? 이 정도는 까딱하면 모자 관계거든? 뭐, 생긴 건 저렇게 예쁘니까, 나도 한때는 동경하는 것 같은 감정도 있었어. 하지만 나 같은 어린애는 이성이라고 보지도 않을 거라고 생각했단 말이야. 2년 뒤에는 엘자랑 만나기도 했고. 나는 꽤 이른 단계에서 그 녀석을 단순한 파티 멤버라고 생각하게 됐어."

"하지만 신관장님 쪽은 아니었죠?"

"……그런 것 같아. 그 녀석은 대체 어떻게 된 건지, 내가 엘자와 사귀기 시작하니까 사실은 나도 용사 공을 좋아했다, 같은 소리를 했다니까. ……늦었어. 전부 늦었다고."

"그 말, 설마 신관장님한테도 한 건 아니죠? 너무 늦었다는,

소리."

"했는데, 무슨 문제라도 있어?"

아~ 하고, 안젤리카가 손으로 눈을 가렸다. 어떻게 된 건지 리오도 이런~ 하는 표정이다.

"그렇군요. 사정은 대충 알았어요. 신관장님도 문제지만, 아빠도 그러니까…… 참 못됐네요……."

"어, 어째서 그렇게 되는데? 분명히 말하지만 내가 먼저 필리아를 꼬신 적은 단 한 번도 없거든. 그런데 거절한 뒤로 계속 날 원망하고 있다니까."

"아빠는 나쁜 사람은 아니지만, 많이 둔하죠?"

"뭐가?"

안젤리카는 오른쪽 집게손가락을 척, 세우고서 설명하기 시작했다.

"반대 입장에서 생각해보세요."

"또 그거냐……. 만약에 내가 띠동갑 정도로 어린 여자아이를 짝사랑했다고 해도, 이건 범죄라는 생각에 물러났을 거야. 그게 정상적인 거잖아."

"……음~ 그러니까. 신관장님은 역시나 직업상 정조를 지켰겠죠."

"그야 당연하지. 지금도 그렇겠죠."

"그렇다면 말이죠, 아빠랑 만났던 시절에 신관장님은 스물여덟 살의 버진인가요……."

"신앙심이 있는 사람이라면 창피한 일도 아니잖아."

"……그건 그렇기는 한데…… 그러니까. 아빠도 알기 쉽게, 무대를 저쪽 세상이 아니라 일본으로 바꿔볼까요. 그 뒤에 입장도 성별도 바꿔보죠."

……내가 당시의 필리아 역할이고…… 그 녀석이 나……?

게다가 일본이라면? 그게 어떻게 되는 건데?

"아빠. 아빠는 이제 곧 서른이 되는 숫총각이에요. 게다가 제대로 된 직업도 없고. 종교 대학을 나오기는 했지만, 항상 면접에서 떨어져요. 허구한 날 직업소개소에 드나들면서 고용해 줄 회사를 찾고 있죠. 자, 이런 설정의 인물이 돼서 이미지를 떠올려 보세요."

"매일 모험자 길드에 드나드는 서른이 다 된 신관을 현대식으로 바꾸면 그렇게 슬픈 처지가 되나……."

그 자식, 언제 자살할지 모르겠네. 갑자기 우울한 기분이 들었다.

"그러던 어느 날, 외국인 여자애가 말을 걸었어요. 열다섯 살이고, 벤처기업 사장이에요."

"너 이쪽 세상 지식이 엄청 늘었다. 열다섯 살의 소환 용사가, 현대의 여자로 비유하면 그렇게 되는 건가? ……하긴 뭐, 파티 리더는 영세 기업 경영자라고 할 수 있으니까."

"그리고 그 사장이 수수하지만 각도에 따라서는 예쁘게 보이기도 못돼 보이기도 하는 얼굴의 여자예요. 그리고 목 아래쪽은 정말 발칙한 수준이고. 몸매가 좋다는 얘기죠. 열다섯 살인데 이 정도면, 매년 여자다운 몸이 될 거잖아요? 몇 년 뒤에서는 정장을 입어도 알 수 있을 만큼 빵빵한 몸매가 되겠죠?"

어째서 안젤리카의 입에서 나를 여자 버전으로 만든 이야기가 나오면, 매번 이렇게 쓸데없이 선정적인 이미지가 돼버리는 걸까?

"뭐랄까…… 2차원 세계에서 튀어나온 것 같은 여자네……."

"그쵸? 아빠를 이성의 눈으로 보면 이런 느낌이거든요? 그런 여자애가 우리 회사에서 같이 일하지 않겠냐고 말을 걸었거든요? 실업자인 낼모레 서른한테!"

"그러면 틀림없이 좋아하게 되겠네."

"그쵸? 게다가 한때는 동경 같은 감정도 보였잖아요? 여성 정장 속에 파렴치한 몸매를 감춘 여사장(15)이, 뜨거운 눈길로 바라본다고 생각해볼래요?"

"으아…… 매일같이 무임금 잔업을 해서 실적을 올려야지…… 사장이 열여섯 살이 되면 결혼하자……."

"그런데 말이죠, 사장이 열일곱 살이 되자마자 갑자기 이런 소리를 털어놔요. 『남자, 생겼어요. 상대는 백수 꽃미남이에요』라고."

"뭐……? 뭐라고……?! 그게 무슨 소리야……?! 그걸 어떻게 용서하라고?! 나한테 NTR 속성은 없거든……?! 어째서 딴 맘이 있기는 했어도 열심히 사축 짓을 해온 내가 아니라 그딴 놈을 선택하는 건데?!"

그나저나 원래 노예였던 미소녀가, 현대의 남자로 바꾸면 꽃미남 기둥서방이 되는 건가? 엘자한테 혼날 것 같은 비유인데?

"그래서 아빠는 초조한 마음에 고백을 해요, 『사실은 나도 사장님이 좋았다』라고. 그랬더니 대답이 『너무 늦었어……』예요. 게다가 사장은 그 뒤로 보란 듯이 그 남자랑 질척질척 대기 시작하는……."

"아~ 그러면 꽉 죽는 수밖에 없겠네~. 경비도 팍팍 써버려야지. 이딴 회사 망해버리라는 기분이야. 그나저나 그 사장 대체 뭔데? 내 순정을 가지고 놀고 말이야? 나쁜 마음이 없다는 게 제일 기분 더럽다니까, 항상 그런 애들이 문제야."

"신관장님이 아빠한테 느낀 감정이, 딱 그거예요."

……아.

역시 안젤리카도 일단은 지식계급답게 설명을 참 잘한다고, 그렇게 감탄하고 말했다.

"틀렸네, 이거. 목숨을 노리는 게 당연하겠어."

"적대적 매수를 저지를 만도 하겠죠……."

"주가도 폭락하겠지."

어째선지 비즈니스 용어를 말하면서, 우리는 고개를 숙였다.

"나카모토 아저씨가 잘못했네…… 하지만 그렇게 자각 없이 못된 짓 하는 것도 난 좋거든."

이상한 방향에서 눈을 반짝거리고 있는 리오를 방치하고, 안젤리카에게 물었다.

"나, 필리아한테 사과하는 게 좋으려나?"

"아뇨…… 그 사람한테 동정적인 표현을 쓰기는 했지만, 어디까지나 엉뚱한 원한이 아닐까요. 아빠가 딱히 나쁜 짓을 한 것 같지는 않아요. 피해자라는 점은 변함이 없고요. ……뭐랄까, 파티에 들일 사람을 잘못 선택했다~ 정도. 아빠한테 과실이 있다면 그것뿐이겠죠."

파티 멤버를 전부 남자로 했으면 됐잖아요, 라고 말하며, 안젤리카가 입을 삐죽 내밀었다.

"그랬으면 이런 트러블도 벌어지지 않았을 테고."

"그런 소리를 해도 말이야, 남자 모험자들은 일당이 비쌌거든. 식비도 여자보다 많이 들고……."

남녀평등을 주장하는 현대 사회에서조차 남자 쪽이 급여가 많다. 온갖 의식들이 중세 수준인 이세계에서는, 남성 모험자를 고용하려면 여성 모험자의 두 배에 가까운 돈을 지불하는 경우가 대부분이었다.

그래서 돈이 없었던 시절의 나는 여자들에게 둘러싸여서 모험을 하는, 좋은 건지 나쁜 건지 잘 모를 상황에 빠져 있었다. 신관에 마법사에 전사. 기본적인 클래스들을 모았는데, 전부 여자였다. 거기에 엘자까지 들어오면서 뭔가 엄청난 일이 벌어진 것도 지금은 다 지난 일.

"그러고 보니 아빠네 파티에는 예쁜 여자들이 많았다고 들었는데 말이죠. 그 사람들하고 어떤 관계였는지도 궁금하네요."

"그건 나도 신경 쓰여. 가르쳐줄래?"

그런데 이 심문은, 대체 언제까지 계속되는 거지…….

THE SKILL OF
PATERNITY

겨우 두 사람의 질문 공세에서 해방됐을 때는 이미 해가 저물어가고 있었다.

스마트폰을 꺼내서 봤더니 『17:04』라고 표시돼 있었다.

한겨울 저녁이다 보니 해가 빨리 진다. 너무 꾸물거리면 새카맣게 어두워지겠지.

밤눈이 좋은 고블린 놈들이 야습이라도 하면 귀찮아지니까, 지금 결계를 쳐두기로 했다. 아무래도 잠도 자지 않고 요격전을 하면 사람이 진이 빠지니까, 이쯤에서 물러나자.

리오와 안젤리카에게 세이크리드 서클을 걸어서 반경 300미터 이내의 위협을 차단했다.

제일 중요한 필리아의 침입은 막을 수 없지만.

뭐, 그때는 그때 생각하고. 몬스터를 이용한 기습공격을 막는 것만 해도 효과는 크니까.

커다란 구멍이 있기는 하지만 일단은 안전지대를 만든 탓인지, 갑자기 마음이 풀렸다. 뱃속도 긴장이 풀렸는지 꼬르륵~ 하는 소리를 울렸다.

"배가 고프네."

내가 말했더니 리오와 안젤리카가 척수 반사라도 일어난 것 같은 속도로 대답했다.

"내가 뭐 해줄게."

"저도 할게요!"

미소녀 두 사람이 후다닥, 하고 부엌으로 뛰어갔다.

여자애들이 해주는 집밥. 이건 솔직히 기쁘다. 게다가 보기 좋은 엉덩이가 두 개나 주방에 나란히 있으니, 눈 보신도 되고.

……나도 저쪽으로 갈까.

남자가 묘하게 상냥해지는 때는 거의 이유가 있다고 적혀 있던 여성지 특집이 생각났다. 실제로 맞는 말이다 보니 도저히 반박할 수가 없지만.

나는 주방으로 가서는 나란히 서서 음식을 만드는 소녀들을 지켜봤다.

리오는 식칼을 쥐고, 안젤리카는 뭔가를 갈고 있다. 마늘과 양파를 자르는 것 같은데, 카레인가? 라고 짐작했다.

"나도 뭐 좀 할까?"

"나카모토 아저씨는 앉아 있어."

"아빠는 앉아 계세요."

호흡이 척척 맞는 대답.

예, 하고 시키는 대로 했다. 젊은 여자애들 싱크로에 이길 수 있는 아저씨는 이 세상에 없으니까.

"여기 좁으니까, 나카모토 아저씨까지 오면 일하기 힘들어질 뿐이야. 실컷 움직였으니까 좀 쉬고 있어."

"맞아요. 아빠는 아빠답게, 한 집안의 가장으로서 거실에서 가만히 앉아 있기만 하면 된다고요. 요리는 딸이 해야지! 니까."

"이해해…… 집안일 안 하는 옛날 아저씨 좋아해……."

"어, 왜 이상한데서 공감하나요, 리오 씨는."

그나저나 안젤리카 너 평소에는 집안일 나한테 다 시키잖아, 라는 쓸데없는 소리는 한쪽으로 치워두고 두 사람을 관찰했다.

이 녀석들, 꽤나 죽이 잘 맞는다. 성적 취향에 공통점이 있는 탓인지, 의도하지 않아도 의견이 일치하는 때가 있다.

틀림없이 본인들도 기쁘지는 않겠지. 왜 얘랑, 이라는 표정으로 고개를 홱 돌렸다. 싸울 만큼 사이가 좋다는, 그런 건가.

"너희가 밥하는 동안에 좀 씻어도 될까?"

"아…… 그렇지. 미안, 안젤리카. 여기 부탁할게. 나카모토 아저씨가 갈아입을 옷도 준비해야 하니까. 금방 올게."

리오는 머리끈으로 머리카락을 뒤로 묶으면서 나를 욕실로 데려갔다. 여자애들 이런 동작, 완전히 내 취향이라니까. 보면 이상한 기분이 든다는 걸 뻔히 알면서도, 안구가 자동 록온 기능을 켜고 만다.

"저기."

"응?"

"어제는 미안해."

"뭐가?"

"어젯밤에, 욕실에서 이상한 짓 했잖아, 내가. 오늘은 그런 거 안 할 테니까 안심해."

"아직도 그런 소리 하는 거야. 난 전혀 신경 안 쓰는데 말이야."

"……나, 나카모토 아저씨한테 미움받으면 살 수 없어. 그러니까 지금은 잘 생각하고 있어. 나카모토 아저씨가 어떤 사람이고 사실은 어떤 걸 원하는지, 열심히 생각하거든."

"넌 사소한 걸 너무 거창하게 생각한다니까."

"거창한 게 아니야. 나한텐 나카모토 아저씨밖에 없거든."

"그렇게 내가 좋냐."

"응."

"내가 강해서 그런 거야? 지켜줬으면 싶어서?"

"……응."

그렇다면 경비회사랑 결혼하든지, 같은 속내를 털어놓으면 끝장이겠지.

"나, 어제는 잘못한 거 맞지? 그 정도는 알아. 나카모토 아저씨, 왠지 상처받은 얼굴이었고."

"상처받아? 내가?"

"……오늘은 하루종일, 나카모토 아저씨 관찰에 전념했어. 그랬더니 이것저것 알았어. 원래 어른들 눈치를 보는 건 잘했으니까."

복잡한 가정 출신이다 보니 어쩔 수 없이 그런 기능이 몸에 뱄는지도 모른다. 아버지가 정기적으로 바뀌는 처지였으니까. 그들의 기분을 살피는 것이 사활 문제였을 거라고, 쉽게 상상할 수 있다.

"왼쪽부터 순서대로 보디 소프, 린스, 샴푸야."

리오는 욕실 문을 열더니 병 세 개를 순서대로 가리켰다.

"옷은 레오 옷을 바구니에 넣어둘 테니까, 벗은 건 세탁기에 넣어둬."

"그렇게까지 해주니 미안하네."

"신경 쓰지 마. ……그럼, 난 옷 가지러 갔다 올게."

리오가 후다닥 뛰어간 걸 확인하고, 나는 묵묵히 옷을 벗었다.

이제야 겨우 좀 쉴 수 있다.

나는 놓여 있는 물건들을 부수지 않도록 신중한 손놀림으로 욕실에 들어갔다.

샤워기를 들고 수도꼭지를 틀었다. 더운 물로 샤워를 했더니 죽다 살아난 기분이다.

머리를 감고 몸을 씻은 뒤에 슬며시 문을 열었다.

"음."

세탁기 옆에 있는 바구니에 목욕 수건과 남자 옷이 들어 있었다. 복서 팬티와 스포츠 브랜드 운동복이다. 나는 팔을 뻗어서 그것들을 집어 들고는 먼저 몸의 물기를 닦고, 그러고 나서 속옷을 입었다. 꽤 헐렁한데, 이거 킹레오 건가? 그 자식 덩치가 크니까.

입을 게 있는 것만 해도 다행이니까, 이것저것 따질 수는 없지. 운동복은 사이즈가 딱 맞고. ……아니, 오히려 좀 작은가? 왜 속옷은 큰데 이건 또 작은 거야.

"……잠깐."

그런 얘긴가? 라는 생각이 들었다.

속옷은 킹레오 것이지만 운동복은 리오 건가?

내 키는 170센티미터, 리오는 165센티미터, 킹레오는 약 180

센티미터. 나와 리오 쪽이 키가 비슷하다. 그래서 그 녀석, 나름대로 신경 써서 자기 옷을 가지고 온 건가?

세상에나. 나 지금 미인 여고생 운동복을 입고 있는 거야? 이상하게 좋은 냄새가 나는데 말이야? 뭐지 이 달콤하고 청결한 향기는. 리오 녀석, 모공에서 향수라도 나오는 건가.

나는 온몸에 여고생 냄새라는, 새로운 죄를 지으면서 거실로 갔다.

그랬더니 앞치마 차림의 안젤리카가 종종걸음으로 다가왔다.

"아, 아빠! 음식은 잘 돼가고 있어요~."

"뭐 만드는데?"

"카레라이스요."

"역시나. 헤에…… 잠깐 좀 볼까."

도마를 봤더니 균등한 크기로 잘라놓은 재료들이 놓여 있었다. 보기에는 나쁘지 않네.

"안젤리카, 의외로 잘해. 집에서도 요리하고 있어? 이거 반정도는 제가 잘라줬어."

리오가 놀랐다는 얼굴로 말했다.

"그게 말이야, 평소에는 내가 하거든."

안젤리카 녀석, 식칼 쓰는 법은 어느새 배웠지? 저쪽 세계에 있을 때는 음식을 했나?

은근슬쩍 물어봤더니,

"아빠가 하는 걸 매일 봤더니, 따라 할 수 있게 됐어요."

그렇게 말하면서 가슴을 활짝 폈다. 보기만 해서 이렇게까지

할 수 있다면, 정말 대단하다.

평소 언동을 보고 '요리는 못 할 것 같네······'라는 무례한 생각을 하고 있었는데, 솔직히 정말 다시 봤다. 왠지 미안하구나, 널 오해했어······ 같은 생각이 들었다.

"뭐예요 아빠, 그 눈은. 아. 알았어요. 앞치마 입은 제 모습을 보고 불끈불끈 했죠?"

"전혀 아니거든. 밥, 고맙다."

감사의 뜻을 담아서 머리를 쓰다듬어졌다.

머리카락 사이로 손가락을 집어넣고 마구 휘저었더니 안젤리카가 눈을 가늘게 뜨고서 좋아했다.

"흐아······. 아빠 손가락 기분 좋아. 너무 좋아요······."

"저기, 나는?"

자기도 해주길 바라는 눈으로 바라보는 리오한테는, 잠깐 생각한 뒤에 가장 적합한 감사 인사를 했다.

"조용히 하고 만들기나 해. 배고파 죽겠단 말이야."

【사이토 리오의 호감도가 200 상승했습니다.】

"아, 아아아······. 대단해, 지금 나카모토 아저씨 끝내줬어······! 내가 가장 듣고 싶은 말을 해줬어······!"

리오는 볼이 발그레하게 물들어서 몸을 부르르 떨었다. 나도 이런 쓰레기 같은 대사는 하기 싫거든.

괴롭다.

하지만 리오는 이러면 좋아한다.

"아빠, 그거…… 기껏 음식을 준비해주는 여자애한테, 그 발언은 좀……."

"그래, 그렇지, 완전히 질리겠지. 나도 그렇게 생각해. 하지만 이 녀석 취향 때문에 어쩔 수가 없다고."

이해해달라고, 안젤리카에게 필사적으로 변명했다. 약관 열여섯 살의 깨끗한 소녀에게, 매저키스트 여자에 대한 개념을 설명하는 나.

지옥이다.

"뭐어……? 그럼 리오는, 괴롭힘당하는 걸 좋아한다는…… 건가요?"

곤혹스러워하는 안젤리카. 사람으로서 당연한 반응이다.

거기에 대한 리오의 반응은,

"자, 잠깐만! 왜 다른 여자애한테 필사적으로 변명하는 건데?! 그럴 땐 누구 앞에서 함부로 입을 놀리는 거야 이게! 라면서 뺨을 때려야 하는 거 아냐?! 캐릭터를 끝까지 유지해야지?!"

왜 안젤리카를 조교하지 않는 건데?! 라고 따져대는 리오에게 해줄 말은 없다. 지금은 무시하는 게 제일이다.

참고로 이 방치 플레이도 포인트를 찔렀는지, 리오의 호감도가 노도와 같은 기세로 올라가는 시스템 메시지가 보였다.

식사를 마치자 리오의 오빠인 킹레오가 집에 돌아오는 이벤트가 벌어졌다.

하지만 내 얼굴을 보자마자「동생 연애를 방해할 수는 없지~」라고 말하면서 그대로 뒤로 돌았다.

"오늘은 친구네에서 자고 올게. 진짜 짱이다."

라나 뭐라나.

나가면서, 킹레오가 내 얼굴을 보며 말했다.

"리오랑 잘 지내는 건 좋은데, 피임만은 꼭 해주세요. 쟤는 나랑 달라서 대학에 갈지도 모르는 머리니까. 애 가져서 고등학교 중퇴하면 정말 아깝잖아요?"

쓸데없는 배려다.

먼저 여동생이 아저씨랑 연애를 할지도 모르는 가능성에 대해 화를 내란 말이야, 라고 해주고 싶다.

하지만 나에 대한 신뢰와 리오에 대한 오빠의 마음 같은 것도 느껴졌기 때문에 아무 말도 할 수가 없었다. 엄청나게 껄렁한 소년이지만 근본적인 부분은 동생을 아끼는 아이구나, 라는 생각을 하면서 킹레오를 배웅했다.

이제 리오네 어머니가 집에 오면 뭐라고 변명을 해야 좋을까. 딸이 갑자기 연예인 비스무레한 인간을 집에 데리고 왔으니, 당연히 깜짝 놀라겠지. 게다가 백인 여자애도 같이 있고, 바닥에는 구멍투성이고. 아무리 생각해도 경찰에 신고할 수밖에 없는 일이다.

대체 어떻게 해야 좋지…… 라는 생각에 머리를 쥐어뜯고 있는데, 리오 스마트폰이 울렸다.

바로 오빠한테 격려 메시지라도 들어왔나?

내가 지켜보고 있었더니, 리오가 작은 소리로 말했다.

"엄마였어. 오늘은 남자 친구 집에서 자고 온 데."

항상 있는 일이지만, 이라고. 아무렇지도 않다는 것처럼 웃었다.

일단 부모님 눈에 띄는 문제는 해결…… 이 아니라 뒤로 미뤄졌지만, 그건 그렇다 치고.

그렇다면 오늘 밤에는 나와 리오와 안젤리카 셋이서 농성하게 된다. 피가 이어지지 않은 10대 여자애들을 거느리고, 잔다. 내가 생각해도 나 자신이 싫어지는 현실이다.

게다가 잘 생각해보니 이틀 연속이고.

"아빠가 또 괴로워하고 있어."

"나카모토 아저씨는 가끔씩 이러더라고."

대체 왜? 라고 고개를 갸웃거리면서 리오가 욕실로 갔다. 씻으러 가는 거겠지.

안젤리카는 부엌에서 설거지를 시작해서, 나 혼자 남고 말았다.

"아…… 그게 아니라, 아직 할 일이 있었지."

사실 사회인으로서는 이게 제일 중요한 일인지도 모른다.

나는 출연이 결정된 프로그램 관계자에게 연락을 했다.

『독감에 걸렸습니다. 죄송합니다, 내일부터 당분간을 일을 못하겠습니다.』

그렇게 메시지를 보내기도 하고, 기침을 하면서 전화도 하고…… 기분은 완전히 연기자다. 현대 사회는, 이런 점에서는 이세계보다 불편하다는 기분이 든다. 어쨌거나 시간이네 결근이네 하는 데 깐깐하다. 현대 사회라기보다는 이 나라가 깐깐한 건지도 모르겠지만.

THE SKILL OF
PATERNITY

리오와 안젤리카가 씻고 나왔을 때, 나는 앞으로의 방침을 말했다. 그래봤자 언제 신관장이 쳐들어올지 모르니까 단독 행동은 피할 것, 같은 주의 환기에 불과했지만.

"그렇다면…… 화장실 갈 때도 나카모토 아저씨랑 같이 가야 한다는 건가?"

쭈뼛쭈뼛, 리오가 물었다.

"아무래도 거기까지는 아니지."

"뭐야."

노골적으로 실망했다. 넌 대체 뭘 기대한 건데?

"그나저나 나 졸린데 말이야, 어디서 자면 될까."

"내 방에서 자면 되잖아?"

"그건 좀…….”

"한군데 모여 있는 게 좋잖아? 잘 때 쳐들어오면 큰일이니까. 나카모토 아저씨가 옆에서 지켜주는 게 좋지 않나?"

"그럼 안젤리카도 같이 자야 하는데, 괜찮겠어?"

"……그건 타협할게."

교섭 성립. 오늘 잠자리는 리오의 방으로 결정됐다.

"넓지는 않지만, 물건들을 치우면 아슬아슬하게 세 명은 잘 수 있을 거야."

따라와, 라며 리오가 일어섰다. 방까지 안내해주려는 것 같다.

"내 방은 2층이니까."

"뭐, 애들 방은 보통 그렇지."

열심히 걸어가는 리오 뒤를 따라갔다.

허리까지 내려온 검은 머리카락 밑에서 자그마한 엉덩이가 약동하는 게 보인다. 얇은 잠옷으로 갈아입은 탓에 팬티 라인이 확실하게 두드러져 있었다. 어딜 봐야 좋을지 곤란해지는 광경이다.

봐선 안 될 것을 보고 있는 건 틀림 없으니까, 리오한테서 시선을 돌렸다.

나는 난간을 잡아먹을 것처럼 쳐다보는 이상한 사람이 돼서 계단을 올라갔고, 2층에 도착했다.

방은 복도 양쪽에 하나씩 있었다. 미닫이문이니까, 아마도 전통식 방이겠지.

"좀 어지럽혀 있거든, 미안해."

들어와, 라면서 리오가 문을 열고 방 안으로 안내했다.

그렇게 끔찍한 걸까, 설마 밧줄이나 양초 같은 게 뒹굴고 있는 건 아닐까, 같은 무례한 상상을 하면서 방으로 들어갔다.

"뭐야, 깔끔하네."

"뭐~! 전혀 아니거든!"

보지 마, 보지 마, 라면서 리오는 방 안에 있는 물건들을 한쪽 구석으로 치우고 있는데, 남자 기준으로 보면 상당히 정돈된 것처럼 보인다.

잡지와 책가방이 바닥에 뒹굴고 있는 정도고, 눈에 띄게 더러운 건 없다. 책상 위에도 깔끔하게 정돈돼 있다.

……화장대 쪽에는 이것저것 물건들이 많지만, 이 정도는 여유 있게 허용 범위가 아닌가 피다.

"다른 사람 들어오게 하는 건, 좀 아닌 것 같은 상태지만."

쑥스러워하는 표정을 지으며, 리오가 벽장을 열었다. 이불을 꺼내려는 것 같다.

나도 도와주겠다고 말하려고 했을 때,

"아빠."

갑자기 안젤리카가 말을 걸어왔다.

진지한 말투였기에, 어쩌면 리오 엉덩이를 응시하고 있던 게 들킨 건 아닐까…… 라는 묘한 초조한 기분을 맛봤다.

"계속 신경 쓰였는데 말이에요."

"뭐, 뭔데? 난 계속 난간만 보고 있었는데?"

"난간? ……아니, 제가 신경 쓰인 건 말이죠, 어째서 신관장 님을 그냥 보내줬는지에 대한 거예요. 평소에 아빠 같았으면, 바로 해치워버렸을 텐데."

뭐야, 그쪽이었어. 나는 안심하면서 설명했다.

"필리아 녀석은 말이야, 시간 역행이라는 스킬을 가지고 있었어. 트리거 타입이고, 누가 자기를 죽이면 자동으로 효과가 발동되는 성질이지."

"어떤 효과인데요? 설마 소생 같은 건가요."

"조금 다르지만, 주관적으로는 비슷한 거야. 자기를 죽인 상대와 같이, 죽기 몇 분 전으로 날아가 버리는 정신 나간 성능이거든."

"그게 뭐예요……?!"

"네가 모르는 동안에, 난 신관장을 두 번이나 죽였어. 그리고 두 번 과거로 돌아왔으니까, 지금은 세 번째 세계가 되겠지. 신관장과 같이, 사이좋게 시간 여행을 했어."

안젤리카는 입가에 손을 대고 으음~ 소리를 내기 시작했다.

"……거의 불사신이라는 얘기잖아요? 뭔가 타개책은 있나요?"

촉촉한 초록색 눈동자가 걱정하는 눈길로 날 보고 있다.

"아빠 혼자서 무리하게 하고 싶지는 않아요. 어쩌면 저도 뭔가 도울 수 있을지도 모르잖아요."

"너한테 사람 죽이는 일을 돕게 만드는 건 내키지 않는데 말이야."

리오는 이불을 깔면서 곁눈질로 우리를 봤다.

"그럼…… 신관장님을 죽이겠다는 뜻이네요. 설득이나 봉인이 아니라. ……어라? 그 사람은 죽여도 다시 살아난다고, 했죠."

"그래. 하지만 자살이나 사고사라면 스킬은 발동하지 않아."

"자살……."

안젤리카의 얼굴이 단숨에 어두워졌다. 성격 문제건 신앙 문제건, 허용하기 힘든 수단이겠지.

"신관장님을 자살하게 할 건가요?"

"아무래도 내가 자해하면 따라서 자살하겠다는 것 같아. 그쪽이 그런 교환 조건을 제안했거든."

"……완전히 맛이 갔네요."

"그치?"

"그 조건을 받아들일 생각…… 없죠?"

"당연하지. 필리아의 말은 쉽사리 믿을 수가 없으니까. 나만 먼저 자살하게 하고, 자기는 태평하게 계속 살아갈 수도 있어. 만약 그렇게 되면, 내가 없는 지구에 최강의 악녀를 풀어놓는 꼴이 되고."

"맞아요! 아빠가 스스로를 죽이다니, 절대로 안 돼요!"

전투에서는 항상 최악의 경우를 상정하고 움직여야 한다. 필리아에게 죽을 생각은 털끝만큼도 없다고 생각하면서 행동하는 게 좋다.

"한마디로 그 녀석만 자살하게 만들면 되는 일이야. 어렵기는 해도 못 할 일은 아닌 것 같거든."

"……아마도 슬픈 방법이겠죠."

"필리아는 아마도, 너한테 대량의 악령을 빙의시킨 장본인이야. 그런데도 그 녀석이 죽는 게 슬퍼?"

"예."

"어째서? 그 녀석이랑 내 사연을 알고서 동정하는 거야? 아니면 신앙적인 이유로? 어떤 생명에도 가치가 있다고 신께서 말씀하셨기 때문에?"

"그 사람을 죽게 하면, 아빠가 후회할 것 같기, 때문에요."

"……한마디로 내가 정신적인 대미지를 입게 하느니, 안젤리카를 괴롭힌 여자라도 죽지 않는 게 좋다. 정말로 그렇게 생각하는 거야?"

"예!"

그런 사람이라도, 산채로 해결할 수 있다면 그게 제일이에요. 안젤리카는 그렇게 말하고 두 손을 맞잡았다.

신께 기도를 바치는 것 같은 자세로, 눈을 감고 있다. 입가에는 희미한 미소.

성모상 같은 신성한 느낌에, 나도 모르게 주눅이 들었다.

"저는, 신관장님께 보복하고 싶은 생각이 없어요. 아빠가 괴로워하지 않을 방법을 사용한다면, 그게 제일이에요."

신성하기까지 한 자애로운 마음. ……이런 정신을 보면 역시 신성 무녀가 맞는 것 같다고 납득하게 된다.

"넌 강하구나. 나보다 훨씬 강해."

"예? ……최강은 아빠가 아닌가요?"

"음~ 분명히 나카모토 아저씨는, 내면은 은근히 순진할지도."

그때, 리오가 대화에 끼어들었다. 이불을 다 깐 것 같다.

"잘까."

언제 적이 쳐들어올지 모르니까, 무의미한 소모는 피해야겠지. 체력을 온존하는 것도 중요한 일이다.

우리는 이불 속으로 들어가서 바로 불을 껐다.

나를 사이에 두고 좌우에 리오와 안젤리카가 있는 내 천자(川) 배치.

바로 잠이 오지 않아서, 이런저런 잡담이 시작됐다.

화제의 중심은 주로 낮에 본 고블린에 대한 이야기였다.

"고블린이 자동차를 운전할 수 있을 줄은 몰랐어요."

안젤리카가 놀라는 것도 당연한 일이다.

"나도 깜짝 놀랐다니까. 뭐, 그 차체 꼴을 보면 여기저기 실컷 부딪친 것 같지만."

"언제부터 이쪽에 와 있었던 걸까요, 그 고블린들."

"리오한테 해를 끼치려고 했던 고블린은 작년 연말부터 잠복해 있었다는 것 같아. ……필리아가 상당히 장기전을 시도했다는 뜻이 되겠지."

"그런데 연예인들이 이상해진 건 요 며칠 사이에 일어났잖아요?"

"음~ 그런 놈들은 아직 이쪽에 온 지 얼마 안 된 건지도 모르지. 아니면 필리아가 나한테 메시지를 보내려고 일부러 눈에 띄는 행동을 시켰을 수도 있고."

"메시지?"

"제가 여기에 왔습니다. 당신을 죽이겠습니다, 라는."

"……."

"고블린을 이용한 시점에서 나에 대한 도발이 되고. 그래, 좋아. 그쪽이 그럴 생각이라면 나도 진심으로 상대해주겠어. ── 필리아는 반드시 해치운다. 내가 책임지고 죽이겠어."

"……."

안젤리카는 아무 말이 없다. 그게 어떤 의미의 침묵인지는 잘 모르겠다. 이야기가 무거운 쪽으로 흘러가서 입을 다물어버린 걸까.

"안제?"

얼굴을 봤더니 안젤리카는 새근새근하는 숨소리를 내고 있었다. 잠든 거냐.

"아침형 인간이니까."

웃으면서 머리를 쓰다듬어주고 있었더니,

"저기 말이야."

뒤쪽에서 목소리가 들려왔다. 리오다.

"정말로 죽일 생각이야? 그 필리아라는 사람."

"그래."

"흐응."

리오가 '거짓말이지'라고 단언했다. 딱 잘라 말하는 말투였다.

"나카모토 아저씨가 그럴 것 같지가 않은데."

천이 쓸리는 소리와 함께, 리오가 내 이불 속으로 기어들어 왔다.

안젤리카가 잠이 들자마자 뭐 하는 거야. 10대 여자애 성욕은 장난 아니구나, 라는 최악의 해석을 펼치면서 침입자의 모습을 관찰했다.

……이 음란한 여고생, 잠옷 앞 단추를 다 잠그지 않은 탓에 하얀 덩어리가 얼핏얼핏 보이잖아.

잘 때는 노브라인가. 그렇구나.

"왜 내가 그 녀석을 못 죽일 거라고 생각하지?"

나는 태어나서 지금까지 단 한 번도 남의 가슴을 흘끗흘끗 본 적이 없다는 목소리로 말을 걸었다.

"……나카모토 아저씨에 대해, 점점 알 것 같거든. 내 나름대로 추리한 결과야. 저기, 지금부터 서로 맞춰볼까? 내가 생각하는 나카모토 아저씨랑 진짜 나카모토 아저씨가 얼마나 비슷한지, 확인하고 싶기도 하고."

리오가 내 몸에 자기 가슴을 문질러댔다.

어째서지. 그다지 야한 분위기가 아니다. 굳이 따지자면 딸이 아빠한테 응석을 부리는 것 같은 분위기가 감돌고 있다.

"……나카모토 아저씨에 대해, 가르쳐줘. 지금까지 어떻게 살아왔는지도 궁금하고. 그냥 백수였던 사람이 이렇게 셀 리가 없잖아? ……내가 좋아하는 사람이 정체불명이면, 역시 신경 쓰이잖아. 잠도 못 잔단 말이야."

정말이지, 잘도 이런 가까운 거리에서 좋아한다는 소리를 늘어놓네. 이 녀석은 수치심이라는 게 없는 건가…… 라는 생각을 하고 얼굴을 봤더니 역시나 쑥스러워하는 표정. 상당히 무리하고 있는 것 같다.

"내 과거 말이지."

"어디 외국에서 킬러 같은 거라도 했어? 그런 상상을 하게 된다니까."

"키, 킬러?"

갑자기 튀어나온 살벌한 단어를 듣고 나도 모르게 큰 소리로 반응하고 말았다. 이런, 이러다간 안젤리카가 깨겠다. 나는 대화의 내용이 안젤리카에게 들리지 않도록 목소리를 낮췄다.

"후지모토로 변했던 괴물이라든지, 초능력 같은 힘이라든지 말이야. 그런 거 전부, 외국에서 살던 시절이랑 관계 있는 거

지? 그 필리아라는 사람은, 외국 마피아가 보낸 자객?"

외국이 아니라 이세계인데, 대체 어떻게 설명해야 좋을까. 잘 생각해보니 이 녀석은 그런 사정들을 하나도 모른 채 나랑 같이 행동하고 있었네. 하긴, 설명해주는 쪽이 좋을지도 모르겠다.

"혹시 말이야, 억지로 무서운 일을 했었던 건가? 그래서 손을 씻었더니 쫓기게 됐고?"

"……처음에는 재미있었는데 말이야. 모험 놀이 같은 느낌이라서. 그런데 뭐, 중간부터 전쟁영화처럼 돼버렸거든."

"흐응."

내 과거를 알게 되면, 이 녀석과 서로를 이해할 수 있게 될까? 눈앞에 있는 소녀는 날 제대로 이해하고…… 엘자처럼 돼줄 수 있는 걸까? 나는 자신도 어떻게 될지 모르겠다고 생각하면서, 더듬더듬 옛날이야기를 시작했다.

"열다섯 살 때 일이야. 나, 이세계로 흘러 들어갔어. 머리가 어떻게 된 게 아니냐고 생각할 수도 있겠지만, 사실이야."

"믿어. 나카모토 아저씨, 보통이 아니니까. 만화나 영화 속에서 튀어나온 사람이라고 해도, 믿어."

"그렇게까지 신뢰해주면 창피한데 말이야……. 너, 혹시 게임은 해? RPG라든지. 그런 걸 알고 있으면 얘기하기 편한데. 내가, 게임 같은 이세계에 소환됐었으니까."

"뭐야 그게?"

그렇겠지, 라고 생각하며 씁쓸하게 웃었다. 처음 만났을 때부터 오타쿠 문화에 대한 혐오감을 팍팍 드러냈던 애니까, 그런 걸 알고 있을 리가 없지.

"뭐 아무튼, 검과 마법의 판타지 세계로 날아갔다고 생각해줘."

"그쪽 세계에서 사람을 죽이라고 시킨 거야?"

"……처음에는 몬스터였어. 하지만 점점, 범죄자도 처치해달라는 부탁을 받게 됐지. 마지막에는 적국 병사들과도 싸우게 했고. 물론 같은 인간들끼리 말이야. 그래놓고 정의의 용사님 취급이었어. ……웃기지? 하는 짓은 용병이랑 다를 게 없는 데 말이야. 아니, 용병보다 더 끔찍하지. 이런 건 그냥 청소부야."

결국에는 마왕을 쓰러트리기 위해서, 자기 아내까지 죽인 어리석은 놈이다. ──그때, 엘자의 배 속에는 아이까지 있었는데.

"난 최악의 선택을 했어. 하나부터 열까지 전부 잘못돼버렸지. 덕분에 완전히 텅 빈 존재가 돼버렸고."

나 같은 놈과 살게 된 탓에, 엘자는 비참한 최후를 맞이하게 되고 말았다.

엘자가 죽는 건 싫었다. 살리고 싶었다.

그래서 리오는── 새로운 엘자는 완벽하게 지켜서, 예전의 실패를 없었던 일로──

"이, 이제 됐어, 알았으니까. 이제 됐다고."

나카모토 아저씨 눈이 무서워. 리오는 두 손으로 내 얼굴을 가리려고 했다.

여고생 상대로 무슨 소리를 하는 건지. 옛날이야기를 하다가 혼자 뜨거워지다니, 이게 어른이 할 짓이냐고.

아무래도 좋지 않아. 리오와 고블린의 조합이 내가 냉정해지지 못하게 만드는 것 같다.

"……미안해. 너무 감정적이 됐어. 학교도 제대로 못 다닌 탓인지, 제대로 된 어른이 못 된 건지도 모르겠네."

"그래도, 참고는 됐어. 한마디로 나카모토 아저씨는 여기가 아닌 다른 세계에서 억지로 싸웠던 거잖아? 그리고 신기한 힘을 가지고 돌아왔고?"

"요약하면 그렇게 되겠지."

"그렇구나. 역시 억지로였구나. 오늘 같이 다녀보고, 그럴 것 같다 싶었어. ……처음 만났을 때랑, 인상이 많이 달라졌으려나."

응, 하고 리오가 고개를 끄덕였다.

"나 나카모토 아저씨가, 오락실 뒤에서 지렸을 때부터 무서웠거든. 이 사람은 진짜로 짐승 같은 사람이라고. 그래서 좋아하게 됐고."

"왜 짐승이라고 생각했는지에 대해 자세히 듣고 싶은데."

"이건 우리 부모님 얘긴데 말이야."

"짐승 건에 대해 얘기하자."

리오는 내가 던진 화제는 화려하게 무시하고서 담담하게 말했다.

"우리 엄마, 남자가 없던 적이 없거든. 내가 철든 뒤로 계속 누군가랑 사귀든지 혼인신고를 했어. 지금도 그래. 벌써 곧도 다음 남자 친구도 생겼어."

"너희 어머니 인기 좋은가 보네. 미인인가."

"그럭저럭 예쁘기는 한데, 그것 때문만은 아니야. 잘해서 그런 거 같아."

"뭘?"

"남자랑 자는 거."

너무나 생생한 고백에, 뭐라도 대답해야 좋을지를 모르겠다.

"사실, 그런 가게에서 일한 적도 있었거든. 어떤 의미에서는 프로잖아."

"그, 그렇구나."

"그런데 말이야. 우리 엄마가 남자랑 하는 건 잘하지만, 아마 좋아하지는 않는 것 같아. 솔직히 우리 엄마 손목에는 자기가 그은 상처투성이거든. 남자랑 육체관계를 가질 때마다 상처가 늘어나. 보고 있으면 마음이 아프지만, 엄마는 연인을 붙잡으려면 살을 맞대는 게 제일이라고 생각하니까, 그만두지도 못하겠지."

"그거……."

"그냥, 우리 집이 불행하다는 얘기를 해서, 동정해달라고 하는 건 아니니까. 신경 쓰지 마. 내가 엄마를 어떻게 해줄 수 있는 것도 아니고. 언젠가 제대로 된 남자랑 사귀게 될 때까지, 계속 그럴 테니까. 그러니까, 내가 하고 싶은 말은."

나카모토 아저씨도 똑같은 거 아냐? 리오가 그렇게 말했다.

"똑같다고? 내가 너희 어머니랑?"

"그래. 화내지 말고 들어. 우리 엄마 말이야, 사실은 몸을 노리고 접근하는 남자를 좋아하는 게 아니야. 그런 것보다 더 안쪽에 있는 걸 봐주길 원해. 의외로 어린애 같다니까. 마음속으로는 플라토닉한 연애를 하고 싶어서 미칠 지경일 거야. 하지만 그게 체질에 안 맞아서, 안 하는 거야. 아니, 못 하는 거겠지."

리오가 중얼거렸다. 좋아하는 것과 체질에 맞는 게 서로 다르면 참 불행한 일이겠지, 라고.

"나카모토 아저씨는, 원래는 싸움이나 폭력 같은 거, 안 좋아하는 거 아냐? 하지만 그런 게 체질에 맞고, 누구보다 강하니까, 억지로 괴물 퇴치 같은 걸 하고 있어. 그렇게 보이는데 말이야."

"……그렇구나."

"그리고, 강한 힘을 노리고 접근하는 사람도 싫은 거 아냐? 그딴 것보다 내 알맹이를 봐줘, 라는 느낌으로. 몸만 밝히는 남자를 싫어하는 여자랑, 통하는 구석이 있을지도."

정곡이었다. 상당한 관찰력이라고 해야겠지.

"가~끔씩 말이야, 엄마가 데리고 오는 위험한 남자 친구 중에, 진짜로 폭력을 즐기는 놈들이 있거든. 그런 건 보면 알아. 엄마를 때릴 때, 분명히 흥분하고 있으니까. 나카모토 아저씨는, 사실은 짐승도 뭣도 아니야. 몸이 강할 뿐이고 마음속은 보통 사람보다 섬세한 것 같아."

"그럼 난 네 취향이 아니겠네? 이상적인 남성하고는 상당히 동떨어졌다는 걸 알았으니까."

"……응. 하지만 내가 좋아하는 건, 머릿속에만 있는 이상적인 왕자님이 아니거든. 눈앞에 있는 나카모토 아저씨야."

덜컥, 하고 심장이 뛰었다.

이 녀석, 내가 그렇게 좋은 건가? 그렇게까지 변함없이?

"나, 강한 남자가 좋은 건 사실이지만…… 엄마 같은 사람을 동정하는 마음도, 분명히 있어. 누구보다 약하고 망가진 어른이지만, 소중한 엄마니까. 내가 도와줘야 한다고, 항상 생각해."

"리, 리오?"

안 돼 리오, 그 이상은 안 돼. 네 그 얼굴로, 포용력 같은 걸 보여주면 난…….

"나, 나카모토 아저씨 약한 부분까지 전부 다 좋아. 어쩌면 처음부터 거기에 끌렸을지도. ……너덜너덜 상처투성이고, 밤이 되면 괴로워하는 사람이라도, 좋거든……? 그런 나카모토 아저씨도, 좋아하거든……?"

이럴 수가.

이 녀석이 나한테 품은 호의는── 진짜다. 그냥 동경하는 정도가 아니다. 정말로 나한테 반했다.

엘자와 똑같은 얼굴을 가진 소녀가, 날 사랑해주고 있다. 이런 일이 있어도 되는 건가?

나는 떨리는 손으로 리오를 안았다.

"나 같은 놈이라도 괜찮겠어?"

"……나카모토 아저씨가 좋아."

"……알았어."

리오는 쑥스럽다는 듯이 고개를 숙였다.

"솔직히 말하자면, 나도 널 보면서 멋대로 다른 사람을 떠올리고 있었어. ……네가, 엘자랑 닮아서. 자꾸만 그런 생각을 하게 되거든. 젊은 시절의 엘자라는, 이상적인 여성상과 비교하기만 하고, 있는 그대로의 널 보려고 하지 않았던 것 같아."

"난 그래도 괜찮은데……?"

"안 괜찮아. 네가 내 본질을 봐준 이상, 나도 그렇게 할 거야. 너는 엘자를 대신하는 사람이 아니야. 리오라고. 건방지고 이상한 취미도 있지만, 그래도, 그런 네가……."

"그, 그런 내가?"

스윽, 뭔가를 기대하는 얼굴로 다가오는 리오. 이런 표정을 지으면 그 나이대 여자애처럼 보인다. 역시, 조용한 분위기였던 엘자와는 다르다.

"그런 네가, 동생 같아서 귀여워."

"……이 타이밍에서 그런 헛소리 할 거야?!"

"헛소리가 아니야! 내 진심이라고!"

솔직히 말하자면, 꽤 위험했지만 말이야.

그런 생각을 한 순간──

번쩍!

창밖이 밝게 빛났다.

"으억?!"

"뭐야~! 한참 분위기 좋았는데, 뭐야 이 빛은?!"

밤하늘에 갑자기 태양이라도 나타난 것 같은 강렬한 빛이다.

어둠이 익숙해져가던 눈이 맹렬하게 아픔을 호소했다.

"필리아인가?"

나는 재빨리 창문을 열고 주위를 둘러봤다.

아무래도 빛은 위쪽에서 쏟아지는 것 같았다.

그렇다면, 이라는 생각에 위쪽을 봤다. 그랬더니 거기에는 짐 승의 배와 다리가 떠 있었다.

말이다. 눈부시게 빛나는, 멋진 백마.

양쪽 옆구리에 새 날개가 달려 있는 걸 보면 페가수스겠지.

그것이, 집 바로 위에서 정지해 있다.

마침내 페가수스가 천천히 강하했고, 창가에 얼굴을 들이댔 다.

세이크리드 서클의 범위 안에 들어올 수 있도록, 필리아가 성 수를 불러냈겠지.

나는 재빨리 광검을 빼 들고 경계 태세에 들어갔다.

하지만 페가수스의 눈은 너무나 온화했고, 적개심은 보이지 않았다. 코끝으로 창문을 두드리고 있는데, 그 동작은 마치 잘 훈련된 대형견을 연상케 했다. 입에는 양피지를 물고 있다.

그렇구나, 이 녀석은 닝지 ㄹ 건서구라는 건가.

나는 창문을 열고 페가수스가 물고 있던 편지를 받았다.

거기에는 이세계의 글자로,

『사카에바라 항구에서 기다린다. 엘자 공도 데려오도록. 이 조건 을 지키지 않는다면 시가지에 무차별 공격을 가하겠습니다. 저는 그렇게 느긋한 성격이 아니니, 오려면 최대한 빨리.

─신관장 필리아』

라고 적혀 있었다.

사카에바라(榮原) 항구.

여기서 그렇게 멀지 않은 곳에 있는 한적한 선착장이다. 번영을 뜻하는 영(榮)이라는 자가 들어가 있는 주제에, 밤만 되면 사람들이 하나도 안 보이는 걸로 유명한 곳이다.

하지만 이 편지는 알파벳과 비슷한 문자로 적혀 있으니까, 한자의 의미 따위는 소실돼 버리겠지만.

"……여전히 깔끔한 글씨네."

언어 이해 스킬이 작용하는 덕분이겠지.

나는 어떤 외국어라고 해도 잘하는지 아닌지 알 수 있다. 손으로 쓴 글씨라면 어떤 사람이 썼는지에 대한 분위기도 느낄 수 있다. 우리말에도 「여자애 같은 글씨」나 「남자 같은 글씨」가 있는 것처럼, 다른 언어에도 성별이나 연령이 느껴지는 버릇이 있기 때문이다.

당연히 이세계의 글자에도 그것이 해당된다.

필리아의 글씨는 한눈에 봐도 교양 있는 여성이 썼다는 인상을 준다. 상당한 달필이면서도 어딘가 여성스런 둥근 느낌이 있다. 이런 글자를 적는 사람이 일반 시민을 공격하겠다는 소리를 할 정도로 망가져 버렸다.

그 현실이, 그저 슬플 따름이다.

처음 필리아의 글씨는 본 것은, 필리아가 남겨두고 간 편지에서였다. 내가 아직 열다섯 살이고 소환된 지 얼마 안 됐을 때였다. 밤늦게까지 검을 휘두르고 돌아왔더니 어느샌가 방문 앞에 야식이 놓여 있었다. 그릇과 쟁반 사이에는 편지도 한 장 끼워져 있었고, 『너무 무리하지 않기를』이라고 적혀 있었다. 그때는 연상 여성의 배려에 가슴이 두근거렸던 기억이 난다.

나는 그 녀석을, 그쪽 세계에서의 내 누나라고 생각했다.

그런데 지금은 어떻게 해야 최대한 수고를 덜 들이고 죽일 수 있을지 생각하고 있다.

상냥했던 과거를 떠올리며 가슴이 아파오는 나. 담담하게 적을 제거하기 위해서 움직이는 나. 양쪽 모두 나고, 떨어질 수 없을 정도로 얽매여 있다.

나는 편지를 접어서 주머니에 집어넣었다. 고개를 들고, 페가수스에게 말을 걸었다.

"알았다. 바로 가겠다고, 네 주인에게 전해. 아니면 태워줄 건가?"

페가수스는 고개를 저었다. 아무래도 말이 통하는 것 같다.

"똑똑한 말이구나. ……위험한 주인이 막 부려대고, 너도 고생이 많다."

내 말을 듣고 무슨 생각을 했는지, 페가수스는 큰 소리로 울부짖고는 발굽 소리를 울리면서 밤하늘을 달려갔다. 어떤 원리인지는 모르겠지만, 페가수스가 허공을 박찰 때면 발소리가 난다.

나는 우아한 메신저가 하늘 저편으로 사라지는 모습을 지켜보고는 다시 방 안으로 고개를 돌렸다.

"미안해 리오. 나갈 준비를 해줘."

"나도?"

"필리아가 널 데려오지 않으면 무차별 테러를 저지른다고 했어."

"……진짜 귀찮은 아줌마네."

인정사정없다고, 나도 쓸쓸하게 웃었다.

"안심해. 무슨 일이 있어도 너만은 지켜줄 테니까. 언제 노릴지 모르는 것보다, 명확하게 널 노린다고 예상할 수 있는 상태에서 곁에 두는 쪽이 움직이기 편하니까"

필리아의 동기를 생각해보면 나보다 리오에게 더 큰 적개심을 품고 있을 것 같다. 그렇게 되면 공격이 한 곳에 집중될 테니까, 오히려 알기 쉬워진다.

"어차피 나카모토 아저씨라면 질 리가 없으니까, 나야 상관없지만. 또 옷 갈아입어야 하는 건 귀찮네."

머리카락을 손으로 만지면서, 리오가 말했다.

"갑자기 불러서 말이야."

"그래서 나카모토 아저씨한테 차인 거야, 그 여자."

"뭐, 제멋대로 구는 건 옛날부터 그랬으니까."

그래도 한 때는 성녀라고까지 불리던 사람인데. 나는 할 말을 잃었다.

"그나저나 이런 상황에서도 잘도 자네. 정말 대단하다, 안젤리카."

"아침형 인간이니까."

"왠지 그 필리아라는 사람, 아이돌 오타쿠 같아. 아까 안젤리카가 비유해서 말한 거 듣고 생각났는데."

집에서 나오자마자, 리오가 그런 말을 했다.

"아이돌 오타쿠?"

"응. 연애 금지라는 아이돌을 쫓아다니는 사람들은, 자기가 빠진 아이돌한테 연애가 있다는 게 들키면 엄청나게 화내잖아? 그거랑 비슷해. 멋대로 나카모토 아저씨를 좋아해놓고, 다른 여자랑 사귄다고 멋대로 화를 내는 게 말이야. ……나카모토 아저씨, 엘자 씨랑 사별했잖아? 필리아는 좋아하는 사람이 제일 힘들 때, 왜 도와주려고 생각하지 않았을까. 게다가 공격까지 하고, 이건 진짜 이상해. 한마디로 그건, 나카모토 아저씨의 행복을 바라는 게 아니라는 뜻이잖아. 한 번이라도 다른 이성한테 관심을 가지는 걸 용서할 수 없으니까, 그래서 화를 내는 거야. 그 사람, 사실은 나카모토 아저씨 본인이 아니라 자기가 머릿속에서 멋대로 부풀린 나카모토 아저씨의 이미지가 좋은 게 아닐까. 그 멋지고 강하고 완벽한 나카모토 아저씨의 이미지에서 벗어난 행동을 하니까, 혼자서 열 받은 거 아닐까?"

"예리한데. 하긴, 그 녀석은 성직자인 만큼 정조에는 깐깐했거든. 요즘 세상에서도 보기 힘든 동정충이라는 거지."

게다가 강한 남자를 좋아한다면…… 그렇구나. 필리아한테는 소년 시절의 내가 아이돌 같은 존재였다는 얘기인가. 여자를 모르는 최강의 소년 용사. 무구한 히어로. 거기서 벗어난 순간, 그 녀석 마음속에서는 내가 제거해야 할 대상이 됐다.

"나이는 먹어 놓고 혼자 꿈속에서 살고 있는 거잖아, 필리아."

"맞아."

아이돌 오타쿠는 서른 살 전에 졸업해야 한다고 말하며, 리오가 웃었다. 아직 2차원 아이돌 게임을 하는 습관이 있는 나도 괴로워지는 말이니까 그만 해줬으면 좋겠다.

뭐 나는 3차원 여자애한테 연애 금지네 어쩌네 하는 건 너무 불쌍하다고 생각하니까, 그쪽을 응원할 생각은 없으니까. 그러니까 괜찮겠지? 난 어디까지나 리듬 게임과 폴리곤 미소녀를 즐기는 신사거든?

이상한 변명을 하면서 길을 걸어갔다.

이야기를 하면서 걸어간 덕분인지 순식간에 목적지에 도착했다.

"어두운데."

사카에바라 항구는 평판대로 한적한 항구였다.

밤의 어둠이 해수면을 온통 시커멓게 물들이고, 다른 모든 빛들을 죽이고 있다. 덩그러니 뻗어 있는 방파제에는 사람 하나 없고, 정박해 있는 배도 없다.

아무리 귀를 기울여도 파도가 테트라포드를 때리는 소리만 들려올 뿐.

기분 나쁘게 느껴지기 직전의 정숙.

필리아의 모습은, 보이지 않는다.

"너무 일찍 온 거 아냐? 그 사람 아직 안 온 건지도 몰라."

리오가 두 손을 비비면서 말했다.

"추워 보이네."

"응. 더 입고 올 걸 그랬어."

나와 리오는 똑같이 운동복 위에 코트만 입은 차림새다. 움직이기 편한 복장을 고려한 결과 이런 모양이 됐다.

"최대한 빨리 끝낼게. 갈 때는 뭔가 따뜻한 것도 사주고."

리오는 하얀 입김을 토하면서 고개를 끄덕였다.

어른스런 외모에 어울리지 않는 어린애 같은 동작이었다.

역시 엘자와는 다르다. 생김새는 똑같아도 내용물은 그 녀석보다 어려 보인다. 그러니까 다르게 대해줘야겠지.

그렇지, 엘자? 라고 생각하며 눈을 가늘게 뜨고 있는데, 구름 사이로 달빛이 비쳤다.

이제 조금이나마 잘 보이게 되려나, 라고 생각하고 있는데 달빛이 점점 더 밝아져 갔다.

빛은 구름을 밀어내고, 주위 일대를 환하게 비췄다.

"……달이 두 개?"

눈이 부신 탓에 얼굴을 찌푸리면서, 리오가 말했다.

밤하늘에 빛나는, 두 개의 노란색 원.

분명히, 보름달이 두 개 떠 있는 것처럼 보일 수도 있다.

하지만 한쪽은 지금 이 순간에도 계속 커지고 있다. 달의 질량이 빠르게 증가하는 현상은 있을 수 없는 일이다. 저건 천체 같은 게 아니다.

디바인 스피어.

신관직이 습득 가능한 것 중에서 최대의 화력을 자랑한다고 전해지는 마법이다.

고순도 마력으로 만들어낸, 빛과 열의 구체.

소위 신앙의 구현이네 신의 은총이네 하고 떠들어대지만, 그 실체는 「거대한 에너지 탄」에 불과하다. 파괴와 살육을 목적으로 외운 주문이라고 해도, 술자가 성직자라면 성스러운 힘이라고 찬양한다. 그런, 이세계의 일그러진 사고방식의 상징인 빛의 구체가, 눈앞에 나타나 있었다.

사용자는 당연히 신관장 필리아다.

상당히 높은 고도를 날고 있어서 잘 보이지는 않지만, 빛의 구체 아래쪽에 작은 사람이 있는 걸 확인할 수 있다.

날개가 달린 말에 올라타고, 오른손을 들고 있는 여성. 디바인 스피어는 손바닥에서 생성하고 날리기 때문에, 자연스레 뭔가를 들어 올리는 것 같은 자세가 된다.

"저 크기라면, 삼켜버리는 건 안 되겠는데."

저녁때 전투에서 빛의 탄환이 막혔던 그 녀석이 열심히 생각해낸 끝에 내린 결론이 저것인 것 같다.

한마디로 더 큰 위력으로 상대한다. 단지 그것뿐. 단순해서 아주 좋지만, 저 마법이 얼마나 많은 희생자를 낼지는 생각도 안 한 건가?

저렇게까지 커진 빛의 마법은, 내가 가진 결계로는 막아낼 수 없다. 그래서 영창이 끝나기 전에 어떻게든 하는 수밖에 없다.

그러기 위해서는 먼저,

"접근해야겠지."

나는 리오의 팔을 잡고는 조용히 일어나게 했다.

내키지는 않지만 이 소녀의 도움도 필요하다.

나는 꼭 필리아가 시켜서 이런 곳까지 리오를 데리고 온 건 아니다. 나한테도 유용해서 동행했을 뿐이다.

아마도 나는 리오 덕분에 완전한 승리를 얻을 것이다. 저 여자를 완전히 파괴해서 내 바람을 이룰 것이다.

그것을 마친 순간, 겨우 내 청년 시대가 끝날지도 모른다. 과거의 상징을 내 손으로 소멸시키면, 그제야 나는 앞으로 나아갈 수 있다.

나는 리오의 어깨에 손을 얹고서 말했다.

"미안해. 겨우 몇 밀리미터 정도면 되니까, 피부를 좀 베도 될까."

"······?"

리오가 의미를 모르겠다는 얼굴로 고개를 갸웃거렸다.

젖어 있는 눈동자가 날 가만히 보고 있다.

"저 녀석을 쓰러트리는데 필요하거든."

내 부성 스킬은 눈앞에서 파티 안에 있는 미성년자가 부상당했을 때 발동하는 유발형 스킬이다.

하지만 어디까지나 아이가 다쳤다는 사실이 중요할 뿐이고, 「누가」 해를 끼쳤는지는 따지지 않는다.

아마도 나 자신이 아이에게 외상을 입힌다고 해도 문제없이 기동할 것이다. 너무나 끔찍한 짓이라서 지금까지 시험해본 적은 없지만.

"그렇게 하면, 이길 수 있어?"

"그래."

"절대로?"

"약속할게."

그럼 좋아, 라고 말하며 리오가 소매를 걷었다.

"하지만 상처는 안 남게 해줘."

"나한테 맡겨. 내가 그렇게 손재주가 좋은 건 아니지만, 날붙이 다루는 데는 자신이 있거든."

아무래도 이세계에서도 이쪽 세계에서도 실컷 살을 썰어댔으니까. 나는 신성검 스킬을 발동해서 오른손에 빛의 칼날을 생성했다.

"──흡!"

숨을 내쉬면서 한 번 번쩍.

가느다란 팔을 문지르는 것처럼 칼을 휘둘렀다.

칼끝이 피부를 스친 것과 동시에 리오가 「윽」 하고 짧은 신음 소리를 냈다.

하얀 살갗에, 빨간 선이 그어졌다.

【용사 케이스케는 파티 내 연소자의 부상을 목격.】

【유니크 스킬 「부성」이 발동됐습니다.】

【180초동안 스테이터스와 스킬 배율을 상향 수정하고 상태 이상을 무효화합니다.】

【HP+2000%】

【MP+2000%】

【공격+2000%】

【방어+2000%】

【민첩+2000%】

【마공+2000%】

【마방+2000%】

【스킬 배율×20】

담담하게 표시되는 시스템 메시지를 확인했다.

아무래도 스킬 성능이 예전보다 향상된 것 같다.

그리고 보니 레이스를 처치했을 때, 스킬 포인트가 잔뜩 들어왔던 게 생각났다.

한마디로—— 지금부터는 일방적인 살육이 시작된다는 뜻이다.

처음 만났을 때는 내가 동경했었다.

지금은 저쪽이 일방적으로 날 원하고.

서로를 좋아했던 시기가 어긋났을 뿐인, 끝까지 맞물리지 못했던 여자를 죽여야만 한다.

"넌 이제, 살아있으면 안 되는 인간이니까."

나는 리오에게 회복 마법을 걸어주고 물러나 있으라고 말해줬다.

그리고는 공중에 있는 필리아를 조준하고, 무릎을 굽혔다.

도약하기 전에, 힘을 모으는 자세다.

뿌득뿌득 소리를 내며 조여지는 허벅지 근육. 펌프처럼 혈액을 보내는 심장.

나는 기본 상태에서도 수십 미터 높이까지 수직으로 뛰어오를 수 있다. 그런 다리 힘이, 지금은 20배나 되는 상향 수정까지 받았다.

게다가 신체 강화 버프까지 걸어서, 비거리를 한계까지 향상시킨다. 떠올리는 이미지는 발사 직전의 로켓. 또는 탄환을 장전한 저격총.

머릿속에서 카운트다운을 하며, 점프할 타이밍을 잡는다.

――1, 2.

필리아는 오른쪽으로 선회하며 뒤쪽에 소환문을 잔뜩 만들어 내고 있다. 원거리 화력 마법과 소환술을 이용한 백업. 후위직의 이상형이라고 할 수 있는 좋은 전법이다.

문에서 나타난 그리폰 세 마리가 필리아를 지키려는 것처럼 둘러쌌다. 이 얼마나 꼴사나운 발버둥인가. 그게 역효과라는 것조차, 모르게 돼버린 건가.

――3.

콰앙! 하는 굉음을 울리며, 지면을 박찼다. 발밑의 콘크리트가 부서지는 묵직한 감촉이 느껴졌다.

"필리아!"

원래 나한테 비행 능력은 없다.

날개도 피막도 없는, 두 발로 땅바닥에 붙어 있는 존재다.

다른 사람들보다 높이 뛰어봤자, 그건 어디까지나 그냥 점프일 뿐이다. 페가수스를 타고 공중을 마음대로 날아다니는 필리아하고는 천지 차이겠지.

하지만, 스킬로 그 차이를 메웠다.

【용사 케이스케는 MP를 2000 소비. 2회 행동 스킬을 발동.】

【유니크 스킬 부성의 효과에 의해 스킬 배율에 20배의 보정이 반영됩니다.】

【3600초 동안 한 턴에 21회 행동이 가능해졌습니다.】

한 점을 목표로 노리고, 나는 날아올랐다. 바람을 가르는 굉음. 멀어져가는 지상. 맹렬한 기세로, 필리아에게 접근한다.

통상적인 물리 법칙에 의하면 단 한 번의 도약에 모든 것을 거는 무모한 자폭 공격이다.

하지만 시행 회수가 21번으로 늘어난다면 얘기가 달라진다. 이 세계에 있을 리가 없는, 보이지 않은 투명한 여러 명의 나. 그 모두가, 필리아를 향해 돌격을 감행한다.

"……거기다!"

소리치면서 팔을 뻗는다.

하지만 아쉽게도, 몇 센티미터 오차로 빗나간 것 같다. 필리아의 조금 옆, 아무것도 없는 공간을 움켜쥔 나는 허무하게 해수면으로 낙하했다

하지만 내 스킬에 의해, 동시에 21번까지 행동하는 게 허락돼 있다.

내가 아닌 나. 나와 다른 선택지, 다른 루트로 뛰어오른 내가

무사히 성공하는 모습을 본다.

이렇게 사고하는 나는, 혼자서 떨어진다.

하지만 다른 나는 필리아가 타고 있는 페가수스에 매달려 있다.

세계는 그 모순을 이해할 수 없다. 있을 리가 없는 현상을, 스킬을 따라서 담담하게 처리할 뿐.

떨어지는 것과 떨어지지 않는 것. 상반되는 두 개의 결과가 동시에 찾아온다. 거기에 따라 발생한 것은 「내가 갑자기 바다 위에서 페가수스 위로 이동한다」는 결말이었다.

어째서 이렇게 됐는지는 나도 모른다. 굳이 추측한다면 이게 가장 무난했기 때문이 아닐까.

이렇게 생각하고 있는 나는 필리아를 붙잡는데 실패했지만, 남은 열 명 이상의 나는 설명했다. 대략적인 이야기지만, 보다 많은 내가 불러온 결과가 우선시 된 것인지도 모른다.

"용사 공……?!"

필리아는 반쯤 패닉 상태에 빠지면서도 날 응시하고 있다. 상당히 놀랐는지 고삐를 잡고 있는 손이 떨리고 있다.

"안녕. 둘이서 같이 타는 게 몇 년 만이지."

나는 필리아 뒤에 걸터앉는 모양으로 페가수스에 타고 있었다.

날뛰기라도 하면 곤란하니까 왼팔로 목을 졸랐다. 오른손으로 고삐를 쥐고, 페가수스의 조종권을 빼앗는다.

"신관이 접근을 허락한 시점에서 끝장이야. 포기해."

"……제게는 아직 시간 역행이 남아 있습니다만."

"그딴 건 이제 곧 아무 의미도 없게 될 거야."

필리아의 목소리는 떨리고 있었다.

예상치 못한 내 움직임에 주눅이 들었다는 건 분명했다.

"기억하고 있어? 필리아. 내가 처음으로 말을 탔던 날의 일을."

대답은 없다.

필리아는 침묵을 유지한 채, 곁눈질로 날 보고 있다.

그렇게 세게 조인 건 아니니까, 목이 막혀서 말을 못 하는 건 아니겠지.

겁먹은 건지, 아니면 그냥 말할 생각이 없는 걸까.

"그때는 당신이 내 뒤에 탔었지. 등 뒤에서 팔을 앞으로 뻗어서, 내 몸을 지탱해줬고."

나는 왼팔을 뻗어서 전격 마법으로 주위에 있는 그리폰들을 쫓아냈다. 제대로 맞은 한 마리가 빙글빙글 돌면서 낙하한다.

타버린 날개가 흩어져서, 우리들을 감쌌다.

"그 시절의 나는 당신한테 완전히 반해 있었지. 연상 여자의 매력에 반해버린, 순박한 꼬맹이였어."

"……?"

필리아가 눈살을 찌푸렸다. 이런 상황에서 무슨 소리를 하는 거냐고, 곤혹스러워하는 것처럼 보인다.

"하지만 지금은, 당신이 나보다 어리게 보여. 연금술인지 뭔지는 모르겠지만, 시간의 흐름을 거스르는 괴물이야."

몸을 건드리면 마음도 달라진다. 저절로 육체에 걸맞은 정신이 돼버린다. 그것은 내 스스로가 너무나 잘 알고 있다.

눈앞이 흐릿해진다.

예전에 좋아했던 여성이 너무나 변해버린 이 현실 때문에, 깊은 상실감이 치밀어 올라왔다.

"당신은 더 이상 인간이 아니야. 안이고 밖이고 전부. 어째서 노화를 막는 짓을 했지?"

"……당신이 할 말인가요? 온몸 대부분을 마법으로 새로 만든 몸으로, 무슨 소리를 하는 건지."

그렇고말고.

이 여자가 말한 대로 난 원래의 나카모토 케이스케가 아니다.

잘려나간 자리에서 새로 자라난 팔, 뜯긴 자리에 새로 만든 다리, 잘려나간 뒤에 새로 재생한 머리. 틀림없이 나카모토 케이스케라는 남자는 이미 오래전에 죽었고, 여기 있는 건 용사 케이스케일 뿐이겠지.

나라를 지키는 용사는 강해야 한다. 더 많은 적을 죽여야 한다. 튼튼하고 열심히 일하는 데다 그 무엇도 두려워하지 않고 아픔 따위는 느끼지 않아야 한다. 한마디로 「사람이 아니게 되어야 한다」는 사람들의 바람에 계속 응해온 결과가, 지금의 나다.

누군가의 이상에 계속 응해온 결과, 원래의 자신을 완전히 상실해버린 우상.

나한테 인간의 역할 따위를 원한 사람도 없었고, 그런 것은 허락되지도 않았다.

그래도 계속 견뎌왔던 건 대체 왜일까?

이세계에서, 소중한 것을 발견했기 때문이다.

엘자는 그 대표적인 존재고── 필리아도 그렇다고 생각했었다.

이 녀석도 틀림없이 내가 지켜야 할 대상에 포함돼 있었다.

"내가 그런 꼴이 되면서까지 싸웠던 건 당신들이 평범하게 살아가고 평범하게 죽을 수 있는 사회를 유지하기 위해서였어. 인간들의 삶을 지키기 위해서. ⋯⋯인간인 너를, 마물들한테서 지키기 위해서였다고! 그런데 너는 스스로 인간이기를 포기하고, 죽지도 않는 여자가 돼버렸어!"

"당신이 할 말인가요! 용사 공도⋯⋯ 제가 좋아했던 용사 공은, 이미 어디에도 없잖아요!"

나는 진력이 나는 기분을 맛보면서 고삐를 당겼다.

페가수스는 내 억지 요구에 따라서 고도를 높였다.

리오가 말려들지 않도록, 그 녀석이 있는 곳과 정 반대 방향으로 몰았다.

필리아 입장에서는 완전히 주도권을 빼앗긴 모양새다.

아마도 나와 리오를 같이 해치울 생각이었겠지만, 그 계획을 완전히 망쳐버렸으니까.

"분한 것 같은데."

필리아는 핏발 선 눈으로 날 노려보고 있다. 오른손을 보니 디바인 스피어는 이미 거의 완성되어가고 있었다.

"이걸 지상에 떨어트리면 이 도시는 사라져버리겠죠."

"그렇겠지."

필리아의 오른손은 아직도 높이 들고 있다. 도시는 고사하고 나라를 통째로 없애버릴 기세다. 이딴 것을 지상에서 폭발하게 할 수는 없다. 공중에서 처리해야 한다.

나는 페가수스가 구름 위까지 도달한 걸 확인하고는, 바로 필리아의 오른팔을 절단했다. 팔꿈치 아랫부분이 툭, 하고 떨어졌다.

손바닥 위에 있던 디바인 스피어가── 마력 폭탄이, 오른손과 함께 떨어진다.

"당신, 저와 같이 죽을 생각인가요?!"

"아니, 너만 혼자 죽어!"

나는 재빨리 페가수스에서 뛰어내렸다.

이제 어떤 결과가 찾아올까. 필리아는 자기가 만든 디바인 스피어의 폭발에 말려들게 된다. 자신의 마법에 의해 죽는 것이다.

그것이 자살로 처리된다면 그 녀석만 혼자 소멸되겠지.

만약에 내가 죽인 걸로 처리된다고 해도 다시 되돌아갈 뿐이다. ……몇 번이건 다시 해주겠어.

"꺄아아아아아아아아아아!!"

후방에서 극대형 섬광과 폭발이 발생하는 걸 느끼며, 나는 바다 위로 떨어졌다.

마지막으로 들은 여자다운 비명은 못 들은 걸로 하기로 했다.

"……되돌아가지 않는데."

나는 물살을 가르며 헤엄쳐서 근처에 있는 제방 위로 올라갔다.

흠뻑 젖은 채로 부들부들 떨고 있다가, 발밑에 뭔가가 떨어져 있는 걸 발견했다.

뭔가가 파도에 밀려왔나 싶었는데, 자세히 보니 사람 손이 달려 있다.

왼팔만이, 거기에 있다.

나는 그것에 다가가서 슬며시 맥박을 재봤다. 아직 뛰고 있다.

"……아, 아아으…….."

그것은 완전히 변해버린 필리아였다. 시커멓게 타버리고, 두 다리는 날아갔고, 왼팔 하나만 가지고 꾸물꾸물 기는 것밖에 못 하는, 필리아의 잔해였다.

슬쩍, 얼굴을 봤다.

……턱이 날아갔고, 치아도 혀도 남아 있지 않은 걸 확인했다.

이러면 말도 못 하겠지. 회복 마법 주문을 외워서 자기 몸을 재생할 우려도 없다.

이제 남은 건, 죽을 때만 기다리는 타고 남은 찌꺼기다.

"……으, 아, 아…….."

더 이상 봐줄 수가 없었다.

하지만 나는 숨통을 끊어주지 않았다. 그러면 내가 죽인 게 되니까. 그렇게 되면 시간 역행이 발동해서 전부 다 망쳐버리게 된다.

나는 이렇게 조금 떨어진 곳에 서서 필리아의 숨이 끊어지기를 기다리는 수밖에 없다.

"……어아어어, 어아어어."

필리아가 뭔가 신음소리를 지르고 있다. 사람의 것이 아닌 말로, 필사적으로 의미가 있는 소리를 만들려 하고 있다.

어아어어.

어아어어.

나는 그것이 무슨 의미인지, 알고 말았다.

용사고옹.

용사고옹.

필리아는 그 소리를 되풀이하고 있다.

"어아어어…….”

뻗은 팔은, 아무것도 없는 허공을 움켜쥐었다. 무참한 모습이었다.

그렇게 매끄럽던 은색 머리카락은 한 올도 남지 않았다.

휜히 드러난 두피에서는 악취가 나고, 두개골도 일부 노출돼 있다. 안구는 녹아서 떨어졌고, 걸쭉하고 탁한 액체가 안와에서 흘러 떨어졌다. 다른 부위도 비슷한 꼴이었다.

이제는 여자로도, 사람으로도 보이지 않는다.

하지만 기묘하게도 귀만은 원래 모습을 유지하고 있다.

나는 천천히 필리아에게 다가갔다.

웅크리고 앉아서, 땅바닥을 기고 있는 죽어가는 여자에게 말을 걸었다.

"난 여기 있다."

찾고 있는 거지, 라고 말했다.

필리아였던 살덩어리는, 내 기분 탓이 아니라면 미소를 지은 것처럼 보였다. 턱도 없는데 어떻게 웃느냐고 물으면 할 말이 없지만, 분명히 그런 느낌이었다.

"……어아어어. 어아어어."

되풀이하며, 필리아는 기쁜 것처럼 팔을 뻗었다.

녹아버린 피부에 붙어 있는, 탄내 나는 왼손. 나는 그 손을 쥐고, 안심하게 해줬다.

"그러고 보니, 답을 못 들었네. 넌 왜 몸을 개조했지? 계속 젊은 모습으로 있고 싶어 하는 게 여자의 본능일 수도 있지만, 그렇다고 해도 너무 심했어."

"아~. 어으아~."

조금씩, 필리아의 호흡이 가빠져 간다. 마지막 순간이 가까워졌다.

"그런 짓을 하지 않아도, 너라면 틀림없이 예쁘게 나이를 먹었을 텐데. 엘자한테 대항하고 싶어서 그랬나?"

"으아~아~. 에어아이."

"……미안. 무슨 소린지 모르겠어."

"어아어어, 에어아이."

"……알았다. 『용사공, 계속 같이』라는 말이구나. ……그래. 너, 계속 나랑 같이 있고 싶었던 건가. 그래서 노화를 멈춘 거지?"

하고 싶은 말이 전해져서 만족했는지, 내가 잡고 있던 필리아의 손이 떨어졌다. 힘없이 땅바닥에 엎드린 채, 생명이 빠르게 사라져간다.

사람에서 물건으로. 시체로 변해가는 필리아.

아아, 끝이다.

끝나려 하고 있다.

나와 이세계를 묶고 있던 인연, 청춘 시절의 상징. 그것이 지금, 청산되려 하고 있다.

"……잘 가."

필리아가 마지막으로 딱 한 번, 고개를 끄덕인 것처럼 보였다.

뭘 긍정하려고 했는지는 모르겠지만, 그 순간만은, 처음 만났던 때의 필리아로 돌아간 것 같은 기분이 들었다.

THE SKILL OF
PATERNITY

필리아를 쓰러트렸다고 말했을 때의 반응은, 그야말로 제각각이었다.

리오는 "흐응" 하면서 머리카락을 쓸어 올리고, "정말 괜찮았던 거야?"라고 물었다.

안젤리카는 "그렇군요"라고 말하고는, "그런 사람이라도 묘정도는 만들어주죠"라고 말한 뒤에 조용히 기도를 했다.

사정을 잘 모르는 아야코는 "무슨 슬픈 일이라도 있었나요?"라면서, 웬일로 정상적인 말로 걱정해줬다.

우리 쪽은 이렇게 사건이 해결됐다고 받아들였지만, 세상에서는 이제부터 시작이라는 느낌이다.

TV와 신문은 폐가에서 발견된 고블린 시체와 감금돼 있던 사람들의 이야기로 난리가 났고, 매일같이 특집 프로그램과 기사를 내보내고 있다. 그것들의 정체에 대해 뮤턴트가 아닐까, 우주인이 아닐까 하며 추측하고, 제멋대로 엉뚱한 의견들을 내세우며 말다툼을 하고 있다.

사흘 정도 그렇게 난리가 났었지만, 어느 날 갑자기 고블린에 대한 보도가 사라져버렸다.

갑자기 미디어에서 다루는 내용이 올림픽 이야기로 도배가 된 것이다. 참 평화로운 나라구나, 라면서 한심해하고 있었는데, 문득 한 가지 가능성이 떠올랐다.

어쩌면 보도 규제가 걸린 건지도 모르겠다고.

만약 그게 사실이라면 나라에서 그런 건지 경찰이 한 건지는 모르겠지만, 아무튼 위쪽 사람들이 사태를 심각하게 여기고 있다는 뜻이 된다.

이러다가 물밑에서 대책 본부 같은 걸 만들지도 모르겠다.

굳이 시체가 눈에 띄게 해서 경고한 보람이 있다고 할 수 있다. 앞으로도 이세계에서 오는 위협이 나타날지 아닐지는 모르겠지만, 그때는 사회 전체가 같이 싸워야겠지.

더 이상 초인 한 사람에게 맡기기만 해서는 안 된다.

나도 점점 지쳐가니까 말이야.

『괜찮아, 학교는 잘 갈 거야. 나카모토 아저씨야말로 언제까지 쉴 건데?』

리오와 스마트폰으로 연락을 주고받으며, 나는 시내에 있는 비즈니스호텔로 향했다. 아직 독감 휴가(꾀병)가 계속되는 중이기에 시간은 많다.

터벅터벅 걸어가면서 메시지를 입력했다.

양손에 쇼핑백을 들고서 스마트폰을 조작하는 건 꽤나 어려운 작업이다. 무게는 느껴지지 않아도, 쇼핑백이 거치적거리다 보니 자꾸만 집중력이 흐트러진다.

『나, 나카모토 아저씨가 그 사람을 죽일 줄은 몰랐어.』

나도야, 라고 답장을 보냈다.

『근본적으로는 착하니까, 틀림없이 살리는 방향으로 해결할 거라고 예상했었는데…… 미안해, 지금 집에 경찰이 와서 그만

할게. 나중에 봐.』

　황급히 스마트폰을 주머니에 집어넣는 리오의 모습을 상상하며, 나는 호텔 입구로 들어갔다.

　호텔 프런트에 있는 아가씨에게 인사를 하고, 빠른 걸음으로 엘리베이터 쪽으로 갔다.

　아무래도 나 말고 다른 승객은 없는 것 같다.

　뭐, 보는 사람은 없어도 CCTV는 있을 테니까, 언제 들켜도 이상하지 않은 일이다.

　아니, 이미 찍히고 있겠지.

　뭔가 특별한 사건이라도 일어나지 않는 한 군이 녹화한 영상을 확인하지는 않는다는 소문을 믿는 수밖에 없다. 뭐, 소동이 벌어져도 상관은 없다는 심정이기도 해서, 어떻게 되거나 말거나 모르겠다는 생각도 들지만.

　그런 생각을 하는 사이에, 날 태운 상자가 목적지 층에 도착했다.

　문이 열리자 재빨리 복도로 나왔다.

　살짝 고개를 숙이고, 나는 그 방으로 향했다.

　오늘은 너무 어지럽히지 않았으면 좋겠는데.

　내가 빌린 방에는 아무도 들어오지 않기를 바라는 사정 때문에, 청소가 필요 없다는 플레이트를 걸어 놨다.

　그래서 청소는 내가 해야 한다.

　귀찮지만 어쩔 수 없다. 이건 내가 선택한 일이니까. 내가 끝까지 해야만 하는 일이니까.

쇼핑백을 꼭 쥐고, 빠르게 걸어갔다.

모퉁이를 두 번 정도 돌았을 때, 307호가 보였다.

자. 오늘도 열심히 하자.

나는 품에서 열쇠를 꺼내고 조용히 문을 열었다.

"일어났니?"

물어보면서 방 안으로 들어갔다.

문을 잠그고, 바로 침대로 향했다.

아직 9시도 안 됐으니까 자고 있을지도 모른다고 생각하며 이불을 들췄더니, 그 녀석이 환하게 웃는 얼굴로 날 기다리고 있었다.

"다녀오셨어요, 아버님. 뭔가 좋은 냄새가 나요."

냄새도 잘 맡는다고 말하면서 웃어 보였다.

"다녀왔어, 필리아. 이건 오늘 먹을 밥이야. 또 한 번에 다 먹어버리면 안 돼."

"응!"

필리아는 생김새에 어울리지 않는, 어린애 같은 동작으로 고개를 끄덕였다.

지금 이 녀석은 삼대 욕구를 억제하지 못하는 어린애라서, 잘 타이르지 않으면 하루 치 음식을 한 번에 다 먹어치워 버린다.

"아버님, 아버님."

"응?"

"화장실, 실패했어."

"……또냐."

어쩔 수 없다고 말하며, 나는 필리아를 욕실로 데려갔다.

완전히 덩치만 큰 어린애다.

간지럽다고 난리를 피우는 성인 여성을 붙잡고서 속옷을 벗겼다. 이상한 모습이지만, 나도 이 녀석도 아주 진지하다.

"바로 씻겨줄게."

리오의 예감은, 맞았다.

나는 필리아를 죽이지 못했다.

마지막 순간에 정에 휩쓸려버린 나는, 어느새 죽어가던 이 녀석에게 회복 마법을 걸어주고 있었다.

대체 무슨 생각이야? 라고 너무 바보 같은 나 자신이 싫어져서 멍하니 있었는데, 어떻게 된 건지 상처가 회복된 필리아는 아주 얌전해져 있었다.

마음을 고쳐먹은 건가 싶었는데, 아니었다.

생각하기에 따라서는 예전보다 악화돼 있었다.

내 얼굴을 보더니 「아버님」이라고 부른 것이다.

아무래도 상대는 희대의 악녀.

무슨 꿍꿍이가 있는 건지 모른다고 경계했던 나는, 재빨리 필리아의 팔을 비틀어서 구속했다. 그랬더니 실금까지 하면서 빽빽대고 울음을 터트렸으니, 도저히 감당할 수가 없었다.

아무리 그래도 너무 이상하다는 생각에 스테이터스를 감정해봤더니, 비고란의 설명이 완전히 달라졌다는 사실이 판명됐다.

『나카모토 케이스케를 맹목적으로 사랑하는 여자 신관. 죽음에 대한 절망과 패배의 충격 때문에 발광. 정신 연령이 3세 상당까지 후퇴했다.』

마법으로 치유할 수 있는 건 육체의 상처뿐. 마음의 치료는 내 전문분야가 아니다.

그리고 이 경우에는 치유하지 않는 쪽이 좋을지도 모른다——

"자, 다리 벌리고."

"응~."

그런 사정 때문에, 나는 필리아를 가까운 비즈니스호텔에 넣어둔 채로 돌봐주고 있다.

……기분상으로는 「동물을 키우는」쪽에 가깝다.

매일 들러서 방에 비치된 냉장고에 먹을 것을 넣어두고 몸을 씻어줬다.

"또 씻어주기 하자, 씻어주기."

"안 돼. 너 자꾸 이상한데 만지잖아."

나는 필리아의 몸을 수건으로 닦아주고 새 속옷을 입혀줬다. 이런 생활이 언제까지 계속될지는 모르겠지만, 지금으로서는 딱히 불만은 없다.

필리아는 어떤 의미에서 보면 죽었고, 다른 의미에서 보면 살아 있다. 더 이상 누군가에게 해를 끼치지도 않고, 영원히 광기의 세계에서 살아가게 될 것이다. 그것은 편한한 죽음을 맞이하는 것보다 훨씬 괴로운 벌인지도 모른다.

나로서는……. 잘 모르겠다.

나도 벌을 받는 것 같다는 기분도 들지만, 동시에 뭔가가 충족되고 있다.

이걸로 됐다. 틀림없이 이걸로 됐다.

예전에 좋아했던 여자를—— 한 때는 적이었던 여자를—— 아버지로서 양육한다. 아무리 생김새가 성인 여성이라고 해도, 나한테 이 녀석은 딸이다.

필리아에게 치마를 입히고 손으로 머리카락을 빗겨줬다.

안젤리카가 보면 엄청나게 화를 낼 것 같다는 생각에, 약간 켕기는 기분도 들었다.

"……."

"왜 그래?"

"……."

"필리아?"

그러자. 갑자기 필리아가 내 쪽으로 몸을 돌리더니 나한테 매달렸다. 나를 끌어안고, 목에 팔을 둘렀다.

"……아버님. 아버님. 흑, 흐윽~."

"왜, 또 갑자기 슬퍼졌어?"

"응. 응!"

고개를 열심히 끄덕이는 필리아.

눈은 촉촉한 상태로 풀어지고, 뺨은 발그레하게 달아올랐다.

필리아의 마음은 어린아이로 돌아갔지만, 육체는 29세의 것이다. 날 이성으로 의식하는 건 분명하지만, 그걸 어떻게 발산해야 좋을지 모르는 것 같다. 그래서 이렇게, 자기 안에서 처리하지 못하는 신체적인 욕구를, 날 끌어안아서 발산하려고 한다.

"어쩔 수 없는 녀석이네."

그런 때, 나는 필리아의 머리를 쓰다듬어준다. 그 이상은 할 생각도 없다.

왜냐하면 이 녀석은 세 살 아이고, 내가 좋아했던 필리아가 아니니까. 이성도 지능도, 기억까지도 완전히 흐물흐물 녹아버린 —— 필리아의 빈 껍질이다.

"난 네 아빠니까, 이상한 짓은 못 해."

필리아는 힘들다는 것처럼 눈물을 글썽이고 있다.

나는 아무것도 해줄 수 없다.

그 충동을 견디는 것도 이 녀석에게 내려진 벌이라고 생각한다. 이 여자는 앞으로, 자기 자신이라는 감옥 안에서 죗값을 치러야 하는 것이다.

세상이 끝나는, 그날까지.

계속 자기 꿈속에 갇힌 채로.

THE SKILL OF
PATERNITY

오오츠키 아야코는 어떤 고민을 품고 있다.

스스로도 잘은 모르겠지만, 원래 가졌어야 할 기회를 빼앗긴 것 같은…… 당연히 받아야 할 것을 박탈당한 것 같은…… 예를 들자면 인터넷 연재판에서 자신이 메인이었던 에피소드가 잘려버린 라이트 노벨의 히로인 같은…… 그런 기분이 들었다.

이건 대체 뭘까?

인터넷에서 또래 소년소녀들에게 상담했더니.

『그건 우리가 박탈당한 세대라서 그래』

라는 대답이 돌아왔다.

한마디로 우리는 운이 없는 세대. 어른들이 저지른 잘못 때문에, 태어났을 때부터 경기가 엉망이다. 그래서 우리가 뭔가를 잃었다는 기분을 느끼는 건 당연한 일이라는 것 같다.

……그런 걸까, 라고 생각했다.

분명히 윗세대와 비교하면 경제적으로는 여유롭지 못한 것 같지만, 아직 고등학교 2학년인 아야코한테는 크게 실감이 가지 않았다.

굳이 말하자면, 지금도 현역으로 일하고 있는 아버지와 어머니가 그 아픔을 맛보고 있는 세대라는 생각이 들었다.

——아버지.

문득, 가슴이 조여드는 것 같은 기분에 빠졌다. 부모님 얼굴을 떠올린 순간, 억누르고 있던 감정이 갑자기 터져 나온 것이다.

그 사람에 대해서는, 최대한 생각하지 않으려고 했는데. 포기했다고 생각했는데.

'······아버지는, 어머니의 남편이니까······.'

그 이전에 아야코의 친아버지이기도 했지만, 그딴 건 아무 상관없었다.

그렇다.

아야코의 첫사랑 상대는 친아버지다. 여기까지는 흔히 있는 일이라고 할 수도 있지만, 보통 소녀들이 반항기를 맞이하는 나이가 돼서도── 열여섯 살이 돼서도── 아야코는 여전히 아버지가 좋았다.

「아야코는, 어른 되면 아빠 색시 될래」라고 천진난만하게 웃던 시절부터 지금까지 계속, 아버지가 연애 대상이었다.

불행하게도, 어쩌면 다행히도, 아야코는 근친상간을 실행으로 옮길 만큼의 배짱이나 행동력은 없어서, 그저 혼자서 괴로운 나날을 보내고 있었다.

이상적인 이성이, 친아버지.

사춘기 소녀에게, 그것은 이상한 사람을 뜻하는 각인이다.

주위에 있는 다른 여자애들이 빠져 있는 남성 아이돌이나 운동부 선배들은, 뭐가 좋다는 건지 하나도 이해할 수가 없었다. 어째서 피가 이어지지 않은 남자를 보면서 저렇게 좋아하는 걸까. 머리가 이상한 건 아닐까, 라면서 고개를 갸웃거릴 뿐이었다. 그래서 아야코는 여자들 간의 커뮤니티에서는 약간 동떨어진 존재가 돼 있었다.

단아한 얼굴과 초등학교 고학년 때부터 계속 부풀어 오른 가슴 때문에 은근히 남자 팬들이 많다는 점도 안 좋은 쪽으로 작용했다.

괴롭힘당하는 정도까지 가지는 않았지만, 아야코는 반의 피라미드 계급에서 하위── 소위 말하는「도서관 소녀」라는 위치에 있었다. 쉬는 시간에는 오로지 책만 읽으면서 보내고, 점심시간이 되면 도서관으로 이동하는 눈에 띄지 않는 학생.

그러면서 애니메이션이나 만화를 아주 좋아하는 타입이라면 오타쿠 그룹에 소속돼서 그럭저럭 즐겁게 지냈을 수도 있지만, 아쉽게도 아야코는 부녀상간을 소재로 삼은 작품밖에 관심이 없었기 때문에. 속내를 털어놓기라도 하면 보호자가 학교에 불려오게 된다. 실제로 초등학교 때 실제로 저질렀다가 친구를 잃은 데다. 담임선생님과 삼자대면까지 하게 됐다. 학교에 불려온 어머니는 울고 있었다. 그때는 아직 열 살이었기에「과격한 여자애들 보는 만화의 영향을 받았다」는 말로 도망칠 수 있었지만, 지금도 친아버지와의 성행위에 관심이 있다는 게 알려지면, 그때는 병원에 강제 입원당하게 될 수도 있다.

그것만은 무슨 일이 있어도 피해야 한다. 어떻게든 일반인 행세를 해야 한다.

그렇게, 아야코는 자신을 위장하는 기술을 연마했다. 진짜 자신을 억누르고. 무해한 독서소녀 행사를 하는 날들. 어쩌면 이

것이 영문 모를 상실감의 정체인지도 모른다.

나는 있는 그대로의 나 자신을 드러낼 기회를 빼앗겼다…….

아버지를 좋아한다는 걸, 그 누구도 이해해주지 않는다. 인터넷 익명 게시판에 글을 올려도 『아저씨 망상이네』로 치부하고 끝. 『저는 열여섯 살 여고생인데, 아빠를 아주 좋아하는 사람도 있어요』라고 쓴 게 거짓말처럼 보였으려나? 하긴 뭐, 인터넷에는 자칭 여고생들이 이상할 정도로 많으니까 의심하는 것도 당연한 일이지만. 그리고 꽃미남 쌍둥이랑 만났다는 사람이나 할아버지가 해군에서 용감히 싸웠다는 사람도 어느 시기부터 갑자기 늘어난 것 가고.

다들, 말을 너무 부풀렸어. 난 절실한 진심을 말했을 뿐인데…….

아야코는 말로 표현할 길이 없는 허무함을 맛보면서 카운터 의자에 앉았다. 매일 일과가 된, 방과 후의 가게 보기를 시작한 것이다.

아야코의 집은 1층이 고서점이다. 그 이름도 오오츠키 고서점. 서류상 점주는 어머니로 되어 있지만, 사실은 아야코가 가게에 나와 있는 경우가 더 많다.

이 가게를 열게 된 데는, 아야코가 초등학교에서 뜨거운 부녀 상간 토크를 터뜨린 탓에 약간의 소동이 벌어진 일이 계기가 됐다. 아야코의 어머니는 그 일 때문에 큰 충격을 받아서, 『딸이 나쁜 만화에서 멀리 떨어지도록, 제대로 된 책에 관심을 가지게 해야겠다』면서 자택을 서점으로 개축한 것이다.

하지만 진짜 이유는『아야코와 아버지를 물리적으로 격리하기 위해서』가 아닌가, 라는 상상도 했다. 가게 일을 돕는 동안에는 아버지한테 못된 짓을 할 수 없으니까.

그 여자, 잘도 저질렀다니까. 아야코는 살의에 가까운 감정을 품고 있었다. 그 여자란 당연히 어머니를 가리키는 것이다.

아야코의 아버지는 딸이 부녀상간에 관심을 가지고 있다는 사실을 알게 된 순간,「이거 참, 요즘 애들은 과격하네」라면서 웃고 넘어갔는데. 아마 이게 문제였겠지. 누가 됐건 아버지란 딸에게 약한 법이지만, 그것이 어머니의 경계심을 쓸데없이 자극한 것 같다. 어쩌면 우리 남편과 딸이 정말로 그런 관계가 돼버릴지도 모른다고. 틀림없이 그럴 것이다. 눈치 하나는 정말 빠른 여자라니까!

아야코에게 어머니란 태어나기 전에 아버지를 가로챈 연적일 뿐이다. 세상 젊은이들은 태어나기 전에 경기 불황의 원인을 만들어버린 어른들한테 화가 난 것 같지만, 아야코의 분노는 자신의 육체를 만들어준 어머니에게 향해 있었다. 왜 나를 아버지의 딸로 낳은 거냐. 완전히 남으로 태어났다면, 그 남자를 겁탈해서 아내 자리를 차지할 수도 있는데.

시커먼 사념에 지배당하면서도, 아야코는 묵묵히 가게를 지켰다.

오오츠키 고서점은 손님이 적은 가게다. 조금만 걸어가면 역이 있고, 거기에는 전국 체인 고서점이 있다. 굳이 이 가게에 오는 사람은 특이한 독서가나, 야아코네 어머니 아는 사람이거나,

아니면 아야코를 보러 오는 남성 손님이다.

……아야코는, 자주 어른 남성들이 엉큼한 눈으로 쳐다본다. 또래 소녀들보다 발육이 좋기도 하고, 어른스런 분위기 때문이 겠지.

인터넷에나 망상 속 세계에서는 얼마든지 세게 나갈 수가 있지만, 현실 세계에서는 설치류처럼 겁이 많은 것이 아야코라는 사람이다. 연상 남성이 가슴을 빤히 쳐다보기라도 하면 심장이 멎어버릴 것 같았다. 그런 때는 어떻게 대처해야 좋을지 알 수 없게 돼버린다.

'손님, 안 왔으면 좋겠다.'

손님을 상대로 장사하는 입장에서 실격이라고 할 수 있는 생각을 하고 있는데, 누군가가 가게 입구 미닫이문을 여는 모습이 보였다. 호랑이도 제 말하면 온다더니. 손님이다.

"……어, 어서오세……."

평소대로 쭈뼛쭈뼛 인사를 하고, 고개를 살짝 숙인 채 손님의 모습을 엿봤다.

……남성 손님이다. 게다가 아직 젊다.

정말 싫다. 제일 어려운 타입이다. 예전에 대학생 정도 남성 손님이 추근덕댔던 적이 있어서, 자꾸만 의심하는 눈으로 보게 된다.

아야코가 앞에 있던 책을 펼쳐서 얼굴을 가리고 있었더니, 그 남성 손님은 말없이 책장을 뒤지기 시작했다.

어라, 하는 생각이 들었다.

이 손님, 어디선가 본 적이 있다. 항상 식탁에서 보는, 그 얼굴이랑 똑같이 생겼잖아.

"……아빠?"

아차, 하고 입을 막았을 때는 이미 늦었다.

남성 손님을 아야코를 보면서, "아빠? 내가?"라고 말하며 이상하다는 표정을 지었다.

"내가 너희 아버지랑 그렇게 닮았어? 큰일이네, 이제 간신히 서른이 넘었는데."

내가 그렇게 늙어 보이나, 라고, 남성 손님이 씁쓸하게 웃었다.

이제 간신히 서른을 넘었다. 첫인상은 꽤 젊게 보였지만 의외로 연상인 것 같다.

아야코는 얼굴 아래쪽 절반을 책으로 가린 채, 계속 관찰했다. ……분명히, 피부 질감은 이미 젊은이라고 할 수 없었다. 하지만 옷을 입었어도 알 수 있을 만큼 어깨가 넓고 가슴 근육이 두툼한, 스포츠맨 같은 체형이다. 그래서 멀리서 봤을 때는 젊게 보였는지도 모른다.

"저기, 괜찮아? 왠지 굳어져 있는데."

"……아, 으, 저기…… 죄송해요. 그게, 아빠라고 잘못 부른 것 때문에……."

"아, 담임선생님을 엄마라고 부르는 것 같은 그런 건가 보네. 하하. 가끔 그런 일 있잖아. 정말 깜짝 놀랐네. 내가 말이야, 고등학생 정도 딸이 있는 사람이랑 똑같이 생긴 건가 싶었거든."

바로 그거예요. 아야코는 마음속으로 고개를 끄덕였다.

눈앞에 있는 남성은 아야코의 부친과 아주 많이 닮았다. 나이 차이가 나는 동생이라고 하면, 누구든 믿을 것이다. 아야코의 아버지를 스무 살 정도 젊게 만들고, 운동을 해서 몸을 만들면 이런 외모가 될 것이다.

한마디로 아야코 입장에서 보면 이상적인 남성인데다 수컷의 매력을 추가한 것 같은 인물이, 갑자기 나타난 것이다.

"……엄마 수면제, 아직 남아 있던가……."

은근슬쩍 차라도 한잔하실래요, 라고 말하며 재운 뒤에 자기 방으로 끌고 가서 강간한다. 임신만 하면 뭐든지 내 마음대로. 그런 악질적인 계획을 짰지만, 한눈에 봐도 몸을 단련한 것 같은 분위기의 남성에게 그런 수단을 쓸 배짱은 없었다.

"맞다. 이 김에 물어볼 게 있는데 말이야."

"……제 연락처 말인가요? ayaayaya@fmail.com으로 메일을 보내주시면, 몇 초 안에 답장을 보내드릴 수 있을 거예요……."

"아니, 연락처 얘기가 아니라. 요즘 애들은 일을 꽤 열심히 하네. 그거 가게 메일 주소지? 내가 물어보고 싶은 건 말이야, 여기에 어떤 책이 있는지에 대한 거야. 현대사를 다룬 책을 찾고 있는데, 쉽게 찾을 수가 없어서 말이지."

지금 그건 아야코의 개인 메일 주소였지만, 넘어와 주지 않았다. 분하다. 꼭 이 사람을 내 것으로 만들고 싶다. 아야코는 카운터 밑에서 허벅지를 꼬물꼬물 비벼대면서 남성 손님의 말에

귀를 기울였다. 어째선지 몸이 뜨겁다. 이런 감각은 처음이다.

"⋯⋯현대사⋯⋯ 말인가요."

"응. 특히 최근 7년 정도의 정보를 알고 싶어. 그냥 도서관에라도 가서 지난 신문을 뒤지는 게 좋을 것도 같지만, 시간이 너무 오래 걸릴 것 같아서. 간결하게 정리해둔 책이 있다면 좋겠는데."

"⋯⋯일 때문에 필요하신 건가요?"

"아~ 그러니까."

남성 손님은 잠깐 생각하는 것 같은 표정을 짓더니,

"중3때 외국으로 이사 갔다가 얼마 전에 돌아왔거든. 덕분에 세상 돌아가는 걸 하나도 모르겠어."

그렇게 말하면서 곤란하다는 것처럼 웃었다. 웃는 얼굴에 어딘가 쓸쓸해 보이는 그늘이 있다. 아, 이 사람을 도와주고 싶다. 아야코는 그렇게 느꼈다. 가능하다면 연 2회 정도 아이를 낳고, 따뜻한 가정을 구축해주고 싶다고 느꼈다. 옷 속에는 얼마나 탄탄한 몸이 숨어 있을까. 코 높이가 보통이니까 거시기 크기도 보통일까 같은, 노골적인 욕망도 느끼고 있었다.

허벅지를 비비는 움직임은 더욱 빨라져 갔다. 이제는 무릎과 무릎의 마찰로 불을 피울 수 있을 정도의 속도였다.

"⋯⋯외국에서, 돌아오셨군요."

"일단은 그렇게 되겠지."

남성 손님이 살짝 웃었다. 그렇구나, 이 사람은 보통 우리나라 사람들과 다른 환경에서 살았다. 독특한 분위기가 느껴지는 건 그런 이유 때문인지도 모른다. 나이를 모르겠다고 할까, 정체불명이라고 할까. 몸을 저렇게나 단련했는데도 거만하게 굴지 않는 건, 어쩌면 외국에서 인종차별을 당한 탓에 괴롭힘당하지 않으려고 근력운동을 했기 때문에…… 같은 이유가 아닐까?

솔직히 강해 보이면서도 표정에는 뭔가 소중한 것을 잃어버린 사람 같은, 그런 공허한 느낌도 감돌고…….

아마 이 사람도 나처럼 이물질로서 살아왔다. 주위에 적응하지 못했다. 아야코는 남성 손님에 대한 친근감이 급속도로 깊어져 갔다.

이제는 운명의 상대라는 생각만 들었다.

"저기…… 지금은, 현대사 책은 없는데요."

"그렇구나. 아쉽네."

"……하, 하지만! 반드시 입하할게요…… 그러니까, 그게, ……또 들러주세요……."

"뭐라고? 나 때문에 입하하겠다니, 내가 미안한데."

"와, 와주셨으면 싶어서요…… 그게…… 요즘, 매출이 안 좋아서……."

난 바보야. 아야코는 머릿속에서 큰소리로 외쳤다. 개인적으로 또 보고 싶다고 말하면 되는 건데, 왜 매출 같은 소리를 하는 거냐고. 이러면 가게 생각만 하는 사람처럼 보이잖아.

"매출 부진이라면 어쩔 수가 없네. ……요즘은 서점들이 점점 망해가는 세상이니까. 알았어. 또 올게."

그렇게 말하고, 남성 손님은 발을 돌렸다. 아무래도 오늘은 그만 돌아가려는 것 같다.

아야코는 용기를 쥐어짜서 손님의 넓은 등을 향해 말을 걸어 봤다.

"저기……."

"왜?"

고개를 돌린 얼굴에는 방심이라고는 찾아볼 수 없는 날카로운 기색을 숨기고 있다. 마치 군인 같다. 더더욱 이 사람의 경력이 궁금해진다.

"이름…… 여쭤봐도 될까요……? 그러니까…… 손님을 위해 상품을 빼둘 때…… 그러니까…… 메모해둬야 해서……."

"난 나카모토. 나카모토 케이스케라고 해. 너는?"

"……아야코. 예요. 오오츠키 아야코……."

"오오츠키? 가게 이름이랑 같은 걸 보면, 아르바이트가 아니라 여기 따님인가."

"……예."

"대단한데. 집안일을 돕다니."

또 봐, 라고 말하며 살짝 손을 흔들고, 나카모토 씨가 가버렸다.

"나코모토 케이스케 씨……."

아야코의 마음속에서 「대단한데」라는 말이 몇 번이나 되풀이됐다. 대단한데, 대단한데, 대단한데, 대단한데…….

그러는 나카모토 씨는 하나부터 열까지 너무 야하잖아요, 같은 쓸데없는 생각을 하는 사이에, 어느샌가 가게 문을 닫을 시간이 됐다.

아야코는 천천히 일어나서 가게 문을 잠그고, 뒷문으로 나와서 집으로 향했다.

시간은 저녁 일곱 시.

식탁으로 갔더니 부모님은 먼저 저녁을 드시고 계셨다.

"늦었네, 아야코."

평소보다 일찍 집에 온 것 같은 아버지는, 밥을 드시면서 말을 걸어왔다.

어째서지. 나카모토 씨와 만나기 전까지는 이 사람이 세상에서 제일 매력적인 남성처럼 보였는데, 지금은 빛이 바래버렸다. 딸이 아버지에게 품는 부류의 애정은 아직까지 건재하지만, 욕망의 대상은 아니게 돼버렸다.

아무래도 아야코의 마음속은 완전히 나카모토의 색으로 덧칠이 돼버린 것 같이 여겨졌다.

아니, 돼버린 것 같다는 표현은 이상하겠지. 오히려 이쪽이 건전한 일이다. 아야코는 이제야 피가 이어지지 않은 남성에게 연애 감정을 품게 됐으니까.

넋 나간 사람 같은 분위기로 식사를 마치고, 아야코는 서둘러 2층으로 올라갔다.

서둘러 자기 방에 들어가서는 신경 써서 문을 잠갔다.

그리고는 침대에 걸터앉아서 치맛자락을 펄럭, 뒤집었다.

……예감은 하고 있었다. 나카모토와 이야기 하던 때부터 계속 그럴 것 같은 기분이 들었다.

똑바로 보는 건 창피하지만, 자기 몸에서 제일 중요한 부분이다. 아야코는 팬티를 슬쩍 내리고, 그곳을 확인하는 작업에 들어갔다.

비부와 팬티 사이에, 투명하고 걸쭉한 실이 걸려 있었다.

"……."

어쩌지, 라고 생각하면서 입술을 깨물었다.

아야코는 아버지에게 좋지 않은 감정을 품고 있기는 했지만, 그래도 친부모라는 것을 의식해서 가능한 플라토닉한 짝사랑만 하려고 자제하고 있었다. 어떤 이야기냐 하면, 아버지를 생각하면서 자위를 하는 것만은 피했다. 만약에 그런 짓을 하고 싶어지면 인터넷을 뒤져서 적당한 포르노 영상물을 구해서 봤다. 물론 아버지와 딸이 그런 행위를 하는 상황의 영상을.

하지만 나카모토는 완전히 남. 피가 이어지지 않은 남성. 그에게 성욕을 품는 것은 도덕적으로도 문제없는 현상이라고 할 수 있다.

즉, 참지 않아도 된다.

"……죄송해요. 나카모토 씨……."

만난 지 두 시간도 안 지났는데, 이런 짓에 이용해서 정말 죄송해요. 하지만, 참을 수가 없어요. 마음속에서 미안하다는 말을 되풀이하면서, 아야코는 몇 번이나, 몇 번이나 자기 몸을 유린했다. 속살을 짓뭉개고, 흘러나온 꿀을 바르고, 꽃잎을 주물러댔다.

젊은 몸은 지칠 줄을 몰라서, 일곱 번이나 했는데도 아직도 몸이 식지 않았다.

아, 그렇구나. 아야코는 깨달았다.

자신이 지금까지 아버지 이외의 다른 남성에게 관심을 갖지 않았던 것은…… 이것을 위해서였다.

운명의 빨간 실의 나카모토와 칭칭 얽히고, 계속 그 사람에게 마음이 붙잡혀 있었던 것이다. 우연히 아버지가 나카모토와 똑같이 생긴 탓에 착각을 했지만, 사실은 이날을 위해서 준비돼 있던 연애 감정이었다.

왜냐하면, 이렇게 기분이 좋잖아.

아야코는 침대 위에 엎드려서 베개를 깨물며 자위행위에 탐닉했다.

그래도 아직은 처녀니까, 안에 손가락을 넣는 것만은 무서워서 못 했다. ……빨리 넣고 싶다는 생각을 했다. 한시라도 빨리, 나카모토 씨한테 귀찮은 막을 처분해달라고 해야겠다.

이날, 아야코는 지금까지 겪어본 적이 없을 정도로 깊이 잠들었다.

몇 번이나 절정을 맞이한 피로감 때문이기도 했겠지만, 정신적인 중압감이 사라진 영향이 컸다.

나는 평범하게 남자를 사랑할 수 있다. 친아버지 이외의 남성에게 연애 감정을 품을 수 있다.

그런 안도감이, 아야코에게 전에 없던 평온한 잠을 선사했다.

꿈도, 좋은 꿈을 꿨다. 지하 왕국을 지배하는 아야코가 나카모토와 부부가 되고, 굴 안을 자기 자손들로 가득 채우는 내용의 꿈이었다. 따지고 보면 그저 여왕개미 이상도 이하도 아니지만, 아야코에게는 「좋은 꿈」이었다.

좋아하는 남성의 아기를 다섯 자리 수로 낳는다. 여자로서 더 이상 뭘 바라겠는가. 이미 인간의 정신성을 초월한 욕망을 품으며, 아야코는 꿈속 세계에서 나카모토를 끝도 없이 겁탈했다.

◇　◇　◇

나카모토는 정기적으로 가게에 오게 됐다.

아야코가 입하한 현대사 책을 찾으러 온다는 게 표면적인 이유였다.

하지만 가슴을 슬쩍 보고는 「안 들켰겠지?」라는 표정으로 눈을 돌리는 걸 보면, 어느 정도는 아야코를 보러 오는 것이겠지.

……다른 남자한테 똑같은 짓을 당하면 그냥 기분만 나쁜데, 나카모토가 그렇게 하면 너무나 기쁘다. 가슴이 두근거린다.

콤플렉스에 불과했던 남들보다 큰 가슴이 지금은 자랑스러울 지경이다. 좀 더 나카모토에게 어필하기 위해, 가슴 라인을 강조하는 옷을 입어볼까.

그런 이유로, 몸에 딱 달라붙는 골지 스웨터를 구입했고, 자주 입기로 했다. 가슴 모양이 확실하게 두드러지는 디자인이고, 브래지어 컵 모양까지 다 드러난다. 입어보니 너무나 창피했지만, 나카모토가 가게에 오는 빈도가 주1회에서 3회로 늘어났기 때문에, 앞으로도 계속 입을 수밖에 없다.

이젠 여름 때 말고는 계속 입을 생각이다.

"아야코, 요즘 잘 꾸미고 있네."

"……그런가요?"

"응. 뭐랄까…… 세련됐다고 해야 하나."

나카모토 씨가 인정해줬다. 기쁘다.

그날 밤, 아야코는 자신과 나카모토의 거리를 좁히게 해준 유방을 열심히 예뻐해 줬다. 감사의 마음을 담아서 상냥하게 주물러대고, 끝부분을 조물조물 문질러댔다. 지금까지 아야코는 가슴으로 느껴본 적이 거의 없었다. 그런데 오늘밤은 정신이 나가버릴 정도로 기분이 좋다.

"……아…… 으응……."

멋대로 소리가 나오고 허리가 뒤로 젖혀졌다.

나카모토 씨한테 보여준 뒤에는 더 잘 느끼게 되는 것 같다. 역시 자신과 그 사람은 운명의 실로 맺어져 있다.

단순히 스마트폰으로 몰래 찍은 나카모토의 사진을 보면서 행위를 하는 탓에 흥분한 건지도 모르지만, 그런 객관적인 사실 따위는 알 바 아니다.

중요한 건 기분이다.

"……나카모토 씨…… 좋…… 아……."

흐릿해진 의식 속에서, 아야코는 사랑스러운 이름을 불렀다.

이젠, 그 사람 말고는 생각도 할 수 없다. 이 경우에 그 사람 말고는 생각할 수 없다는 것은, 나카모토 이외의 사람에게 관심이 없다는 뜻이 아니라, 법률이나 윤리적으로도 관심이 없다는 뜻이다.

아야코는 처음으로 가슴만 가지고 절정에 달하는 체험을 마음 껏 즐겼다.

한동안 달콤한 여운에 잠겨 있었지만, 겨우 정신을 차린 뒤에 흐트러진 매무새를 바로잡았다.

그리고는 의자에 앉아서 컴퓨터를 켰다.

아야코의 방에는 용돈을 모아서 산 데스크탑 컴퓨터가 있다. 원래는 영어 공부와 부녀상간 영상을 보기 위해서 산 것이지만, 최근에는 완전히 나카모토의 정보를 기록하기 위해서만 쓰고 있다.

나카모토의 버릇, 독서 경향, 프로필, 인간관계, 한 번 왔을 때 몇 번이나 아야코의 가슴을 엿보는지, 또한 어떤 복장일 때 더 열심히 보는지 등을 꼼꼼하게 메모했고, 지금에 와서는 텍스트파일인데도 2MB 정도의 크기가 됐다.

『나카모토 씨는 차가운 색 계열의 골지 스웨터를 좋아한다. 한 시간 동안 여섯 번이나 슬쩍 본 것은 신기록. 사타구니도 체크해봤지만 발기한 기미는 없음. 어떻게 하면 크게 만들 수 있을지, 지금의 과제는 그것이다. 이번에는 더욱 노출도를 높여서, 어깨 노출에도 도전해야 하는가. 최악의 경우에는 노브라로 접객하는 것도 고려해야 할 수도 있지만, 다른 남성 손님에게까지 변태라고 여겨지는 것은 사양하고 싶다. 나카모토 씨가 가게에 오는 타이밍을 사전에 감지하고, 그 사람 앞에서만 섹스어필을 하는 것이 이상적이다.』

후우, 하며 기지개를 켜고, 일과인 기록을 마쳤다.

이렇게 꼼꼼하게 기록하는 것은 태어나서 처음 있는 일이다.

순애의 힘은 정말 대단하다고 자화자찬을 하며, 아야코는 과거의 기록을 살펴봤다.

'……슬슬, 나카모토 씨가 넘어올 것 같아…….'

관찰 기록에 의하면, 나카모토가 아야코를 그런 눈으로 보는 빈도가 착실하게 늘어나고 있다. 아야코가 의식해서 유혹하는 것 같은 복장을 입게 된 것 대문이기도 하겠지만, 몸이 여자답게 변한 탓도 있겠지.

매일 밤 여성 호르몬이 과다하게 분비되는 행위에 빠져 있는 탓인지, 원래 D컵이었던 가슴이 E컵까지 자라 있었다. 날씬한 체형인 어머니는 「대체 누굴 닮은 건지」라고 하면서 브래지어를 새로 살 돈을 주셨다.

컵이 커지는 것은 창피하다. 쓸데없이 눈에 띄는 체형이 됐다고 생각하면 우울하다.

하지만 이걸로 나카모토 시선을 더 끌어들일 수 있게 되니까, 조금이나마 보상받았다는 기분이 든다.

언젠가 나카모토에게, 이 87cm짜리 유방을 마음껏 만지게 해주고 싶다.

그리고, 그날은 착실하게 다가오는 중이고…….

아야코는 견딜 수 없을 만큼의 충실감을 가슴에 품고서 잠자리에 누웠다.

이번에도 꿈을 꿨는데, 나카모토와 같이 공중 정원에 둥지를 만들고, 역시나 여왕이 된 아야코가 다섯 자리 수의 아기를 낳는 내용이었다.

개미 다음에는 벌이냐. 하다못해 포유류인 상황으로 해달라고 항의하는 나카모토를 실컷 겁탈하는 꿈은, 꽤나 기분이 좋았다.

◇　◇　◇

계절이 바뀌고 12월이 됐다. 열일곱 살이 된 아야코는 오늘도 눈으로 나카모토를 겁탈하느라 정신이 없다.

"저기 아야코. 내가 가게에 있다 보면 자주 스마트폰으로 사진 찍는 소리가 나는데, 그거 뭐 찍는 거야?"

"……가게 레이아웃을 기록하고 있어요. 어머니가 시켜서. ……어쩌면, 인테리어를 바꿀지도 몰라서…….."

"그렇구나. 대단하네, 아야코."

나카모토는 그런 말을 하면서 무방비하게 고개를 끄덕였지만, 당연히 거짓말이다.

단순히 아야코가 개인적으로 「사용」하기 위해서 몰래 찍고 있는 것이지만, 너무 당당하게 찰칵찰칵 찍어댄 탓에 본인한테도 다 들킨 것 같다.

뭐, 나카모토가 신경 쓰지만 않는다면 괜찮지만, 만약에 신경 쓴다고 해도 알 게 뭐야.

아야코는 책장을 뒤지는 나카모토를 다양한 각도에서 찍어댔다.

'역시 나카모토 씨는, 사진으로 보면 더 멋져.'

남들 눈을 끄는 미남은 아니지만 몸매가 좋다. 몸이 탄탄한 근육질인 남성은, 그것만으로도 멋지다는 생각이 들었다.

5GB나 되는 나카모토 사진 콜렉션은, 앞으로도 계속 늘어날 것 같다.

"왠지 날 찍는 것 같아서 창피하네. 연예인이라도 된 것 같은 기분이야."

"……가게 안을 찍는 것뿐이니까, 신경 쓰지 마세요……."

"알고는 있지만 말이야. 그런데, 카메라가 내 사타구니 부근을 정조준하는 것 같은데, 기분 탓이려나?"

"……딱 그 자리에 있는 책장을, 꼼꼼하게 기록하라고 했거든요……."

"그, 그렇구나. 그럼 내가 비키는 게 좋을까?"

"……움직이지 마세요. 절대로 움직이면 안 돼요. 손님이 그 위치에 있을 때, 어떻게 보이는지를 기록해야 하니까."

"여러모로 복잡하구나. 그래, 가게를 위해서라면 기꺼이 도와줄게."

이럴 수가. 본인에게 허가를 받고 말았다. 이제 아무런 거리낌 없이 지퍼 주위가 얼마나 부풀었는지 찍을 수 있다.

아야코는 몸속 깊은 곳이 저려오는 것 같은 감각을 느꼈다.

나카모토가 가게에 올 때는 보통 그것을 속옷 안에 넣어두고 있는데, 아무리 그래도 스위치를 켤 용기는 없었다.

하지만, 더 이상 참을 수 없다.

아야코는 계산대 아래를 정리하는 척하면서 그것의 스위치를 눌렀다.

"……!"

대. 대단해.

나카모토를 직접 보면서 맛보는 진동은. 상상 이상이었다.

아야코의 얼굴은 새빨갛게 달아올랐고, 순식간에 땀으로 범벅이 됐다.

한눈에 봐도 수상한 여자지만, 지금은 겨울이니까…… 감기나 난방을 너무 세게 튼 탓이라고 얼버무릴 수 있다고 생각하고 싶다.

"……아야코? 이 웡~ 하는 소리는 뭐야?"

"……히, 히터 상태가…… 안 좋은 것 같아요……."

"난방기 상태가 안 좋다고? 아, 그래서 가게 인테리어 변경을 검토한다는 거구나."

"……그래, 요……."

"괜찮아? 왠지 몸이 많이 안 좋아 보이는데."

"……저, 제가 있는 데만, 이상하게 난방이 세서……."

아야코는 카운터 위에 엎드렸고, 힘이 쭉 빠진 채로 대화를 이어갔다. 몇 번인가 어깨가 움찔거렸는데. 눈치챘으려나?

……눈치채도 좋다. 눈치를 채고, 욕정을 일으킨 나카모토가 그 자리에서 덮쳐주기라도 한다면 더더욱 좋다.

너무 좋아서, 체면 따위는 신경 쓰고 싶지도 않았다.

아예 소녀가 해서는 안 될 기대를 한껏 부풀리고 있는데. 나카모토가 걱정해주는 목소리로 말했다.

"난방 때문이 아닌 것 같은데. 그거, 감기 걸린 건 아니고? 안 돼. 무리하지 말라고."

"……아, 흐, 예에…… 무리, 안 해요……!"

"난 그만 갈 테니까, 오늘은 푹 쉬는 게 좋겠다."

"……예, 저도 가버려요……."

"……방에 가서 쉰다는 얘긴가? 어쨌거나 말이야, 약 먹고 푹 쉬는 게 좋을 거야."

나카모토가 가게에서 나간 것과 동시에, 아야코의 의식이 몇 초 정도 날아가 버렸다.

정신을 차리고, 슬슬 스위치를 껐다.

……역시, 나카모토 씨는 좋다. 배려도 해주고, 생김새도 청결한 느낌이다. 어째서 저런 사람이 아르바이트를 전전하면서 살고 있는지, 신기해서 미칠 지경이다.

나카모토는 자기 얘기를 거의 하지 않았기에 여름쯤 어쩔 수 없이 미행을 해봤는데, 허름한 월세 집에 살면서 아르바이트로 먹고 산다는 사실을 알아냈다.

요즘 세상에 30대 비정규직은 신기한 일도 아니지만, 나카모토의 경우는 특수했다.

생김새나 커뮤니케이션 능력을 제대로 갖추고 있는데다, 영어도 잘하는 것 같다.

오오츠키 서점에는 외국책들도 어느 정도 갖춰져 있는데, 나카모토가 그것을 집어 들고 고개를 끄덕이면서 읽는 모습을 본

적이 있었다.

"읽을 수 있나요?"

그렇게 물었더니 나카모토는 「그냥 조금」이라고 대답했다.

"서양사람들 눈에는 불교가 이렇게 보이는구나. 재미있네.
……우리는 윤회전생을 그렇게 열심히 믿는 것도 아닌데~."

그렇게, 내용을 모르면 말할 수 없는 감상까지 말했다.

그런데, 정말로 나카모토는 영어를 잘하는 걸까. 확인해보려
고 해도, 아야코 능력으로는 3분의 1도 못 읽을 정도로 어려운
영문이었다.

하지만 다행히도 아야코의 아버지는 대학교수고, 미국 유학
경험도 있다. 영어 능력만 따지면 인근 주민들 중에서도 최고라
고 할 수 있겠지. 그래서 나중에 그 책을 보여드렸더니, 「분명히
이건 미국인 저자에 의한 불교 해설책이네. 조금 잘못된 아시아
에 대한 인식에 바탕을 두고 적은 것 같지만」이라는 대답이 돌
아왔다.

"전문용어가 엄청나게 많은데, 이걸 읽는 손님이 계셨어? 대
체 뭐 하는 사람이야."

라면서 감탄하셨다.

……대단해. 나카모토 씨 대단해.

몸만 잘 단련한 게 아니라, 지성인이었어. 그런데 어째서 그
렇게 자신을 괴롭히는 것 같은 생활을 하는 걸까.

아야코의 눈에는 왠지 나카모토가 죄수처럼 보였다. 스스로
자신에게 벌을 내리는 모범수, 라고 하는 게 적절한 이미지겠

지.

과거에 무슨 일이 있었는지는 모르겠지만······.

'나카모토 씨를 구하는 건, 나.'

다시 스위치를 켠 아야코는, 자신이 나카모토의 고뇌를 떨쳐주는 상상을 하면서 쾌락에 몸을 맡겼다.

◇　◇　◇

그 뒤로 한 달이 지났다. 나카모토와 만난 지도 이제 곧 1년이 된다. 지금은 완전히 아는 사이가 된 두 사람은, 곁에서 보면 교미 직전······ 이 아니라 교제 직전으로 보이겠지.

이제 나카모토 쪽에서 덤벼들기만 하면 되는데, 라는 생각을 하면서 안절부절하는 심정으로 계산대 의자에 앉았다.

언제 나카모토가 가게 안에서 덮쳐도 되도록, 주머니 안에는 피임 도구와 사후 피임약을 상비해두고 있다. 아야코로서는 임신해도 아무런 문제가 없지만, 나카모토가 싫어할지도 모른다. 그런 이유로, 어쩔 수 없이 에티켓으로서 가지고 있는 것이다.

눈독을 들인 손님이 안심하고 매장에서 성교를 할 수 있는 환경을 갖춘다. 이것이 손님을 배려하는 마음이다.

그런데, 그런 관광대사 같은 생각을 하고 있던 탓인지, 예쁜 백인 여자아이가 가게에 왔다. ······왠지 멍한 분위기에 복장도 이상했지만, 길을 걸어가면 모든 사람들이 쳐다볼 것 같은 미모를 지녔다.

여자아이는 정신이 다른 데 같은 분위기로 관광 안내 책 같은 것을 사고는, 비틀거리며 가게에서 나가버렸다.

……저런 사람이 나카모토 씨 주위에 있으면 싫을 것 같다고 생각했더니, 일주일 뒤에, 정말로 그 아이가 나카모토 씨와 같이 가게에 왔다.

'어, 안 되는데.'

……아냐, 그게 아닌가. 내 기억이 잘못된 건지도 모른다. 그때와는 인상이 너무 다르다. 처음에 왔던 백인 소녀는 좀 더 생기가 없는 분위기였는데, 이번에 온 아이는 생기가 넘치고 밝은 분위기다. 우리나라 사람들은 백인을 잘 구별할 수 없으니까, 다른 사람일 지도 모른다.

아야코는 스스로를 납득시키고, 필사적으로 나카모토에게 말을 걸었다.

"……어서 오세요…… 나카모토, 씨. 오랜만, 이네요."

나카모토는 최근에 많이 바빴는지, 마지막으로 가게에 들른 뒤로 171시간 2분 19초나 지났다. 만나지 못한 시간을 초 단위로 계산하는 여자 마음을 알아줬으면 싶은데, 나카모토는 그 백인 소녀와 찰싹 달라붙어서 친하게 귀엣말까지 듣고 있다.

뭐, 뭐지? 뭐야 이 악몽은?

그 여자아이와 어떤 관계인지 따지고 싶어서 미칠 지경이지만, 나카모토는 「스테이터스 오픈」이라고 중얼거리자마자 깜짝 놀라는 표정을 지었다. 이래서는 말을 붙일 수도 없다.

대체 뭐지…… 자신을 보는 나카모토의 눈빛이 달라진 것 같은 기분까지 든다.

흑심이 없는 건 아니지만 이성으로 억누르는 것 같은 눈빛에서, 순수한 공포심으로 바뀐 것 같은……

"……."

아야코는 뭐가 원인인지 뻔히 알고 있다. 저 백인 소녀다. 저 아이가 귀엣말을 한 뒤로 나카모토가 이상해졌다.

「이 안경 쓴 애, 팬티 속에 로터를 넣어두고 있어요」 같은 소리를 했는지도 모른다.

웃기지 말라고……! 오늘은 팬티가 아니라 브래지어 속에 넣어뒀거든……

'나카모토 씨한테, 미움 받았어……'

그 뒤로 며칠 동안은 완전히 정신이 나가 있었다. 아야코에게는 최악의 시간이었다.

정서불안의 극치라고도 할 수 있는 상태── 그런데도 나카모토는, 마무리를 지으려는 것처럼 일을 저질렀다.

"어?"

어째선지, TV에 나왔다. 뭐가 어떻게 된 건지는 모르겠지만, 갑자기 나카모토가 UFO 아저씨라면서 TV에 나오게 된 것이다. 마술 개그맨이라는 애매한 포지션으로 안방극장의 인기인이 됐고, 어찌저찌 하는 사이에 화제의 인물이 되어갔다.

대중들에게 사랑받는 연예인……

즉 그것은, 아야코만의 나카모토가 아니라 모두의 나카모토가 됐다는 뜻이다.

학교에서도 SNS에서도 나카모토의 이야기가 많이 들리게 됐다. 재수 없다고 하는 사람도 있고, 자세히 보니 잘 생겼다는 사람도 있었다.

내 나카모토 씨를, 다른 사람들이 소비하고 있다.

용서할 수 없다고, 아야코는 이를 바득바득 갈았다.

정신을 차려보니 트위터 계정을 106개나 만들고, 전부 나카모토의 계정에 팔로우를 걸어 놨다.

뭐, 그건 좋다. 아야코한테는 흔히 있는 일이다. 나카모토를 생각하면 종종 뇌를 건너뛰고 척수의 명령만으로 손이 움직여 버린다.

문제는 나카모토다.

이상한 형태로 세간의 주목을 받은 탓에, 엉터리 마술사라고 야유하는 놈들이 일정 숫자가 있다. 이런 건 참을 수 없다…… 나만의 나카모토 씨가, 사람들의 주목을 받는 걸로 모자라서, 기타 다수의 사람들한테 욕을 먹게 되다니!

그 뒤로, 아야코는 성전에 뛰어들었다.

나카모토를 위해 인터넷에서 안티들과 싸우는 날들은, 아야코의 사고를 적당히 마비시켜줬다. 어쩌면 나카모토가 그 백인 소녀와 사귀는 건지도 모른다는 기분 나쁜 상상도…… 그 때만은 잊을 수 있었다.

울면서 나카모토의 안티와 키보드 배틀을 벌이고, 나카모토의 외설적인 bot을 만들고, 나카모토의 스크린샷을 보면서 자위행위를 했다.

그런 생활을 계속하던 어느 날, 아야코가 돌리고 있던 나카모토 bot 중에 하나에 한 통의 DM이 들어왔다.

『이 bot 만든 거, 아야코?』

보낸 사람은—— 나카모토의 공식 계정이었다.

죽었다. 고 생각했다. 죽어서 이 인생을 끝내야겠다고 생각했다. 수치와 굴욕으로 범벅이 된 인생을 끝내버리자. 낯을 가리고 말이 서툴고 근친상간을 꿈꾸면서 자라온 인간쓰레기니까, 원래부터 살 자격 따위는 없었다. 여기서 정말로 좋아하는 사람한테 미움까지 받으면, 더 이상 살아갈 의미가 없다.

아야코가 자포자기하는 심정으로 눈물을 글썽이고 있는데, 의외로 나카모토는 상냥하게 말을 걸어줬다.

……이건 뭘까. 사실은 완전히 질려버린 건지도 모른다.

직접 만나보지 않으면, 아직은 결론을 내릴 수 없다.

잠이 오지 않는 밤을 보내게 됐지만, 다음날 가게에 온 나카모토는 역시나 상냥했다.

이번에는 검은 머리카락의 무서워 보이는 미소녀까지 데리고 온 게 신경 쓰였지만, 머리를 쓰다듬어준 덕분에 그런 기분은 다 잊어버리게 됐다.

앞으로도 계속 살아가자고 생각했다.

너무나 단순한 것 같다고. 스스로 생각해도 우습다는 생각이 들었지만, 가게로 달려드는 폭주 자동차와 그 뒤에 처리하는 모습 등을 계속 지켜봤다.

뭔가 엄청난 이벤트가 벌어진 것 같다는 기분도 들기는 했지만, 약동하는 나카모토를 보면서 너무나 야하다는 생각 말고는 떠오르지 않았다.

한 번이라도 나카모토를 만지면, 머릿속이 성욕으로 가득 채워질 것 같아서 곤란하다.

어쩌면 난 단순한 성격인지도 모르겠다고 생각하면서 혼자서 웃고. 아야코는 그날도 나카모토를 생각하며 열대여섯 번 정도 마스터베이션을 한 뒤에 잠이 들었다.

나카모토가 쓰다듬어준 덕분인지 꿈도 행복한 내용이었다. 나카모토와 아야코가 주혈흡충(기생충의 일종. 수컷이 암컷의 몸을 안고 있는 모양으로 기생한다)으로 다시 태어나서 금실 좋게 지내는 스토리였다. 이 가늘고 긴 기생충은 고둥을 중간 숙주로 삼고, 최종 숙주의 간에 도달한 뒤에는 수컷이 암컷을 끌어안은 상태로 평생을 살아간다고 한다. 한마디로 24시간 계속 섹스를 하는 것이나 마찬가지고, 아야코에게는 이상적인 삶의 방식이라고 할 수 있다.

참고로 이 기생충은 알을 끝도 없이 계속 낳아서, 기생된 포유류는 혈관이 막혀서 죽는 경우도 드물지 않다고 한다.

작가 후기

타카하시입니다.

1권부터 계속 구입해주신 여러분, 감사합니다. 정말 감사합니다!

이번 권부터 보기 시작하신 분은 1권도 꼭 부탁드리겠습니다. 그쪽도 야시시하고 치트한 느낌이니까 재미있게 보실 수 있으실 겁니다.

이 작품은 인터넷 소설 투고 사이트 「소설가가 되자」에서 연재한 것을, 오버랩 문고께서 제안을 해주시고 서적으로 출판한 것입니다.

하지만 인터넷에 있는 문장을 그대로 책으로 만들 수는 없다 보니 상당히 가필 수정을 했기 때문에, 이제는 인터넷 판과 스토리 전개 자체가 달라져 버렸습니다. 구체적으로는 원래가 아야코가 메인 히로인인 2장을 건너뛰고, 리오가 메인 히로인이 되는 3장을 베이스로 대폭 수정했습니다. ……메인 히로인 교대극이군요…….

사실 이건 공식 사이트의 앙케이트에서 리오의 인기가 제일 좋았기 때문입니다. 그리고 필리아가 네 번째로 인기가 좋다는 게 판명됐습니다. 아야코는 세 번째였죠.

기왕이면 인기 캐릭터가 많이 나오는 부분을 책으로 내자고 하셨고, 제가 제안해서 이런 형태가 됐습니다.

그래서 메인으로 나오는 부분이 날아가 버린 아야코에게는, 팬 여러분들을 위해서라도 뭔가를 해야겠다는 생각에 권말에 실린 오리지널 에피소드의 히로인을 맡겼는데……

신이 나서 14,000자나 써버린 탓에, 제대로 자기 분량을 챙겼습니다!

아야코 혼자서 30페이지나 스포트라이트를 받다니, 어쩌면 안젤리카보다 많이 나온 것 같은데 말이죠……? 넘어져도 그냥은 일어나지 않는, 무서운 아이라고 생각합니다.

아무래도 아야코는 쓰는 재미가 있는 캐릭터인지, 이 아이가 나오면 저도 모르게 글자 수가 많아지는 경향이 있습니다. 작자가 좋아한다고나 할까, 손이 가는 아이라서 더 귀여운, 그런 캐릭터입니다.

아야코는 메인 히로인 3인조 중에서는 제일 늦게 나온 아이라서, 도와주지 않으면 그냥 묻혀버릴 것 간다고 생각했습니다. 그래서 의도적으로 분량을 늘리는 사이에, 아야코를 쓰는 데 익숙해져버린 것 같은 구석도 있습니다.

반대로 제일 먼저 나온 데다 인기도 안정된 리오는「뭐, 얘는 그냥 둬도 괜찮겠지」라고 생각하는 경향이 있어서, 인터넷 판에서는 의외로 분량이 많지 않습니다. 쓰는 쪽 입장에서는 손이 많이 가지 않는 큰딸 같은 느낌입니다. 설정상으로는 동생 캐릭터인데.

안젤리카는 응석장이 둘째라고나 할까요. 리오 다음으로 태어난 캐릭터입니다만, 그 열렬한 애정 표현에 작가까지 넘어가서, 정신을 차려보니 제일 분량이 많아진 럭키 걸입니다.

어쨌거나, 저는 그야말로 부모 같은 심정으로 히로인들의 이야기를 쓰고 있습니다만, 이번 권의 마지막 보스 겸 숨은 히로인인 필리아에 대해서는, 성인 여성이라는 점도 있어서 조금 다른 의식을 가지고 쓰고 있습니다. 애당초 히로인이 아닌 적이라고 생각해서 만든 인물이니까요. 인터넷에서 연재하던 때는 끝까지 죽여야 할지 살려야 할지 고민했을 정도였습니다. 이렇게 됐으면 그냥 독자 여러분의 반응에 맡겨야겠다, 라고 생각하면서 분위기를 지켜보고 있었는데, 숫자상으로는 「살려줘 파」가 우세했습니다. 그래서 이렇게 살아남았습니다.

하지만 「용서 못 해. 죽여줘」라는 의견도 꾸준히 있었기 때문에, 자연스럽게 서브 히로인으로 승격하는 건 아무래도 안 될 것 같았습니다. 그렇게 해서 마음이 망가지고 벌을 받는다는 결말이 됐습니다. 이것으로 양쪽으로 갈라진 의견을 제시한 분들이 어느 정도 납득해주시지 않을까, 싶습니다.

……납득하셨나요?

저로서는 꽤나 마음에 든 캐릭터라서, 이대로 받아들여 주시면 정말 감사하겠습니다. 누나 계 캐릭터, 참 좋잖아요. 아니, 실제 연령은 아줌마라고 불러도 되는 사람이지만. 마흔을 넘어서 거의 쉰 살이 다 됐으니까요. 겉모습만 젊으면 문제없다고 생각하고 싶지만, 외모 연령이 스물아홉 정도 되면 좀 미묘하려나요…… 그런데 정신 연령은 세 살짜리가 돼버린 데다, 인터넷에서는 나카모토가 사타구니를 손으로 씻어주니까 부끄러워하는 장면도 있었고, 아무튼 뭔가 특수한 성적 취향의 덩어리 같은 캐릭터가 돼버렸습니다.

그렇습니다.

필리아한테는 앞으로 다른 사람이 사타구니를 만져주는 기쁨에 몸부림치는, 그런 에피소드가 기다리고 있지 않겠습니까? 이 장면도 꼭 책으로 내고 싶으니까, 독자 여러분께서 응원해주시면 감사하겠습니다. 돈이 문제가 아닙니다.

필리아의 사타구니를 벅벅 씻어주는 장면을 삽화로 넣으려면, 다음 권을 내는 수밖에 없습니다!

뭐, 이상과 같이 위태위태한 성분만 잔뜩 들어간 이 작품을 출간해주신 오버랩 문고께는 그저 감사할 따름입니다.

항상 따뜻한 자세로 도와주신 담당 I 님, 멋진 일러스트를 그려주신 아유마 사유 님, 그리고 끝까지 읽어주신 독자 여러분께도 이 자리를 빌어서 감사드립니다.

정말 감사합니다. 이 책이 나온 것은 오로지 여러분의 도움이 있었기 때문입니다.

THE SKILL OF PATERNITY 2

© 2018 Hiromu Takahashi/OVERLAP

First published in Japan in 2019 by OVERLAP, Inc.
Korean translation rights reserved by Somy Media, Inc.
Under the license from OVERLAP, Inc., Tokyo JAPAN

[이세계에서 돌아온 아저씨가 부성 스킬로 파더 콤플렉스 아가씨들을 헤롱헤롱] 2

2020년 3월 1일 1판 1쇄 발행
2020년 5월 1일 1판 2쇄 발행

저자 타카하시 히로무
일러스트 아유마 사유
옮긴이 김정규
발행인 유재옥
본부장 조병권
담당편집 정영길
편집1팀 정영길 김민지 조찬희
편집2팀 김다솜 이본느
편집3팀 오준영 곽혜민 김혜주
미술 김보라
라이츠담당 김슬비 한주원
디지털 박상섭 박지혜 이성호
발행처 ㈜소미미디어
제작처 코리아피앤피
등록 제2015-000008호
주소 서울시 마포구 토정로 222, 403호 (신수동, 한국출판콘텐츠센터)
판매 ㈜소미미디어
마케팅 한민지 권지수
전화 편집부 (070)4164-3962, 3963 기획실 (02)567-3388
판매 및 마케팅 (070)4165-6888 Fax (02)322-7665

ISBN 979-11-6507-389-3 (04830)
ISBN 979-11-6389-753-8 (세트)